Impressum

Verlagsleitung
Thomas Michalski

Redaktion
Alex Spohr

Regelredaktion
Alex Spohr

Autor:innen
Marcel Blex, Kai Frerich, Sean Kollak, Moritz Rother, Wolf-Ulrich Schnurr, Alex Spohr, Max Wetterauer

Mit Texten von
Zoe Adamietz, Thomas Jaud, Carolina Möbis, Marie Mönkemeyer, Joachim Krisch und David Schmidt

Lektorat
Kai Großkordt

Korrektorat
Nathan Fürstenberg

Künstlerische Leitung
Nadine Schäkel

Coverbild
Christof Grobelski

Satz, Layout & Gestaltung
Jessica Dillmann

Layoutdesign
Thomas Michalski, Nadine Schäkel, Steffen Brand

Innenillustrationen & Pläne
Helge Balzer, Steffen Brand, Sandra Braun, Tristan Denecke, Christof Grobelski, Florian Haeck, Markus Holzum, Regina Kallasch, Nele Klumpe, Christina Kraus, Joachim Krisch (Renderings), Jennifer Lange, Annika Maar, Ben Maier, Vincent Modler, Nikolai Ostertag, Anja Di Paolo, Diana Rahfoth, Ann-Marie Rechter, Matthias Rothenaicher, Nadine Schäkel, Wiebke Scholz, Verena Schneider, Elif Siebenpfeiffer, Marc Siebenpfeiffer, Fabrice Weiss, Sebastian Watzlawek, Rabea Wieneke, Karin Wittig, Maurice Wrede

Ulisses Spiele
Zoe Adamietz, Philipp Baas, Mirko Bader, Myriel Balzer, Kajus Berghof, Steffen Brand, Bill Bridges, Leamon Crafton, Carlos Diaz, Jessica Dillmann, Cora Elsässer, Frauke Forster, Daniel Friedrich, Ingo Grauel, Christof Grobelski, Kai Großkordt, Nikolai Hoch, David Hofmann, Jan Hulverscheidt, Philipp Jerulank, Matthias Kalupner, Johannes Kaub, Nele Klumpe, Christian Lonsing, Matthias Lück, Thomas Michalski, Carolina Möbis, Janine Modler, Vincent Modler, Carsten Moos, Felix Pietsch, Markus Plötz, Brian Reeves, Annika Richter, Nadine Schäkel, Maik Schmidt, Ulrich-Alexander Schmidt, Leon Schuster, Alex Spohr, Viktoria Umbach, Hannah van den Höövel, Jan Wagner, Noah Weisgerber, Anton Weste, Christopher Weule

Mit Dank an
Marco Lembke, Martin Lorber, Stefano Monachesi, Dieter Mucha, Joachim Krisch, Kai Rohlinger, Andrea Schatz, Stephan Schulze, Sabine Zeitler sowie die Designer Martin und Anton.

Aventurien ist ein Kontinent der Vielfalt, in dem sowohl Männer, Frauen als auch alle anderen Geschlechter Teil des Alltags sind. Damit unsere Texte flüssig zu lesen sind, schreiben wir in der Regel im generischen Maskulinum und verwenden durchgehend die Wörter „Meisterin" für die Spielleitung und „Spieler", „Helden", „Abenteurer" u. ä. für die Spielerschaft. Mit allen Begriffen sind immer alle Geschlechter gemeint. In Fällen, in denen das Geschlecht entscheidend ist, wird dies im Text gesondert ausformuliert.

Printed in EU 2025.

Vielen Dank an alle Mitgestalter:innen von Aventurien

Inhaltsverzeichnis

Karten & Tabellen

Vorwort

Ulisses

Das Erbe von Blaustein ist ein besonderes Buch, ein besonderes Projekt. Ins Leben gerufen wurde die Idee von Kai Frerich, einem großen Fan von Klemmbausteinen und von **Das Schwarze Auge**. Er schickte uns die Idee einer Spielhilfe, die Klemmbaustein-Modelle von BlueBrixx mit einem aventurischen Hintergrund versieht, und sowohl uns als auch BlueBrixx gefiel die Idee so gut, dass wir uns schließlich an die Umsetzung machten.

Das Buch ist im Grunde eine Setting-Beschreibung eines kleinen Lehens mitten in Aventurien, wo Burg Blaustein stehen könnte, eingebettet in den phantastischen Hintergrund von **Das Schwarze Auge**.

Wir haben darauf geachtet, dass **Das Erbe von Blaustein** sowohl für unsere treuen DSA-Fans als Hintergrundbuch und für die Ausgestaltung ihrer Abenteuer dienen kann, als auch für Klemmbaustein-Freunde, die noch nie ein Rollenspiel gespielt haben, aber ihre Phantasie mit den Geschichten über die Mittelalter-Sets von BlueBrixx anregen möchten. Es gibt kein Vorwissen, was sie benötigen, sondern das Buch zeigt und erklärt Aventurien anhand der Texte, vieler kleiner Erläuterungen und der Bilder. Niemand wird also von Details erschlagen und kann die Geschichte rund um Burg Blaustein einfach als Lesevergnügen betrachten.

Bevor Dorf Wirselgrund (ein häufiger Ortsname im Mittelreich) und Burg Blaustein genauer beschrieben werden, erfährst du mehr über Aventurien und die Welt, in der sich die beiden Orte befinden. Wir beschreiben dir zunächst also erst einmal die Welt und gehen dann immer tiefer mit der Lupe in die kleineren Landstriche hinein, bis wir bei der Umgebung der Burg angekommen sind. Das hilft dir, ein Gefühl für die Welt und die Situationen ihrer Bewohner in der beschriebenen Region zu bekommen.

Die aventurische Burg Blaustein haben wir in das Fürstentum Kosch verlegt, eine Provinz des größten Landes Aventuriens, des Mittelreiches. Das Fürstentum wird weiter in Grafschaften unterteilt – und hier ist es die von Zwergen und Menschen geprägte Grafschaft Hügellande, die wir dir näher vorstellen. Dort liegt das Lehen einer Baronin, die Baronie Drakfold, und genau dort wurde Burg Blaustein einst von einem zwergischen Baumeister errichtet.

Bei Burg Blaustein haben wir uns entschieden, die ersten vier Erweiterungen aufzugreifen (Bergfried, Vorburg, Saalbau, Hurde). BlueBrixx hat während dem Schreibprozess bereits weitere Erweiterungen herausgebracht und angekündigt, die wir in diesem Quellenband nur erwähnen, aber nicht mehr im Detail vorstellen. Gleiches gilt für

Leichte Einführung

Falls du dich mit Aventurien und dem **Schwarzen Auge** noch nicht so gut auskennst: Wir haben Begriffe aus Aventurien meistens direkt im Text erklärt. Wenn es ein Begriff ist, der häufiger vorkommt oder besonders wichtig für das Verständnis ist, wird er dir in einem Kasten mit einer **schwarzen Maske** erklärt. Zudem findest du auf Seite **109** eine Übersicht mit vielen erwähnten aventurischen Begriffen.

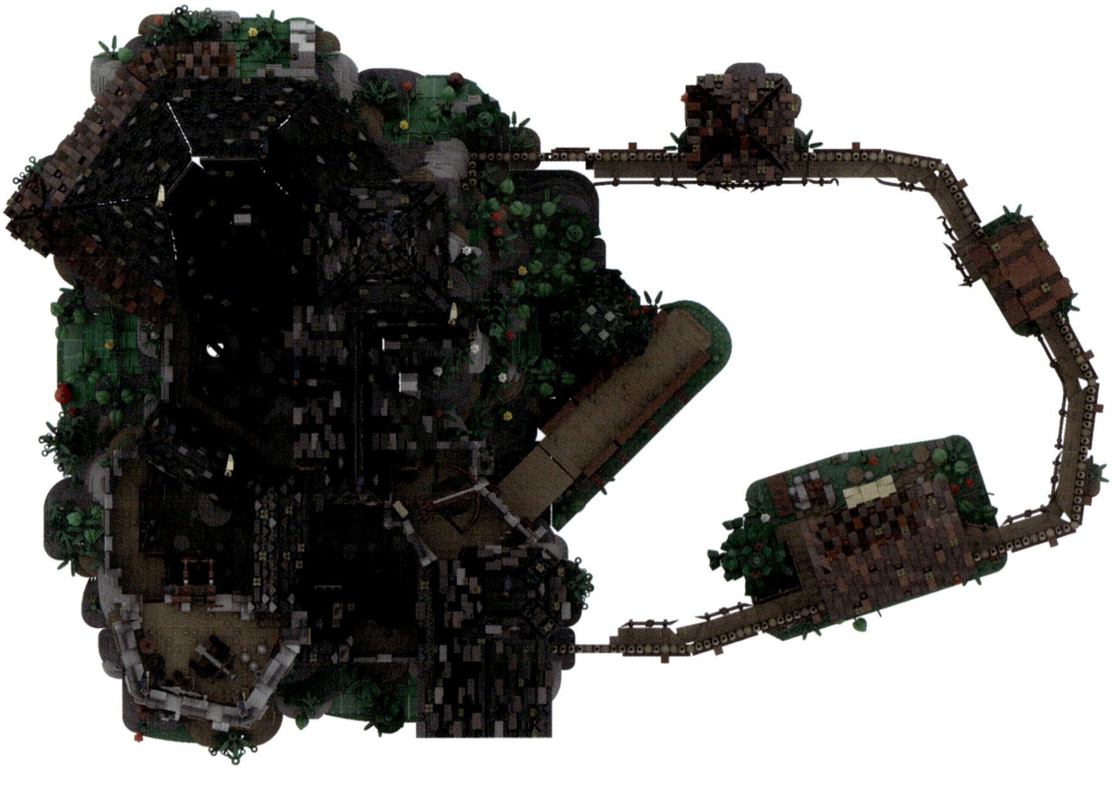

Der Plan des Baumeisters Narax, wie Burg Blaustein in den nächsten Jahren erweitert werden soll – und in seinem Geist formen sich weitere Ideen.

weitere Mittelaltersets, aber wer weiß, vielleicht ergibt sich ja irgendwann ein Update-Buch.
Standesgemäß war mein erstes BlueBrixx-Set übrigens Nahemas Turm, aktuell habe ich aber gerade die Bergfried-Erweiterungen-Version 2.0 fertiggestellt.

Viel Spaß beim Stöbern!

Alex Spohr,
an einem kühlen Apriltag 2025
Frankfurt am Main

BlueBrixx

Als ich damals in meiner Schulzeit das erste Mal von Pen-&-Paper-Rollenspiel gehört habe, war ich sofort fasziniert: Eine Geschichte nicht nur passiv zu lesen, sondern aktiv zu erleben und zu beeinflussen, war und ist ein faszinierender Gedanke. Allerdings musste es bis zu meinem Studium dauern, bis ich meine erste richtige dauerhafte DSA-Runde hatte. Mit Ra, Mun und Bernd erlebte ich so viele erinnerungswürdige Abenteuer, dass mir jetzt noch die Erkenntnis schwerfällt, dass diese Runde nur 3 Jahre bestand und darüber hinaus noch mehr als 20 Jahre zurückliegt.
Aber die Erlebnisse, die – wortwörtlich – Abenteuer und Erfahrungen, die ich machen durfte, sind noch heute eine präsente und wundervolle Erinnerung, die mich hoffentlich noch lange begleiten wird.
Und natürlich kommt mit der Vorstellung und dem Bedürfnis, den Mitspielern zu veranschaulichen, wie Adrans neue Ritterburg in einem aufgegebenen Bergwerk oder Yorindes Hexenhütte am Dorfrand genau aussieht. Damals, Ende der 2000er war an Klemmbausteine nicht wirklich zu denken; zu eingeschränkt und auch teuer war die Auswahl.
Dann kam, wie so oft, das Leben dazwischen und auch wenn die Erinnerungen präsent waren, geriet das Rollenspiel in den Hintergrund, bis ich irgendwann auf BlueBrixx und den Magierturm von Yol-Ghurmak aufmerksam wurde – der auch nach langer Abstinenz das erste gekaufte Set wurde. Und nach einem Umzug hatte ich endlich den Platz, mir den Wunsch zu erfüllen, den ich schon seit der ersten Runde hatte: eine richtige, realistische und detaillierte Ritterburg zu bauen – die Blaustein. Und mit jedem Set, welches ich sah, kamen Erinnerungen wieder: Gespräche in der Taverne nach erfolgreichem Abenteuer, Spurensuche nach der Ursache eines Traviafluches auf einem Bauernhof, oder Abwehr eines Thorwalerüberfalls in Albernia.

Und so schließt sich mit diesem Quellenbuch für mich der Kreis: Von den ersten selbst aufgebauten und bespielten Ritterburgen der Kindheit über die erlebten Abenteuer in der fantastischen Welt Aventuriens in der Jugend zu der Baronie Blaustein, in der wiederum neue Abenteuer auf mich warten.
Ich hoffe, dass auch noch viele weitere Menschen die wundervollen Erfahrungen und Erlebnisse machen dürfen und dass ihnen mit den Sets der Mittelalterwelt von Bluebrixx die Möglichkeit gegeben wird, noch tiefer in die fantastische und wundervolle Welt von **Das Schwarze Auge** einzutauchen.

Mögen die Götter mit euch sein,
Jo (Joachim Krisch)

Flörsheim, April 2025

Turm der Magierin Nahema

Von Grössen und Kreuzen

Die Klemmbaustein-Modelle versuchen zwar, die Realität nachzuempfinden, aber sie verfügen nicht über realistische Größen. Dies bedeutet z. B., dass das Gasthaus weniger Gästezimmer aufweist, als dies in der aventurischen Version der Fall ist. Es handelt sich eben um ein Klemmbaustein-Modell.
Und noch eine Anmerkung zur Abbildung von den Kreuzen: Wir wissen selbstverständlich, dass christliche Kreuze in Aventurien als Symbole nicht existieren, allerdings haben wir bei der Beschreibung des Borontempel das Kreuz als umgedrehtes, stilisiertes Schwert gedeutet, das Symbol Rondras. In der Geschichte des Gebäudes war der Tempel früher Rondra geweiht und der Borongeweihte, der das Gebäude nun nutzt, hat viele Symbole bislang nicht ersetzt.

Willkommen in Aventurien

Aventurien ist die Welt des Pen-&-Paper-Rollenspiels **Das Schwarze Auge**. Hier gibt es Elfen und Zwerge, Drachen und Ritter, Kaiser und Könige und vor allem Helden, die gegen alles Böse vorgehen und Aventurien zu einem besseren Ort machen wollen.

Der Kontinent Aventurien erstreckt sich von den Dschungeln und Sümpfen des Südens, wo Echsenmenschen ihr Unwesen treiben, bis in die eisigen Länder der Fjarninger Barbaren in den nördlichen Weiten. Dazwischen liegen Bergkönigreiche der Zwerge, die Steppen der Orks, die Wälder der Elfen – und natürlich die vielen Länder und Städte der Menschen. Aventurien bietet Abenteuer, Herausforderungen und Gefahren für jeden Helden, vom reisenden Ritter bis hin zur mächtigen Erzmagierin.

Eine Welt der Abenteurer

Das Herz Aventuriens wird vom **Mittelreich (1)** eingenommen (In diesem Land liegt auch das Fürstentum Kosch, die Provinz, in der sich Burg Blaustein befindet. Zu dieser Provinz wirst du im nächsten Abschnitt mehr erfahren). Beherrscht von mächtigen Provinzherren und zusammengehalten von der jungen Kaiserin Rohaja, ist das Mittelreich die Heimat kühner Ritter und anderer Helden, die für die Ordnung der Götter streiten. Das Mittelreich ist auch der Lebensraum grimmiger Zwerge, die ihre Bingen und unterirdischen Städte tief in die Gebirge getrieben haben. Der Mittelpunkt des Reichs ist jedoch Gareth, die mit Abstand größte Stadt des Kontinents. Gareth allein bietet bereits mehr als genug Möglichkeiten, um Hunderte von spannenden Abenteuern zu erleben.

Im ewigen, verbissenen Kampf liegt das Mittelreich mit den Orks, den Bewohnern der Steppen im Nordwesten Aventuriens, des sogenannten **Orklands (2)**. Wegen ihrer dunklen Behaarung am ganzen Körper nennen die Menschen die Orks meist Schwarzpelze. Sie gelten als wild und barbarisch und nutzen jede Gelegenheit, um ihre Kräfte mit jedem zu messen, der dumm oder mutig genug ist, sich in ihr Land zu wagen.

Im Nordwesten Aventuriens leben die Thorwaler, mutige Seefahrer, die kaum etwas schrecken kann, solange sie ihren Walgott Swafnir an ihrer Seite wissen. Von ihrer Heimat **Thorwal (3)** aus segeln sie die Küsten entlang und genießen einen Ruf als gefürchtete Piraten.

Südlich von Thorwal und dem Orkland liegen die beiden Königreiche **Nostria (4)** und **Andergast (5)**. In den Augen anderer Menschen gelten ihre Bewohner als rückständig und hinterwäldlerisch. Die beiden Länder verbindet eine gemeinsame Geschichte mit zahlreichen Kriegen und Scharmützeln, denn die Bewohner beider Reiche sind sich spinnefeind.

Südlich des Mittelreichs liegt das fortschrittliche **Horasreich (6)**, das Land der Künstler und Dichter. Über die Städte dieses ergiebigen Landstrichs herrschen Patrizier, Adlige und Stadträte, die stets darum bemüht sind, ihre Konkurrenten zu übertrumpfen oder sie durch Intrigen zu schwächen. An der Spitze dieses Staates steht der Horas, der das ganze Reich mit Weitblick regiert und dessen Vater ein leibhaftiger Drache sein soll.

Der horasischen Küste vorgelagert sind die **Zyklopeninseln (7)**, wo neben den namensgebenden einäugigen Riesen auch Minotauren und Feen die Wälder durchstreifen. Die Zyklopeninseln gehören politisch zum Horasreich, obwohl der dort lebende Menschenschlag nur wenig mit den Bewohnern des Festlands gemein hat.

In südlichen Gefilden liegt das Imperium von **Al'Anfa (8)**, dessen gleichnamige Hauptstadt von manchen auch die Pestbeule des Südens genannt wird: eine Stadt voller Dekadenz und Intrigen, in der das Leben eines Fremden nicht mehr wert ist, als er auf einem der Sklavenmärkte einbringt. Dieser Moloch wird von Plantagen am Leben gehalten, auf denen Sklaven für den Reichtum ihrer Herren schuften müssen.

Die **Dschungel des Südens (9)** und die Waldinseln werden vom Volk der Waldmenschen und den Utulu bewohnt. Sie kämpfen täglich ums Überleben und werden zudem von den Al'Anfanern und anderen Sklavenhaltern bedroht,

Warum heißt das Spiel Das Schwarze Auge?

Das Spiel wurde nach dem Gegenstand der prägendsten Legenden Aventuriens benannt. Bei einem **Schwarzen Auge** handelt es sich um einen magischen Gegenstand von großer Macht. Ein solches Auge kommt ausgesprochen selten vor, und nur wenige Zauberer früherer Zeitalter konnten das Metall, aus dem das Artefakt besteht, so verzaubern, dass der Betrachter an ferne Orte oder in die Vergangenheit blicken kann. Um ein Auge herzustellen, benötigt ein Erschaffer nicht nur Magie, sondern außerdem vom Himmel gefallenes Meteoreisen. Beim Verzaubern nehmen die Eisenklumpen eine kugel- oder augenartige Form an.

die immer wieder Menschenjäger ausschicken, um die Dschungelbewohner zu versklaven.
Noch weiter im Süden liegt das **Südmeer (10)**, mit seinen unzähligen kleinen Inseln, die von Piraten und Kolonialherren beherrscht werden. Hier sind es vor allem die Gerüchte um sagenhafte Schätze und Passagen zu unbekannten Kontinenten, die Abenteurer anlocken.
Jenseits der Gebirge im Osten des Horasreichs herrschen die Novadis über die Wüste Khôm, in der so manche Karawane Opfer der Nomadenstämme des **Kalifats (11)** geworden ist. Novadis sind Anhänger des Gottes Rastullah und belächeln all die ahnungslosen Ungläubigen, die der Vielgötterei anhängen.
Noch weiter im Osten liegen die **Länder der Tulamiden (12)**, die von Sultanen und Emiren beherrscht werden. Die vielen Klein- und Stadtstaaten dieses Landstrichs sind berühmt für ihre Dschinnenbeschwörer, listigen Diebe und die exotischen Waren ihrer Basare. Das größte Reich der Tulamiden – sieht man einmal vom Kalifat der Novadis ab – ist **Aranien (13)**. Das Land ist sehr fruchtbar und gehörte viele Jahre zum Mittelreich, bis es sich für unabhängig erklärte. In Aranien verbindet sich die Tradition der Tulamiden mit der Kultur der Mittelreicher zu einem einzigartigen Völkergemisch. Aranische Männer gehen vor allem dem Müßiggang nach, während Frauen die eigentlichen Machthaber im Königreich sind.
Östlich der Tulamidenlande, gegenüber dem Golf von Tuzak, liegt **Maraskan (14)**. Die Insel gilt den Tulamiden als Bannland und ist bekannt für ihre giftige Tier- und Pflanzenwelt, für Meuchler und die absonderliche, vom Dualismus geprägte Religion ihrer Bewohner, in deren Zentrum die Verehrung der Zwillingsgötter Rur und Gror steht.
Die **Schattenlande (15)**, einst Provinzen des Mittelreichs, wurden vor einigen Jahren von menschlichen Dienern der Erzdämonen unterworfen. Finstere Dämonenbeschwörer, sinistere Nekromanten und skrupellose Adlige verfolgen hier ungestört ihre Pläne und wandeln abseits der göttlichen Ordnung.
Die nördlichen Wälder und Steppen rund um die **Salamandersteine (16)** sind der Lebensraum der Elfen. Orks wie Menschen meiden das Gebirge und die umliegenden Wälder, denn ihre Bewohner mögen es nicht, wenn Fremde ihr Land betreten. Einerseits für ihre Schönheit und ihre Eleganz geschätzt, andererseits für ihren bisweilen grausam anmutenden Umgang mit missliebigen Eindringlingen gefürchtet, gelten die Elfen als magische Wesen, deren Ursprung das Licht ist und deren angeblich ewigwährendes Leben von Musik und Gesang begleitet wird.
Das **Svellttal (17)**, gelegen zwischen Orkland und elfischen Siedlungsgebieten, war früher ein Bund von Handelsstädten. Schon seit etlichen Jahren herrschen hier die Orks und fordern von der menschlichen Bevölkerung Tribut. Der wilde Landstrich kennt nur das Recht des Stärkeren, und wer überleben will, tut gut daran, sich zu bewaffnen.
Im Nordosten liegt das **Bornland (18)**, ein waldreicher Landstrich, der von den Bronnjaren regiert wird, einer teils verarmten Adelsschicht. Das Leben hier ist hart und entbehrungsreich, vor allem für die Leibeigenen. Die Wälder des Bornlands bergen so manches Mysterium aus der Zeit des mächtigen, aber längst untergegangenen Theaterritterordens, eines Kriegerbundes, auf dessen Erbe sich die Bronnjaren berufen.
Nördlich des Bornlands erstreckt sich der **Hohe Norden (19)**. In den wärmeren Bereichen des Nordens durchstreifen die Nivesen die weiten Steppen mit ihren Tierherden, während die Norbarden von Ortschaft zu Ortschaft ziehen, um ihre Waren zu verkaufen. Die nördlichen Eiswüsten werden aber auch von ihnen nicht betreten. Kaum ein Mensch lebt hier, aber immer wieder trauen sich Pelzjäger und Goldsucher in diese entlegene Gegend und treffen auf uralte Geheimnisse und Wesenheiten, die nie ein Aventurier zuvor gesehen hat. Einzig die Fjarninger, ein Volk von Barbaren, sowie Yetis und Nachtalben trotzen der eisigen Umgebung.
Aventurien ist jedoch nur einer von mehreren Kontinenten auf der Welt Dere. Jenseits des Ehernen Schwertes, eines gewaltigen Gebirges im Nordosten Aventuriens, soll das sagenhafte **Riesland** liegen (von einigen Gelehrten Rakshazar genannt). Und erst vor Kurzem gelang es mutigen Abenteurern, die Küsten einer Landmasse jenseits des Südmeers zu entdecken: **Uthuria**, das Land der 12.000 Götter. Die ursprüngliche Heimat der Thorwaler und Mittelländer hingegen, das mysteriöse **Güldenland**, liegt westlich von Aventurien, jenseits eines großen Ozeans. Gelegentlich gelingt es zwar, Myranor – so die Bezeichnung des Kontinents in der Sprache der Güldenländer – anzulaufen, aber deutlich öfter scheitert das riskante Unterfangen. Und welche Länder unter dem Meer, in den Tiefen der Erde oder über den Wolken liegen mögen, darüber wissen nur Legenden zu berichten.

Eine Welt voller Magie

Aventurien ist eine von Magie durchdrungene Welt. Dreiköpfige Drachen, geifernde Ghule, smaragdfarbene Spinnen und andere Abscheulichkeiten bevölkern den Kontinent und stellen eine Gefahr für Leib und Leben der Bewohner dar. Doch nicht nur Ungeheuer unterscheiden Aventurien von unserer Welt. Einige wenige Menschen sind mit »Madas Gabe« geboren, der Magie, und werden in Akademien oder bei privaten Lehrmeistern in der Kunst der Zauberei unterwiesen.
Die bekannteste Zaubertradition sind die **Magier**. Sie sind in der Lage, den Willen anderer zu beherrschen, sich unsichtbar zu machen oder Feuer auf ihre Feinde zu werfen.
Neben den Magiern gibt es viele weitere Zaubertraditionen, etwa die der **Hexen**. Die Töchter Satuarias, wie sich die Hexen selbst nennen, betrachten Magie als ein Geschenk ihrer Göttin und wählen sich meist ein magisch begabtes Vertrautentier, mit dem sie stille Zwiesprache halten können.
Einen gänzlich intuitiven Umgang mit ihren magischen Kräften hingegen pflegen die zaubermächtigen **Elfen**, die von Natur aus mit der Gabe der Magie gesegnet sind. Ihre Magie ist an ihre Lebensart angepasst und hilft ihnen bei der Jagd und dem Überleben in der Wildnis.

19
Bjaldorn
16
17
18
3
Dominium
Donnerbach
2
5
15
4
1
Kosch
13
14
11
7
6
12
Mengbilla
Chorhop
9
8
Charypso
10
Brabak
Hôt-Alem

Ein Schwarzes Auge

Eine Welt der Götter

Neben der Magie kann ein Aventurier Übernatürliches ebenso bei den Priestern der Götter beobachten, den sogenannten »Geweihten«. Am weitesten verbreitet ist in Aventurien der Glaube an die **Zwölfgötter**, ein Pantheon aus zwölf Geschwistern, dem Praios, der Gott der Herrschaft und Ordnung, als Götterfürst vorsteht.

Kaum eine Bäuerin begegnet zwar jemals einem Magier oder einem Ungeheuer, aber sie erlebt häufig die wundersamen Kräfte ihres Dorfpriesters und sieht, wie auf Bitten des Geweihten Pflanzen sprießen oder sich die Wunden eines Verletzten schließen.

Doch selbst die Götter haben Feinde, deren Wirken sich nur allzu deutlich zeigt: Im Osten Aventuriens erstrecken sich die Schattenlande, ein dunkler Ort, an dem die Menschen die **Erzdämonen** der niederhöllischen Domänen anbeten und sie darin unterstützen, ihren ewigen Kampf gegen die Götter auszutragen. Finstere Schwarzmagier erschaffen hier Untote und beschwören Dämonen, die Angst und Schrecken unter den Götterdienern säen.

Neben den Erzdämonen ist es vor allem der **Gott ohne Namen** (auch der Namenlose oder der Güldene genannt), der die Macht der anderen Götter heimlich unterwandert und seine Diener ausschickt, um seinen Willen durchzusetzen.

Die Götter Aventuriens

Die nachfolgende Auflistung verschafft dir einen schnellen Überblick über die Zwölfgötter und darüber, für welche Aspekte sie jeweils stehen. Die Zwölfe werden im Mittelreich ebenso verehrt wie im Horasreich, in den Tulamidenlanden, in Nord- und Südaventurien, jedoch gelegentlich mit anderen Schwerpunkten oder vermischt mit anderen Gottheiten. Widersacher der Götter sind der Namenlose, der in fast allen Kulturen und unter diversen Bezeichnungen bekannt ist, und die Erzdämonen, groteske Zerrbilder der Götter. Die Zwerge verehren vor allem Angrosch, der bei den Zwölfgöttergläubigen als Ingerimm bekannt ist. Die Elfen hingegen wandten sich nach dem Fall ihrer Hochkultur von ihren alten Göttern ab und beten nicht mehr zu ihnen. Neben diesen Göttern gibt es noch weitere, etwa Rastullah, den das Wüstenvolk der Novadis als einzigen Gott verehrt, Rur und Gror, die zweigeschlechtlichen Zwillingsgötter der Maraskaner, oder Swafnir, den Walgott der Thorwaler, der als Halbgott und Kind Rondras und Efferds Einzug ins Zwölfgötterpantheon hielt.

Die Zwölfgötter

Gottheit	Aspekte	Heiliges Tier/Symbol
Praios	Gerechtigkeit, Magiebann, Wahrheit	Greif
Rondra	Ehre, Kampf, Mut	Löwin
Efferd	Stürme, Wasser, Wind	Delphin
Travia	Ehe, Gastfreundschaft, Treue	Wildgans
Boron	Schlaf, Tod, Vergessen	Rabe
Hesinde	Kunsthandwerk, Magie, Wissen	Schlange
Firun	Eis, Jagd, Natur	Polarbär
Tsa	Jugend, Leben, Wiedergeburt	Eidechse
Phex	Diebe, Glück, Handel	Fuchs
Peraine	Ackerbau, Heilung, Viehzucht	Storch
Ingerimm	Feuer, Handwerk, Schmiedekunst	Hammer & Amboss
Rahja	Liebe, Rausch, Schönheit	Stute

Die zwölf Erzdämonen

Erzdämon	Aspekte	Domänenname
Blakharaz	Folter, Dunkelheit, Rache	Tyakra'Man
Belhalhar	Blutrausch, Heimtücke, Massaker	Xarfai
Charyptoroth	Meeresungeheuer, Stürme, verdorbenes Wasser	Gal'k'zuul
Lolgramoth	Rastlosigkeit, Ruhelosigkeit, Treuelosigkeit	Thezzphai
Thargunitoth	Alpträume, Nekromantie, Untote	Tijakool
Amazeroth	Illusionen, Täuschung, Wahnsinn	Iribaar
Belshirash	Gnadenlosigkeit, Kälte, Unbarmherzigkeit	Nagrach
Asfaloth	Chaos, Chimären, Verwandlungen	Calijnaar
Tasfarelel	Geld, Habgier, Neid	Zholvar
Belzhorash	Krankheiten, Missernten, Unfruchtbarkeit	Mishkara
Agrimoth	Konstruktionen, Unelemente, Verschmutzung	Widharcal
Belkelel	Orgien, Perversion, Selbstsucht	Dar-Klajid

Zeitrechnung

Die Völker Aventuriens verwenden unterschiedliche Zeitrechnungen und Kalender. Am gebräuchlichsten unter den Zwölfgöttergläubigen ist jedoch die Zeitrechnung »nach Bosparans Fall (BF)« (oder v.BF, wenn ein Jahr vor dem Fall erwähnt wird). Bosparan war vor über 1.000 Jahren die mächtigste Stadt des Kontinents, ging aber durch Aufstände unter. Wie im wirklichen Leben vergeht auch in der Spielwelt von **Das Schwarze Auge** Zeit. Abenteuer schreiben die Geschehnisse Aventuriens fort. Die aktuelle Spielzeit ist um das Jahr 1045 BF angesiedelt.

Monate

Das aventurische Jahr umfasst 12 Monate mit jeweils 30 Tagen. In den meisten Regionen sind die Monate nach den 12 Göttern benannt. Die letzten 5 Tage des Jahres gelten als unheilig und dem Namenlosen geweiht. Kaum ein Aventurier traut sich während dieser Zeit vor die Tür, geschehen doch merkwürdige Dinge und grausame Kreaturen sollen herumschleichen, dämonische Rituale leichter gelingen, und die Menschen sind vom Pech verfolgt.

Wochentage

Eine aventurische Woche umfasst für die Zwölfgöttergläubigen sieben Tage: Sie beginnt mit dem Windstag, danach folgt der Erdstag, den manche auch Erztag nennen. Nach dem Markttag liegt in der Wochenmitte der Praiostag, an dem die meisten ihre Arbeit ruhen lassen. Es folgen der Rohalstag und der Feuertag (im Kosch auch Ingerimmstag genannt). Der Wassertag beschließt die Woche.

Geld und Währung

Beinahe überall in Aventurien wird die Währung des Mittelreichs akzeptiert, das in gleicher Aufteilung, nur anders geprägt, auch im Horasreich Verwendung findet. Münzen aus Gold, Silber, Bronze und Eisen sind im Umlauf, genannt Dukaten, Silbertaler, Heller und Kreuzer. Ein Golddukat entspricht 10 Silbertalern, 100 Bronzehellern oder 1.000 Eisenkreuzern. Die gängigsten Münzen in den Mittellanden und eigentlich in ganz Aventurien sind fraglos der Silbertaler und der Heller. Mancher Bauer sieht in seinem Leben keine einzige Goldmünze, zu gering ist der Gegenwert der Waren, die er erwirtschaftet.

Kosch- und Blaubasalt

Hierbei handelt es sich um besondere Gesteinsarten mit ähnlichen Eigenschaften, die nur in den Koschbergen vorkommen. **Koschbasalt** ist ein tiefgraues Vulkangestein mit regenbogenfarben schimmernden Einschlüssen. Der deutlich seltener vorkommende **Blaubasalt** hingegen ist ein Felsgestein von ultramarinblauem Schimmer. Beide Arten weisen antimagische Eigenschaften auf. Sie bewirken, dass jegliche Form der Zauberei, die durch sie hindurch gewirkt wird, abgeschwächt oder vollständig aufgehoben wird. In einer magischen Welt wie Aventurien stellt diese besondere Fähigkeit damit einen nicht zu unterschätzenden Faktor dar. Im Vergleich zum abschirmenden Koschbasalt wirkt der Blaubasalt wesentlich stärker. Er saugt Magie geradezu auf. Überschreitet die aufgenommene Zauberkraft allerdings eine gewisse Schwelle, kommt es zu einer explosionsartigen Entladung. Der namensgebende Blaustein, das wohl wichtigste Kleinod der Burganlage, besteht ebenfalls aus Blaubasalt.

Drachen

Geflügelte Bestien, gepanzert mit einem undurchdringlichen Schuppenkleid, und einem Feueratem, der alles verbrennt: so stellt sich der gewöhnliche Aventurier üblicherweise einen Drachen vor. Ganz so eindimensional ist der Sachverhalt natürlich nicht. Drachen in Aventurien sind eine uralte Spezies, einst geschaffen von unsterblichen Wesenheiten, die heutzutage wahlweise als Gottheit oder Dämonen verehrt werden. Vor vielen Zeitaltern herrschten die Drachen über die gesamte Welt, unterwarfen etliche Völker und führten vor allem Krieg gegen die Zwerge. Einige wenige von ihnen stiegen gar in göttliche Sphären auf. In der Baronie Drakfold kennt man verschiedene Arten von Drachen, angefangen beim majestätischen **Kaiserdrachen**, über den dreiköpfigen **Riesenlindwurm** bis hin zum sechsbeinigen **Purpurwurm.** Erbärmlich stinkende **Tatzel-** und **Grubenwürmer** und kleinere **Baumdrachen** sind hier ebenfalls heimisch. Letztere sind weit verbreitet und bauen tatsächlich Nester in Baumwipfeln. Nicht alle Drachen sind boshaft, nicht alle können Feuer speien oder zaubern. Gemein ist ihnen lediglich, dass sie alle einen Edelstein in ihrem Kopf tragen, den sogenannten Karfunkel. Wer einen Drachen jagt und zur Strecke bringt, gilt in den meisten Kulturen Aventuriens auch heute noch als großer Held.

Bei *Drakantor* (siehe Seite **97**), der sich in der Nähe von Burg Blaustein niedergelassen hat, handelt es sich um einen jungen Kaiserdrachen.

Zwerge

Die Zwerge Aventuriens, die sich in ihrer Sprache als Angroschim bezeichnen, leben vor allem in unterirdischen Städten in den Bergen, die sie bereits vor tausenden Jahren errichteten. Sie sind bekannt für ihre geringe Körpergröße, ihre Zähigkeit und beten zum Gott Angrosch. Drachen sind ihre Erzfeinde, die Menschen hingegen ihre Verbündeten. Zu den Elfen pflegen sie eine Art Hassliebe. Zwerge gruppieren sich im Wesentlichen in vier Völker. Das älteste und traditionsreichste von ihnen ist das Volk der **Erzzwerge**, das abenteuerlustigste das der **Ambosszwerge**. Die **Brillantzwerge** sind die feinsinnigeren und kunsthandwerklich begabten Vertreter ihrer Spezies. Sie verloren vor etwa zwei Jahrzehnten im Krieg ihre Heimat und ließen sich daraufhin weiter im Süden nieder. Die gemütlichen **Hügelzwerge** hingegen legen vor allem Wert auf Bequemlichkeit und eine gut gefüllte Speisekammer. Im Kosch leben vor allem Erz- und Hügelzwerge. Während Erstere in den Hallen des Bergkönigreiches Koschim leben, sind die grasgedeckten Erdhäuser des Hügelvolks vor allem im Hügelland zu finden. Auch im Junkergut Schwanbrück leben einige Angroschim. So entstammt der Baumeister der Burg Blaustein dem Volk der Erzzwerge, die Bäckerin des Dorfes ist eine Hügelzwergin und die Glashütte im Wald wird ebenfalls von einige Zwergen betrieben.

Elfen

Die Elfen Aventuriens sind humanoide Wesen, die ihre Heimat, die Lichtwelt, im vorletzten Zeitalter verließen und sich in Aventurien ansiedelten. Sie sind von schlankem Wuchs und gemeinhin etwas größer als ein Mensch. Das deutlichste Unterscheidungsmerkmal sind ihre spitz zulaufenden, längeren Ohrmuscheln und die leicht größeren Augen. Elfen sind durch und durch magische Wesen, die eine intuitive Form von Zauberei beherrschen. Magie ist für sie ein vollkommen natürlicher Teil der Welt und beinhaltet häufig Gesang und Musik. Auf dem Kontinent Aventurien leben drei große Elfenvölker. Die **Auelfen**, die ihre Pfahldörfer und Baumsiedlungen oft an Flüssen und Seen errichten, haben am häufigsten Kontakt zu den Menschen und sind bekannt für ihren Bogenbau. *Dimeloë Silberwind*, die bei der hochelfischen Ruine in der Nähe von Wirselgrund lebt, entstammt dem Volk der Auelfen.

Die **Firnelfen**, das kleinste der drei Völker, leben im Eis und Schnee des hohen Nordens, wo ihre Sippen den widrigen Bedingungen unbeugsam trotzen. Au- und Firnelfen sind Nachfahren der legendären Hochelfen, die einst große Teile des Kontinents beherrschten, ehe ihre Reiche untergingen.

Die **Waldelfen** stammen nicht von den Hochelfen ab. Sie gelten als das ursprünglichste und geheimnisvollste aller Elfenvölker. Sie leben vor allem in den undurchdringlichen Wäldern der Salamandersteine.

Das Fürstentum Kosch

Geografische Lage: Mittelreich, zwischen Kosch- und Ambossbergen sowie den Strömen Großer Fluss, Ange und Rakula
Landschaft: der Kosch erstreckt sich von den im Westen steil aufragenden, oft schneebedeckten Bergen über sanft ansteigende Hügel und lichte Wälder bis zu den Auen des Großen Flusses sowie um den Angbarer See und den zumeist von Nadelwald bewachsenen Ambossbergen im Süden
Wappen: silberner Wellenquerbalken auf schwarzem Grund, als Herzschild schwarzer Keiler auf Grün
Herrscher: Anshold vom Eberstamm, Fürst des Koschs
Politische Zugehörigkeit: Provinz des Mittelreichs
Regierungsform: Feudalherrschaft mit volksverbundenem Adel; zwergische Bergkönigreiche Koschim (Zwergisch: Dumron Okosch) und Waldwacht (Zwergisch: Tosch Mur)
Bevölkerung: 80.000, davon knapp 20.000 Zwerge
Wichtige Städte: Angbar (3.200 Menschen und 2.100 Zwerge), Ferdok (2.200 Menschen und 700 Zwerge), Murolosch (1.300 Zwerge), Eisenhuett (etwa 560 Menschen und 370 Zwerge), Nadoret (900), Salmingen (850), Koschim (500 Zwerge)
Götterverehrung: Zwölfgötter (besonders Ingerimm und Travia), Angroschkult der Zwerge
Handelsgüter: helles Ferdoker und dunkles Angbarer Bier, Stahl und Schmiedewaren, Koschbasalt, Feinmechanik und Belagerungsmaschinen zwergischer Fertigung

Landschaft

Zerklüftete Berge auf der einen Seite, bewaldete Hügel, gemächliche Flüsse und grüne Auen auf der anderen: Zwei Gesichter zeigt der Kosch dem Reisenden. Seine natürlichen Grenzen hat das Land durch Kosch- und Ambossgebirge im Westen und Süden sowie die Ströme Großer Fluss, Ange und Rakula im Norden und Osten. Hohe Gipfel prägen Hochkosch und Wengenholmer Berge. Die Hänge sind von dichten Wäldern bedeckt. Im Kontrast dazu steht die Auenlandschaft entlang des Großen Flusses und um den Angbarer See.

Tiere

Vor allem im gemäßigten, fruchtbaren Klima des Hügellands gibt es eine Vielzahl einheimischer Tierarten. Der Koscher teilt diese in vier Kategorien ein: Nutz- und Wildtiere, Fabelwesen und »nicht erwähnenswert«. Beim Nutzvieh wurden einige für das Fürstentum typische Arten gezüchtet, etwa das halbwilde **Ambosschwein**, **Ferdoker Warmblüter** und **Zwergenponys** mit geringem Stockmaß, das **Schetzenecker Langohrschaf** sowie verschiedene **Wach- und Hütehunde**. Unter den wilden Tieren ist der **Hollerbär** mit seinem bläulichen Fell eine Besonderheit, der sich hauptsächlich von Beeren ernährt. Auffällig ist die Artenvielfalt der **Langohren**; Auerhas, Hanghase, Hügelpüschel und Tunnelhoppler gibt es nur im Kosch. In den Seen und Flüssen tummeln sich **Fische** wie der Angbarsch, der bis zu drei Schritt lange Knurrwaller, Plötze, Salm und Seegraf. **Amphibien** und **Reptilien** sind hingegen selten, sodass mancher Basaltsalamander, die Klammunke und die Koschkröte fast zu den Fabelwesen zählen. Unter letzteren kennt man vor allem die **Valpodinger**, während der Magierkriege (einer Epoche vor 500 Jahren, als verschiedene Fraktionen der Gildenmagier gegeneinander Krieg führten) entstandene **Mischwesen**: Brüllhamster, Luchsdrossel, Panzerbiber und Säbelzahnkaninchen sind die bekanntesten dieser Chimären (Mischwesen, durch Schwarze Magie geschaffene Kreaturen, die aus verschiedenen Tieren, bisweilen auch Menschen und Pflanzen, bestehen). Mundan, wenn auch seltsam, sind die **Bollen**, plumpe, hühnerartige Vögel, von denen die Distanzangabe »nur einen Bollenflug weit entfernt« stammt. Das über das Fürstentum hinaus bekannteste Tier ist die **Koschammer**, ein kleiner, unscheinbarer Singvogel: Ihre Zunge gilt außerhalb des Koschs als Delikatesse, weswegen Koschammern nicht nur gejagt, sondern auch gezüchtet werden. Die Koscher selbst verwerten das ganze Vögelchen, das als Armeleuteessen gilt.

Pflanzen

Wälder bestimmen in weiten Teilen die Landschaft des Kosch, von den Flussauen bis zur Baumgrenze im Gebirge. Unter den Nutzpflanzen spielt der **Hopfen** eine herausragende Rolle, der vor allem beim Bierbrauen verwendet wird. Die blauen **Hollerbeeren** sind beliebt als Beerenschnaps und -wein, Marmelade oder Saft, dienen aber wie das **Garnelkraut** auch zum Färben. Ein typisch Koscher Gemüse ist die **Jolpe**, die man roh, gebraten oder (im Verstoß gegen das Koscher Reinheitsgebot) als vergorenes »Jolpenbier« verwendet. Nur im Hochgebirge ist die Blume **Ifirnweiß** zu finden.

Geschichte

Schon rund 4.000 Jahre vor den menschlichen Siedlern lebten im Gebiet des heutigen Fürstentums Zwerge, Elfen und Goblins (eine kulturschaffende Spezies, die in kleinen Räuberbanden oder Stämmen lebt). Während man Angehörige der beiden letzteren Völker kaum noch findet, prägen die Zwerge das Wesen des Kosch bis heute.

872 v.BF errichteten Menschen aus dem Bosparanischen Reich (ein uraltes, untergegangenes Reich, dass ein aventurisches Pendant zum antiken Rom darstellt) die erste Siedlung im Kosch. 865 v.BF begegnen diesen erstmals Koscher Zwerge.

Ab 732 v.BF war der Kosch ein Fürstentum, dessen Gebiet umfasst aber nur den südlichen Teil. In seiner heutigen Ausdehnung besteht das Fürstentum seit dem Fall Bosparans, als Kaiser *Raul von Gareth* seinen Waffenbruder *Baduar vom Eberstamm* zum Fürsten von Kosch erhob.

591 BF wurde Bergkönig *Ambros von Kosch* zum Hochkönig aller Zwerge. **608 BF** überwand der finstere Zauberer

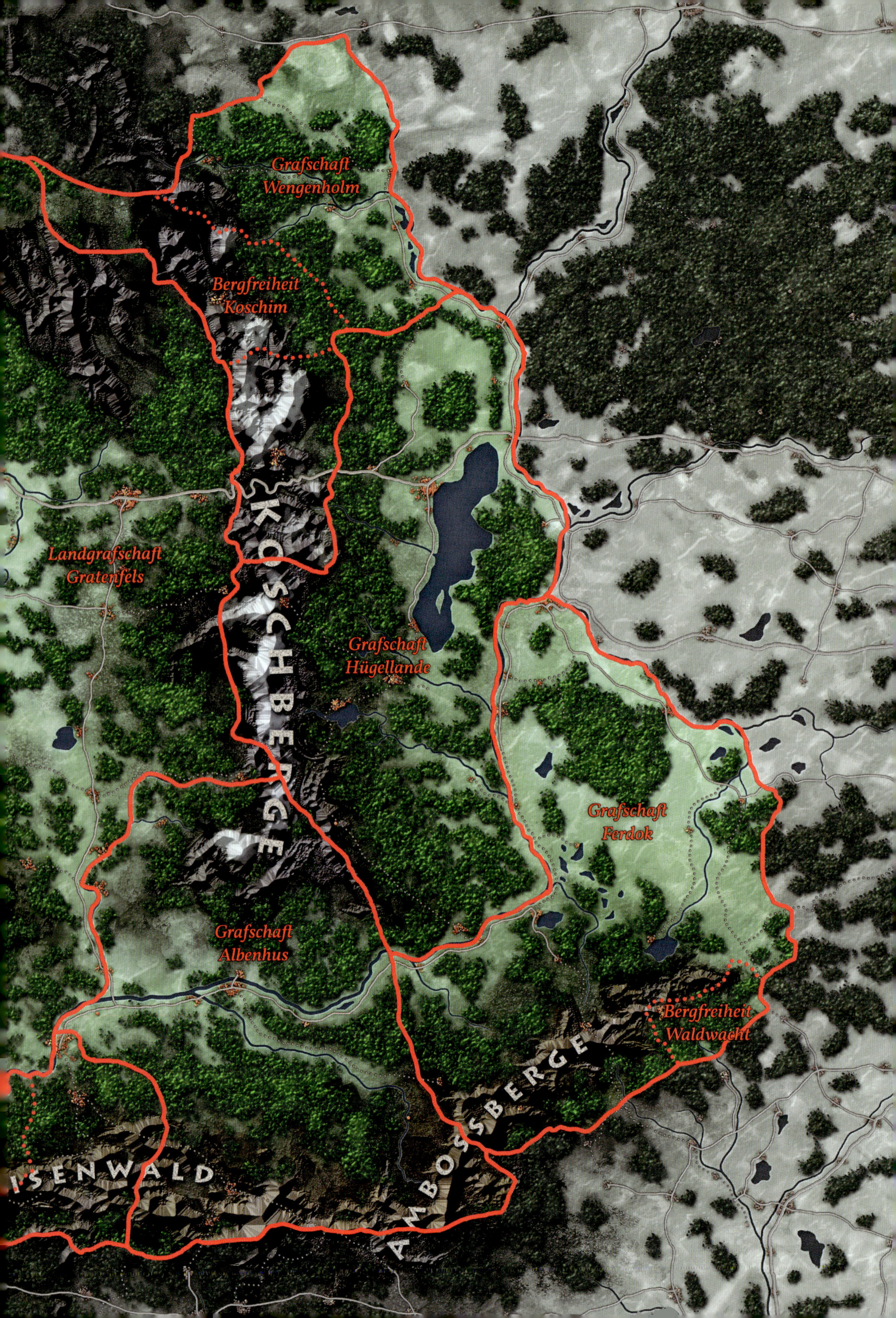

Grafschaft Wengenholm
Bergfreiheit Koschim
KOSCHBERGE
Landgrafschaft Gratenfels
Grafschaft Hügellande
Grafschaft Ferdok
Grafschaft Albenhus
Bergfreiheit Waldwacht
AMBOSSBERGE
ISENWALD

Angbarer See

Der Angbarer See liegt in der Grafschaft Hügellande. Er misst von Norden nach Süden etwa 75 Meilen, von Angbar nach Grauensee knapp 20. Damit ist er einer der größten Seen des Kontinents Aventuriens. Seine größten Zuflüsse sind die Sindel und die Lubra sowie der Rosenbach, im Süden mündet er in eine Sumpfgegend, den »Stillen Grund«. Aufgrund seiner je nach Jahreszeit wechselnden Farbe wird er auch »Saphir des Kosch« oder »der Graue« genannt. Der See ist für seine ergiebigen Fischgründe berühmt. Boote und Fähren verkehren zwischen den zahlreichen Ortschaften an seinem Ufer.

Wichtige Flüsse

Die östliche Grenzlinie des Fürstentums ziehen größtenteils Flüsse. Von Norden her ist dies die Auer, welche bei Auersbrück in die Ange fließt, die sich bei Oberangbar wiederum mit der Breite zum Großen Fluss vereinigt, dem längsten Strom Aventuriens. Dieser fließt gen Süden, biegt auf Höhe der Baronie Bragahn westwärts und lässt bei der Festung Thûrstein den Kosch hinter sich. In den Großen Fluss mündet bei Ferdok die Rakula, bis dorthin die Ostgrenze zum Königreich Garetien. Erwähnenswert sind auch die Wenge, die der Grafschaft Wengenholm deren Namen gab, die Tarnel, an der Auelfen siedeln, und die Bodrin, die durch den Sylbrigen See und das Daskater Moor fließt.

Koschberge

Die Koschberge erstrecken sich von der südlichen Grenze Andergasts (nördlich des Kosch) bis zur Landschaft, durch die der Große Fluss westwärts fließt. Das Gebirge liegt größtenteils auf dem Gebiet des Fürstentums Kosch und stellt die natürliche, kaum zu überwindende Grenze zum Herzogtum Nordmarken dar: Neben dem Greifenpass, über den die Reichsstraße III (Reichsstraßen sind sehr lange und sehr gute Straßen, die durch das Mittelreich führen. Es gibt jedoch nur sehr wenige von ihnen) nach Gratenfels führt, gibt es nur wenige, unbekanntere Pfade nach Westen, die erheblich gefährlicher und meist nur im Sommer passierbar sind.

Die grauen Zinnen des Gebirges ragen teilweise mehr als 4.000 Schritt empor. Viele Gipfel sind ganzjährig schneebedeckt. Götterfirst und Firunszapfen gelten als die höchsten Berge des Gebirges.

Die Berge bestehen vorwiegend aus Granit und gewöhnlichem Basalt. Nur in ihnen sind auch der wertvolle Koschbasalt und der noch seltenere Blaubasalt zu finden.

Bauernhöfe oder gar größere Ansiedlungen gibt es in den höheren Lagen nur wenige. Die Menschen führen dort ein karges Leben, selbst die Adligen, die dadurch zum Sinnbild der »armen Koschbarone« geworden sind. Unter den Wengenholmer Bergen, wie die nördlichen Koschberge genannt werden, erstreckt sich das Bergkönigreich Koschim.

Zulipan von Punin die zwergische Widerstandskraft gegen Magie, zwang eine Armee aus Zwergen und Menschen unter seinen Willen und bedrohte damit den Kosch. Ihm stellten sich Hochkönig *Ambros* und seine Getreuen im »Stillen Grund« am Südufer des Angbarer Sees zur Schlacht und besiegten ihn.

Während der Garether Erbfolgekriege, einer Auseinandersetzung um den Kaiserthron des Mittelreiches, kam es **915 BF** zum so genannten »Saustechen« im Kosch, bei dem Graf Porquid von Ferdok einen großen Teil der Fürstenfamilie vom Eberstamm ermorden und sich selbst zum Fürsten ausrufen ließ.

In der Schlacht am Nebelstein wurde **1012 BF** Fürst *Blasius vom Eberstamm* von Orks (eine kulturschaffende Spezies, die als wild und barbarisch gilt und zudem häufig in Konflikten mit Menschen, Orks und Elfen steht) gefangengenommen und kam erst nach einem Jahr frei. Die Orks zogen durch den Kosch, brandschatzten mehr als ein Dutzend Dörfer und marschierten ostwärts auf die Kaiserstadt Gareth, wo sie in der 2. Schlacht auf den Silkwiesen geschlagen wurden.

Fürst Anshold vom Eberstamm

1020 BF ließ finstere Magie den Moorbrücker Sumpf wachsen, was die Treidelstraße am Großen Fluss unterbrach.

Die Schwarzmagierin *Charissia von Salmingen* beschwor **1027 BF** aus den Tiefen der Bergfreiheit Koschim den flammenden Adler *Alagrimm,* ein elementares Feuerwesen aus dem 2. Drachenkrieg. Dieser zog eine Spur der Zerstörung durch den Kosch. Mehrere Versuche ihn aufzuhalten scheiterten, unter anderem bei Auersbrück. Vereint kämpfenden Zwergen und Koschern gelang es in der Schlacht von Angbar, den Alagrimm zu bezwingen und erneut zu bannen.

Daraufhin schloss Fürst Blasius mit dem Hochkönig der Zwerge einen neuen Bund. Dies war seine letzte große Tat bis zu seinem Tod **1041 BF**.

Herrschaft und Adel

Über den Kosch herrscht der besonnene *Fürst Anshold vom Eberstamm.* Er ist in einer langen Reihe seines Hauses, die vor rund 1.000 Jahren mit *Baduar vom Eberstamm* begann. Ihm zur Seite stehen Berater, nicht zuletzt sein zwergischer Kanzler *Nirwulf Sohn des Negromon.* Das Fürstentum

Wichtige Ereignisse

872 v.BF Gründung Vadocias, des späteren Ferdok
871 v.BF Oger (hünenhafte Menschenfresser) zerstören Vadocia
867 v.BF Ferdok erhält Stadtrecht
865 v.BF erste Begegnung zwischen bosparanischen Siedlern und Koschzwergen
732 v.BF Ferdok wird mit dem südlichen Kosch Fürstentum
580 v.BF Ferdok wird Markgrafschaft
524 v.BF »Bund auf Ewig« zwischen Koscher Siedlern und Koschzwergen
0 BF Der Kosch wird Fürstentum
160 BF Die Lex Zwergia, ein Gesetzesbuch, wird Rechtsgrundlage des Lebens der Zwerge im Neuen Reich.
162 BF Der Große Fluss überschwemmt Ferdok und ändert seinen Lauf
183 BF Kaiser Gerbald I. lässt Leibeigene und Sklaven aus dem Kosch ins Bornland verschleppen
210 BF Ein Riesenlindwurm (ein dreiköpfiger Drache) nistet sich für gut 100 Jahre im Dorf Tallon ein
335 BF Aldec Praiofold II., ein geweihter Fanatiker des Praios, der den sogenannten Priesterkaisern angehört und die einige Zeit als Herrscher des Mittelreiches fungieren, degradiert die Fürsten vom Eberstamm zu Burggrafen
486 BF Der Reichsbehüter Rohal bestimmt die Zwergin Groinsa Sternhagel zur Grevin von Kosch
592 BF Während der Magierkriege entsteht der Moorbrücker Sumpf
600 BF Schlacht von Ferdok, die Orks werden aus dem Kosch vertrieben
608 BF Der Hochkönig der Zwerge, Ambros, tötet Zulipan von Punin und fällt
671 BF Fürst Halmdahl vertreibt den Drachen Greing Scharfzahn
682 BF Der Kosch erhält den Status als Fürstentum zurück; Angbar wird Hauptstadt
722 BF Goldrausch im Koschgebirge
915 BF Koscher »Saustechen«
933 BF Ausrufung des Berkönigsreichs Koschim
934 BF Holdwin erhält den Fürstentitel für Haus Eberstamm zurück
1027 BF Sieg über den Alagrimm
1028 BF Hochkönig Albrax und Fürst Blasius schließen neuen »Bund auf Ewig«
1041 BF Anshold vom Eberstamm folgt seinem verstorbenen Vater Blasius als Fürst nach

umfasst drei unterschiedlich große Grafschaften, **Ferdok**, **Hügellande** und **Wengenholm**, die das Fürstenhaus formal als Lehen vergibt. Die Grafen wiederum vergeben Baronien als Unterlehen, und die Barone noch kleinere Güter an Junker, Edle und Ritter. Eine Besonderheit ist die hohe Zahl zwergischer Adliger, darunter mit *Growin von Ferdok* ein Graf. Im Raulschen Kaiserreich gelten die Koscher Adligen als verlässlich, aber nicht wohlhabend. »Arm wie ein Koschbaron« ist ein geflügeltes Wort, trifft so aber vor allem auf die Adligen der Gebirgsregionen zu. In den ärmeren Gegenden sind die Unterschiede zwischen Herrschenden und Untertanen weniger ausgeprägt: Als Ortsfremder bemerkt man womöglich nicht, dass man vor einem Adligen steht, weil dieser gerade seine Felder pflügt. Allgemein ist der Koscher Landadel bodenständig und kennt die Lebenswirklichkeit der Freien und Leibeigenen. Da selbst eine einfache Landfrau stolz die Namen ihrer Vorfahren aufsagen kann, wundert es wenig, dass der Adel Wert auf eine möglichst umfangreiche und kunstvoll verzierte Stammtafel legt. Eine Ahnentafel zu fälschen wird als Verbrechen angesehen und, schlimmer noch, gilt als äußerst ehrenrührig.

Menschen & Zwerge

Nirgendwo in Aventurien sonst leben so viele Zwerge, die sich selbst Angroschim nennen, mit den Menschen in Frieden. Sie machen fast ein Viertel der Einwohner des Kosch aus, und ihre Lebensweise hat großen Einfluss auf Wesen und Kultur ihrer menschlichen Nachbarn: Fleiß und Handwerksfertigkeit zeichnen diese gleichermaßen aus, ebenso Geradlinigkeit und Eigensinn. Jeder Koscher beherrscht zumindest einige Worte der zwergi-

Adelsherrschaft

Wie im gesamten Mittelreich besteht auch im Kosch ein feudales Herrschaftssystem: Die weltliche Macht liegt in den Händen einer kleinen, privilegierten Adelsschicht.
An deren Spitze steht der Fürst von Kosch, der mit wenigen Unterbrechungen seit mehr als 1.000 Jahren aus dem Haus vom Eberstamm kommt. Derzeit ist dies *Anshold vom Eberstamm*. Unter ihm stehen die Grafen der Hügellande, Wengenholms und Ferdoks, *Wilbur vom See*, *Jallik von Wengenholm* und *Growin Sohn des Gorbosch*.
Im Rang unter diesen, ebenfalls zum **Hochadel** gezählt, sind die Baroninnen und Barone, von denen es im Kosch 29 gibt, sowie etwa ein Dutzend Vögtinnen und Vögte, die Baronien dauerhaft verwalten. Der **Niederadel** setzt sich aus zahlreichen Junkern, Edlen und Rittern zusammen.
Allen Adligen unterhalb des Fürsten ist gemein, dass sie formal oder tatsächlich von einem Höherrangigen ein Lehen erhalten haben, über dessen Land und Einwohner sie herrschen. Umgekehrt sind sie ihren Lehnsherren zu Gefolgschaft und Unterstützung bei kriegerischen Auseinandersetzungen verpflichtet. Davon ausgenommen sind die zwergischen Herrscher der Bergkönigreiche von Koschim und Tosch Mur, *Gilemon Sohn des Gillim* und *Arombolosch Sohn des Agam*, sowie der direkt der Kaiserin unterstehende Pfalzgraf zu Koschgau, *Reto von Bodrin-Hardenfels*.

schen Sprache Rogolan, und viele Wegweiser sind zweisprachig. In den Städten sind Angroschim für menschliche Handwerker sowohl Vorbild als auch Konkurrenz. Zwergische Maßeinheiten werden oft gleichberechtigt mit dem Rohalschen System (Vergleichbar mit dem metrischen System.) verwendet. In den Bergen befinden sich die vielen Vorkommen von Bodenschätzen in zwergischem Besitz.

Siedlungen

Die Niederungen zwischen Großem Fluss und Koschgebirge sind dicht besiedelt. Selten liegen Dörfer mehr als einen Tagesmarsch auseinander. Große Städte gibt es mit Angbar und Ferdok allerdings nur zwei. Selbst die Fürstenstadt ist im Vergleich zu anderen Herrschersitzen wie der nordmärkischen Herzogenstadt Elenvina geradezu beschaulich. Burgen und Bürgerhäuser sind meist mit Sinnsprüchen, Schnitzereien oder Zeichen versehen, die auf den Besitzer hinweisen. Typisch für den Kosch ist neben den zwergischen Hügelhäusern die Bauweise, bei der auf ein festes Erdgeschoss aus Stein ein Fachwerkstock gesetzt wird. Falls möglich verfügen die Gebäude über einen Keller. Der Ferdoker Stil ist feiner gearbeitet, in Wengenholm verwendet man hingegen meist Felsen und kaum behauene Stämme. Aus Holz sind auch die breiten Balkone, häufig die einzige Annehmlichkeit der Bergbauernhäuser. Spitze, mit Schiefer- oder Holzschindeln gedeckte Dächer lassen den Schnee schnell heruntergleiten.

Handwerk

Das Handwerk ist durch zwergische Sitten geprägt. Bei der Arbeit sind Werklieder verbreitet, die das Hämmern und Hobeln begleiten. Oft verzieren Handwerker ihre Erzeugnisse mit lehrreichen Sinnsprüchen. In den Städten haben die Zünfte großen Einfluss. Sie wachen über ihre Vorrechte und kontrollieren die Zahl der Meister, Gesellen und Lehrlinge ebenso wie Qualität und Preise des Handwerks.

Feste & Bräuche

Koscher feiern gern und oft. Neben familiären Anlässen wie Geburtstagen, Eheschließungen und Richtfesten sind die zahlreichen religiösen und weltlichen Feiertage vor allem in den warmen Monaten Gelegenheit für Dorffeste mit Speis und Trank, Musik und Tanz. Durchreisende erleben die Gastfreundlichkeit der Landbevölkerung, vor allem wenn sie Neuigkeiten aus anderen Gegenden mitbringen. An Festtagen haben sich im Kosch teils kuriose Traditionen entwickelt, etwa das Tragen von Masken, Schellen und Verkleidungen am Tag der Jagd zur Wintersonnwende. Handelsmessen wie die Angbarer Warenschau und Ritterturniere wie das Fürstliche zu Angbar und das Wengenholmer Hasenturnier dienen wirtschaftlichem Wohlstand, Zusammenhalt und Wehrhaftigkeit.

Speis & Trank

Typisch für die Koscher Küche sind einfache, kräftig gewürzte Speisen, besonders Eintöpfe und Suppen. Fischgerichte sind an Seen und Flüssen alltäglich, im Bergland Käse, der kalt und warm gegessen wird. Zu den Spezialitäten zählt die Käseschmelze, die mit Brot aus einem Topf getunkt wird. Wer nicht mit Wasser oder Milch seinen

Durst stillt, kann zu jeder Mahlzeit eine der vielen Biersorten trinken, die alle streng nach dem »Koscher Reynheytsgebothe des Jahres 40 BF« gebraut werden.

Glaube & Aberglaube

Die Koscher gelten als götterfürchtiges Volk. Nicht nur der »Zwölfergang«, ein alter Pilgerweg durch die Berge, sondern auch ungezählige Tempel, Kapellen und Schreine am Wegesrand zeugen von ihrer Frömmigkeit. Unter den Zwölfgöttern spielt der Schmiedegott Ingerimm die wichtigste Rolle: Die ersten Siedler lernten ihn durch die Zwerge unter dem Namen Angrosch kennen, woraus sich der heutige Ingerimmglaube entwickelte. Der Tempel der Ewigen Flamme zu Angbar ist der wichtigste Ingerimmtempel Aventuriens. Dort residiert mit *Sephira Eisenlieb* auch die Hüterin der Flamme, das Oberhaupt der Kirche. Die heimatverbundenen Koscher verehren zudem die Herdgöttin Travia und Peraine, die Göttin des Ackerbaus, der man für Getreide und Hopfen dankt. Im Gebirge beten die Jäger zu Ifirn, die ihren grimmigen Vater Firun um Gnade bitten soll. Die Kriegsgöttin Rondra verehren vor allem Ritter und höhere Adlige, die sie eher als wehrhafte Beschützerin wahrnehmen. Efferd, Gott des Wassers, wird oft als dem »Flussvater« gehuldigt und hat seine Gläubigen vor allem unter Fischern und Schiffern. Heilige gibt es im Kosch einige, nicht zuletzt *Kupperus von Wormsalt*, den Schutzpatron gegen schädliche Magie. Die Bergbewohner glauben an königsgleiche Tierherren in Firuns Gefolge und fürchten den Rabbatzmann, einen Berggeist.

Zauberkunst & Hexerei

Das zwergische Misstrauen gegen die mit den Drachen verbundene Zauberei, die Magierkriege und in jüngerer Zeit der Dämonenmeister Borbarad, der mächtigste Schwarzmagier, den es je gab, prägen die Einstellung vieler Koscher zur Magie. Die seltenen Geoden (zwergische Druiden) gelten als unheimlich, aber weise. Hexen trifft man vor allem als Kräuterfrauen, fast immer begleitet von einer Koschkröte, gelegentlich auch von einem Raben, als Tiervertrautem. Sie werden als Heilerinnen, Hebammen und Wahrsagerinnen geschätzt. Geringer angesehen sind studierte Magier, zumal es im Kosch keine Akademie gibt, sondern allenfalls einzelne Lehrmeister. Der Magierorden der Wächter Rohals, ein Orden voller Weißmagier, mit seinem Ordenshaus am Angbarer See wird stillschweigend geduldet.

Die Grafschaft Hügellande

Geografische Lage: östlich der Koschberge und westlich des Großen Flusses rings um den Angbarer See
Landschaft: sanft ansteigende Hügel, blühende Wiesen und lichte Wälder, aufgelockert durch Flüsse und Seen
Wappen: goldene Koschammer über goldenem Hügel auf blauem Grund
Herrscher: Wilbur vom See, Graf der Hügellande
Politische Zugehörigkeit: Grafschaft des Fürstentums Kosch
Bevölkerung: 37.000, davon etwa 6.700 Zwerge
Wichtige Siedlungen: Angbar (5.300), Koschtal (1.000), Rhôndur (850), Steinbrücken (etwa 580 Menschen und 270 Zwerge), Fürstenhort (etwa 700 Menschen und 100 Zwerge), Rohalssteg (760), Uztrutz (710)
Verkehrswege: Reichsstraße III, Großer Fluss
Handelsgüter: Feldfrüchte, Fisch, Handwerkskunst, Bier, Garnelblau (Farbstoff)
Besonderheiten: großer hügelzwergischer Einfluss, Asservatenfeste Burg Koschgau, einstige Schlachtfelder der Magierkriege

Wichtige Ereignisse
575 v.BF Angbar erhält Stadtrecht
111 v.BF Koschtal erhält Stadtrecht
682 BF Angbar wird Hauptstadt des Kosch
1029 BF Die Grafschaft Hügellande entsteht

Landschaft

Zwischen Koschbergen und Großem Fluss liegt die Grafschaft Hügellande, die fruchtbarste und am dichtesten besiedelte Region des Fürstentums. Zu ihr gehört auch die Region um den Angbarer See. Um die Dörfer erstrecken sich üppigen Ertrag bringende Felder und Obstwiesen. Im Norden der Grafschaft breitet sich die Harschenheide aus, eine durch Rodung und Beweidung entstandene Landschaft. Südlich liegt die Schetzenau, die Niederung entlang des Großen Flusses, der die Grenze zur Grafschaft Ferdok bildet. Der Boden ist dort steiniger und weniger fruchtbar als in den Seeauen, die Landschaft rauer, die Wälder dichter.

Tiere

In den Laubwäldern und auf den Feldern rund um den Angbarer See sieht man viele **Hasen** und vereinzelt **Valpodinger** springen, die zumeist harmlosen Koscher **Fabelwesen**. Die vielen kleinen und großen Seen sowie Flüsse sind reich an schmackhaften **Fischen**; besonders bekannt sind Angbarsch, Rondrahecht und Seegraf. Auch andere im Wasser lebende Tiere sind häufig zu sehen, etwa **Biber** und **Otter**. Über den Hügeln kreisen verschiedene Greifvögel, nicht zuletzt **Adler**. Selten zu sehen, aber oft zu hören, ist der berühmteste Vogel der Hügellande, die kleine **Koschammer**.

Pflanzen

Die Hügellande sind von den Göttern Peraine (Ackerbau) und Efferd (Wasser) gesegnet: Auf vielen der fruchtbaren Felder wachsen **Gerste** und **Hopfen**, woraus Bier gebraut wird. Doch auch viele andere nahrhafte Pflanzen gedeihen, und selbst den gelegentlichen **Weinberg** sieht man, obgleich Auswärtige den Rebensaft nicht mit dem Kosch in Verbindung bringen. Auf der Harschenheide wachsen **Krüppelkiefern**, **Ginster**, **Hollerbeeren** und **Garnelkraut**. Aus letzterem gewinnt man den Farbstoff Garnelblau, der das Einkommen vieler Färber sichert, und es hat der Baronie Garnelhaun ihren Namen gegeben.

Geschichte

Die Grafschaft Hügellande besteht noch keine 20 Jahre: Im Jahr 1029 nach Bosparans Fall entstand sie aus dem Zusammenschluss der Grafschaften Angbarer See und Schetzeneck. Damit wuchs zusammen, was nicht nur landschaftlich, sondern auch kulturell seit jeher eins war. Im Schetzeneck'schen gibt es jedoch Adlige, die in *Throndwig Beregon von Bodrin*, dem Enkel des letzten Grafen, Hoffnung auf eine Separation von den Hügellanden sehen.

Herrschaft & Adel

Über die Hügellande herrscht seit 1029 BF der junge *Graf Wilbur Arbelius vom See*, bei seinem Amtsantritt erst 14 Jahre alt. Seine Zeit verbringt er selten mit dem Regieren; dafür hat er fähige Berater, etwa seinen Truchsess und Hofmagier, *Voltan von Falkenhag*. So kann er sich selbst auf die Wertschätzung der guten Küche seiner Grafschaft, den Plausch mit Gelehrten sowie Bildungsreisen ins nahe Garetien oder gar ins ferne Horasreich konzentrieren. Sein Amtssitz, Schloss Grauensee am Angbarer See, ist eine bauliche Kopie des Koscher Fürstenschlosses Thalessia und beherbergt neben den Hofämtern auch Gesandte anderer Regionen. Die Grafschaft umfasst 14 Baronien und Domänen von Baroniengröße, von Oberangbar im Norden bis Uztrutz im Süden. Darunter ist auch die Pfalzgrafschaft Koschgau mit der gleichnamigen Burg, der Kaiserlichen Asservatenfeste. Im Land am Angbarer See haben häufig die Hügelzwerge lokale Autorität, während sich manch menschlicher Adliger auf sein Landgut zurückgezogen hat und es sich dort gutgehen lässt. Wenn in seltenen Fällen für Ordnung gesorgt werden muss, tun dies meist die Greven, wandernde Amtsleute des Fürsten, oder die Landbüttel des Grafen, falls der Dorfgemeinschaft dies nicht selbst gelingt.

Menschen & Zwerge

Die heutige Grafschaft war schon vor Ankunft der ersten Menschen Siedlungsgebiet der Hügelzwerge. Anders als ihre erzzwergischen Verwandten leben sie seit vielen Generationen in Gemeinschaft mit den Menschen, auf die sich ihre Gemütlichkeit, Geselligkeit und Gastfreundlichkeit übertragen haben. Oft lässt sich nicht mehr sagen, welche Bräuche das eine Volk vom anderen übernommen hat. In der Gegend des Sylbrigen Sees leben die so genannten »Wurzelzwerge«. Als Schutz gegen den Blick jagender Drachen ha-

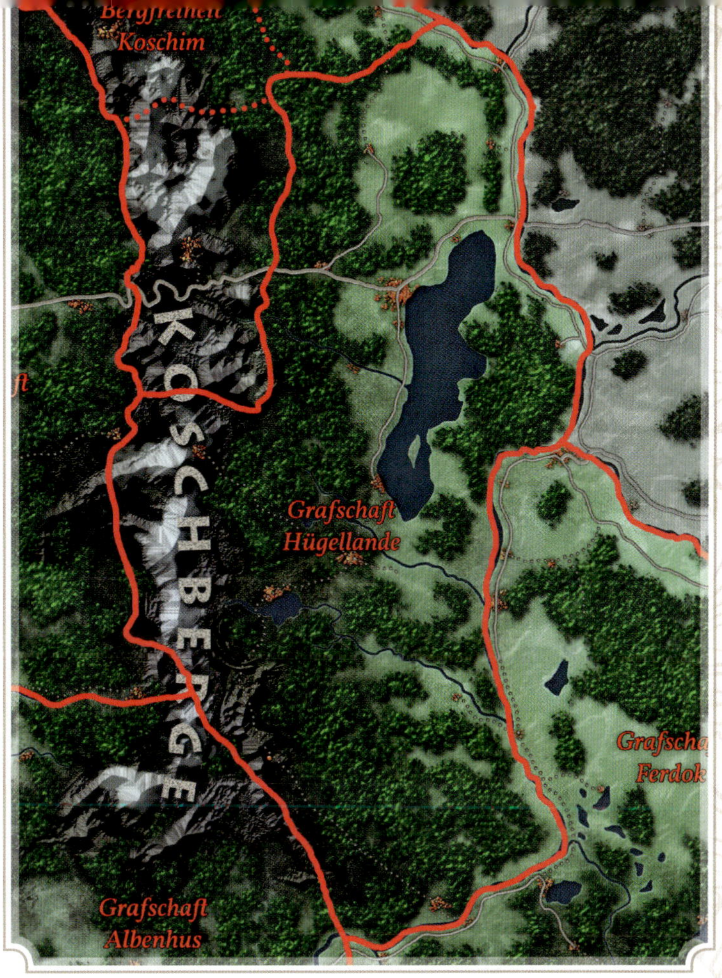

ben sie vor langer Zeit ihre Häuser nicht nur in abgelegene Hänge und Hügel gegraben, sondern diese auch dicht mit Bäumen bepflanzt. Heute leben sie verborgen in den daraus gewachsenen, dichten Wäldern. Sie gelten als eigensinniger und weniger umgänglich als ihre Vettern in den Auen.

Siedlungen

Mit Angbar am nordwestlichen Ufer des Angbarer Sees findet sich die größte Siedlung des Kosch in der Grafschaft; dort steht auch das Fürstenschloss Thalessia. Koschtal an der Bodrin, Hauptort der früheren Grafschaft Schetzeneck und der Baronie Drakfold, ist ein verschlafenes Städtchen am Sylbrigen See. Drittgrößter Ort der Hügellande ist Rhôndur, Hauptstadt der Baronie Metenar.
Steinbrücken in der Baronie Vinansamt liegt an der Reichsstraße nach Garetien; dort prosperieren Handel und Handwerk. Zu Fürstenhort steht die gleichnamige Feste, die Stammburg des Hauses vom Eberstamm. Die Stadt Rohahlssteg heißt wenig einfallsreich wie die Baronie, in der sie liegt, die Herrscherfamilie und deren Schloss, und ist nach dem mächtigen Magier Rohal dem Weisen benannt. Zu Uztrutz steht die ehemalige Kaiserpfalz Alt Rudes Schild. Gôrmel in der Baronie Zwischenwasser ist wegen seiner heilkräftigen Quellen bei Erholung Suchenden bekannt. Die meisten Hügelländer leben allerdings in Dörfern von selten mehr als 100 Seelen und ohne schützende Mauern. Typisch für die Grafschaft sind die Erdhügelhäuser der Zwerge, oft mit Bäumen, Blumen und Gras bepflanzt.

Weg & Steg

Abgesehen von der Reichsstraße III, die im Kosch zwischen Steinbrücken und dem Greifenpass verläuft, gibt es in den Hügellanden wenige gut ausgebaute Straßen. Viele Dörfer und Siedlungen sind nur über mitunter kaum befestigte Karrenwege zu erreichen, die während der Schneeschmelze Wagen, Pferde und Wanderer fast im Schlamm versinken lassen. Wer kann, reist per Boot oder Schiff, und gerade an den Seen sind diese bevorzugte Transportmittel für Waren. Der Große Fluss ist im Norden der Grafschaft jung und selten befahren, und das gilt auch für viele kleinere Ströme.

Handel & Handwerk

Überregional bedeutsam ist in den Hügellanden vor allem der Handel entlang der Reichsstraße, der etwa Angbar und Steinbrücken ansehnlichen Zoll einbringt. Typische Waren sind neben Nahrungsmitteln die Arbeiten der Handwerker größerer Städte, etwa Schmiedewaren, Schnitzereien, Tuche, Mechaniken und zwergische Musikinstrumente. Bier wie das Angbarer Alt wird in großen Fässern auch nach Gareth oder Elenvina verkauft. Waren aus den Bergen werden bevorzugt mit Booten oder Flößen auf den Gebirgsbächen ins Tal transportiert. Durch die ländlichen Gegenden wandern Krämer mit großen Kiepen auf dem Rücken. Diese »Krambolde« versorgen« kleine Orte mit Waren, die diese nicht selbst herstellen können.

Feste & Bräuche

Die Bewohner der Hügellande sind weithin als gemütlich und gastfreundlich bekannt. Sie feiern gerne, und jedes Dorf kennt Feste zu den verschiedensten Anlässen. Zu den größten Feiern außerhalb Angbars zählen das zweitägige Koschtaler Bierfest, das Märkte und Versteigerungen mit Bier, Zwergenmusik und deftigem Essen verbindet, und der Tralliker Sängerwettstreit in der Baronie Garnelhaun.

Glaube & Aberglaube

Auch in der Götterverehrung der Hügelländer stehen Ingerimm und Travia im Mittelpunkt. Ritter und höhere Adlige beten zur Kriegsgöttin Rondra als wehrhafte Beschützerin. Ihr ist der Kystral-Tempel zu Rhôndur geweiht, in dem die Schwertscheide des Heiligen Baduar aufbewahrt wird, des ersten Koscher Fürsten. Rondragläubige pilgern auch zur Schwertschlucht, der Grenze zwischen Koschgau und Baronie Bärenfang. Efferd hat Gläubige vor allem unter Fischern und Schiffern. In Gôrmel gibt es einen gemeinsamen Tempel der »Drei Schwestern«, der Göttinnen Travia, Peraine und Tsa. Der Göttin des Neubeginns, Tsa, ist zu Ogertod in der Baronie Rohalssteg einer ihrer wenigen Tempel im Kosch geweiht.

Zauberkunst & Hexerei

In abgelegenen Schluchten und Wäldern der südlichen Koschberge treffen sich Druiden und Hexen. Der Krötensumpf und die Eulenschlucht nördlich von Koschtal gehören aus demselben Grund zu den verrufensten Orten der Hügellande. In der Festung Koschgau lagern die Akten des einstigen Geheimdiensts des Mittelreiches, der KGIA (Kaiserlich Garethische Informations-Agentur). Hier werden ketzerische Traktate, verbotene Schriften und gefährliche, magische Artefakte sicher verborgen hinter Mauern aus Koschbasalt. Der Magierorden »Wächter Rohals« hat sein Ordenshaus am Südufer des Angbarer Sees. In dessen Nähe stehen Dutzende sonderbar geformter Findlinge – angeblich Jünger des Weisen Rohal, die von Dämonen zu Stein verwandelt wurden.

Die Baronie Drakfold

Lage: zwischen Koschgebirge im Westen und Großem Fluss im Osten
Bevölkerung: etwa 3.500, davon 500 Zwerge und einige Elfen
Wichtige Siedlungen: Koschtal (1.000 Einwohner), Hochfeld (300 Einwohner), Neuensteinigen (150 Einwohner), Wirselgrund (150 Einwohner), Malmarlosch (50 Einwohner)
Wichtige Personen: Erbvögtin Efferdane von Neuensteinigen (stellvertretende Baronin)
Besondere Orte: Greingsschlucht (Drachenhort), Schnakenmoor (Sumpf), Sylbriger See (See)
Verkehrswege: Bodrin (Fluss), Koschammerweg (Straße: Metenar-Koschtal-Bärenfang-Koschgau), Eisenweg (Straße: Malmarlosch-Beilheim)
Wappen: roter Drache auf weißem Grund

Wer durch die Baronie Drakfold reist, den erwartet ein fruchtbarer Landstrich am Fuße des mächtigen Koschgebirges. Dichte Buchenwälder, schroffe Felsschluchten und hügelige Auen prägen das Land ebenso wie die Gastfreundschaft der Menschen und Zwerge, die vor allem in kleinen Dörfern, Weilern und Höfen leben. Das Lehen der Baronin schmiegt sich zwischen dem Koschgebirge im Westen und den Großen Fluss im Osten und wird durchzogen von bewaldeten Hügelketten.

Nur der aufmerksame Reisende, der die Rotzen (eine Rotze ist ein Geschütz, die eine Ähnlichkeit zu irdischen Ballisten und Onagern aufweist.) auf den Mauern der stolzen Grafenstadt Koschtal entdeckt und in den heimeligen Schänken alten Geschichten lauscht, ahnt, dass die Drakfolder trotz ihrer herzlichen Art Grund zur Wachsamkeit haben. Schon vor Jahrhunderten erwehrten sich die Menschen und Zwerge der Region vor den immer wieder einfallenden Drachen. Manche glauben gar, Drachenleiber hätten die Hügelketten geformt und der Baronie damit ihren Namen gegeben: das Drachenfeld.

Geographie

Die Baronie Drakfold ist größtenteils mit dichten, hügeligen Wäldern bedeckt. Je näher man sich an den Koschbergen im Westen befindet, desto mehr verdichtet sich das Grün und desto zahlreicher werden die heimtückisch versteckten Felsschluchten. Sie sind Material für allerlei Schauergeschichten der Drakfolder. Besonders die **Greingsschlucht** in der Nähe von Koschtal, wo der sagenumwobene Kaiserdrache *Greing Scharfzahn* Zuflucht gefunden haben soll.

»Ein geputzter Silberteller könnte nicht heller strahlen,« erzählen Reisende, die vom **Sylbrigen See** im Norden der Baronie zurückkehren. Und sie sprechen wahr, denn der im Tal gelegene, silbrig glänzende See ist ein imposanter Anblick. Dazu trägt auch der **Götterzahn** bei, der aus dem Wasser ragt – ein riesiger Felsdorn, um den die alte Grafenstadt Koschtal errichtet wurde.

Weniger beeindruckend, aber umso idyllischer, sind das flache sowie fruchtbare Vorland zum Großen Fluss im Osten und das Tal am wichtigen Handelsfluss **Bodrin**. Hier befindet sich die Kornkammer der Baronie. **Bodrins Forst**, ein lichter Birkenwald, ist der einzige Wald, der den Gewässern nahe kommt. Er wird im Auftrag der Baronin von einer fleißigen Sippe Hügelzwerge bewirtschaftet.

Das **Schnakenmoor** an der Südgrenze zur Nachbarbaronie Uztrutz trägt seinen Namen zurecht: Reisende meiden diese Region, und nur wenige Torfstecher wagen sich in diese für Mensch und Zwerg lebensfeindliche Gegend.

Flora & Fauna

Die Pflanzenwelt der Baronie lässt für Köche kaum Wünsche offen: Seien es Pilze, Kräuter oder seltene Hopfensorten – die Region bietet alles, um deftige Speisen auf den Drakfolder Tisch zu zaubern. So ist Bodrins Forst eine schier unerschöpfliche Quelle für **Koschäpfel**, die Gewässer sind äußerst fischreich und in den bewaldeten Ausläufern des Koschgebirges finden sich außerdem geschmackvolle Kräuter wie der **wilde Majoran**.

Die Wälder sind aber auch Heimat von **Wölfen**, **Bären** und **Rotfüchsen** sowie **Damwild**, **Hasen** und **Wildschweinen**. Häufig durchstreifen adlige Jagdgesellschaften das Dickicht, denn das Erlegen von Wild ist dem Adel vorbehalten. Weitaus seltener erblicken die Drakfolder die sagenumwobenen **Kaiserlichen Valpodinger**. Diese kleinen und scheuen Chimären besitzen einen Hasenkörper, Wildschweinhauer sowie ein zierliches Geweih. Das macht sie nicht nur bei Geschichtenerzählern beliebt, sondern auch bei Trophäenjägern, die sie ausgestopft auf Märkten verkaufen. Ähnlich tragisch ergeht es auch der **Koschammer**: Schon Kindern wird beigebracht, ihr metallisches Gezwitscher zu erkennen. Gleichzeitig ist die Zunge des Singvogels eine begehrte Delikatesse, die zu besonderen Anlässen gereicht wird.

Drachen spielen in der Baronie Drakfold schon immer eine wichtige Rolle: **Baumdrachen**, **Tatzelwürmer** und sogar die majestätischen **Kaiserdrachen** fühlen sich hier wohl. Reisende Händler glauben neuerdings sogar im Schnakenmoor **Grubenwürmer** gesichtet zu haben. Die Baronie scheint eine Anziehungskraft auf die geflügelten Ungeheuer zu haben. Im Schnakenmoor hat sich daneben aber auch die dämoniche **Krakenseerose** breitgemacht. Ihre tentakelartigen Auswüchse befallen im ohnehin schon lebensfeindlichen Moor andere Pflanzen.

Bewohner

Die Bewohner der Baronie Drakfold schätzen alte Traditionen und Handwerk ebenso wie gutes Essen und Gemütlichkeit. Einen Anteil an dieser Prägung haben sicherlich die rund 500 Zwerge, die in den Minen schuften, in Städten Handel treiben oder in hügelzwergischen Siedlungen ihrer Handwerkskunst nachgehen. Zwerge, besonders Hügelzwerge, sind überall anzutreffen und haben einen großen Einfluss auf die Mentalität der Region. Das Miteinander von Zwergen und Menschen gelingt vielleicht auch deshalb so harmonisch, weil gute Nachbarschaft unter den Hügelzwergen als beinahe heilige Tugend hochgehalten wird. Störenfriede dieser göttergefälligen Ruhe und Ordnung werden misstrauisch beäugt.

Umso erstaunlicher, dass es die Drakfolder so gelassen hingenommen haben, als 1029 BF die Baronin *Iralda Mechtessa von Bodrin* (55, brauner Pferdeschwanz, gütiger Blick) ihre Amtsgeschäfte niederlegte, um einem Leben als Peraine-geweihte nachzugehen. Ihre Stellvertreterin, *Efferdane von Neuensteinigen* (50, blonder Pagenschnitt, meist zu Pferd), kommt von den traditionsreichen Ferdoker Lanzerinnen und übernimmt ihre neue Aufgabe seither mit aller gebotenen Ernsthaftigkeit. Indem sie die Pferdezucht in der Baronie vorantreibt, kann sie sogar wirtschaftliche Erfolge vorweisen. Stets an ihrer Seite ist der raubeinige Ritter *Nirwulf von Beilheim* (58, wildes Haar, grummelig), der sich gerne mit zwielichtigen Geschäften die eigenen Taschen bereichert. Junker *Balinor von Schwanbrück* (siehe Seite **94**) tut sich auf der politischen Bühne schwer und erntet am Koschtaler Hof hinter vorgehaltener Hand eine Menge Spott für seine Bauvorhaben.

Mehr Achtung wird dort hingegen der hügelzwergischen Braugrevin *Gandrescha Kesselflicker* (121, pausbackig, liebt Wortspiele) entgegengebracht. Als fürstliche Beamte wacht sie in Koschtal über die Reinheit und Qualität des Biers. Am liebsten kommt sie dieser Aufgabe in Koschtals Gasthäusern nach. Außerdem besucht sie regelmäßig die Zwergenmine Malmarlosch und tauscht sich dort mit dem weitgereisten Angroschgeweihten *Korgolosch Korgramasch* (61, prächtiger Bart, grummelig) aus. Der Geweihte ist erst seit ein paar Jahren in der Baronie und will von seiner neuen Wirkungsstätte aus die Umtriebe der Geschuppten (Eine allgemeine Bezeichnung für Drachen und Echsenwesen.) im Auge behalten.

Beinahe alle Drakfolder kennen den freundlichen Kiepenkerl *Bredo Bento* (siehe Seite **44**). Der reisende Händler kennt die Region wie kein Zweiter – und schafft es dennoch, sich immer wieder in missliche Lagen zu bringen, aus denen ihn Helden retten müssen. Wer sich in das Schnakenmoor hinauswagt, kann das Glück haben, die Krötenhexe *Zekla* (31, große Augen, klimpernder Körperschmuck) zu treffen. Die versierte Heilerin hilft häufig verirrten Händlern, die sich im Sumpf verlaufen haben.

Neben den Menschen und Zwergen leben auch einige Orks weitestgehend friedlich und zurückgezogen in den tiefen Wäldern der Baronie. Um sie werden jedoch auch sagenhafte Schauergeschichten gesponnen, wie um die vereinzelten Auelfen, die Baronie Drakfold durchstreifen.

Manche munkeln, sie würden in den hügeligen Wäldern nach Geheimnissen alter Elfenkönigreiche suchen.

Siedlungen

Die meisten Drakfolder leben in kleinen Dörfern mit kaum mehr als einer Handvoll Häuser. Palisaden oder gar Stadtmauern sucht man meist vergebens. Daneben gibt es noch einige Siedlungen der Hügelzwerge, die in wohnlichen Hügelhäusern hausen. Das Leben auf dem Land ist einfach, aber dank fruchtbarer Böden, Wälder und Gewässer muss hier niemand Hunger leiden, der sein Handwerk versteht. Wer Ruhe und Gemütlichkeit sucht, wird sie in den kleinen Weilern der Baronie finden.

Trubeliger geht es in den wenigen nennenswerten Siedlungen zu, allen voran **Koschtal** (1.000 Einwohner, Tempel von Peraine, Travia, Ingerimm). Enge Gassen mit prächtigen Fachwerkhäusern sowie eine wehrhafte Mauer dominieren das Stadtbild und zeugen vom Reichtum der einstigen Grafenstadt. Die Häuser am Ufer des Sylbrigen Sees schmiegen sich an Götterzahn, den spitzen Felsdorn, den der Legende nach Ingerimm selbst auf Dere schleuderte. Auf der Spitze des Götterzahns thront die gleichnamige Burg, die jedoch seit 1029 BF verwaist ist. Die Koschtaler meiden die Burg, weil in den leeren Fluren der Geist des letzten Grafen *Helkor von Bodrin* umgehen soll. Mehr Leben herrscht hingegen im noblen Gasthaus *Goldene Koschammer*, wo der geschäftstüchtige Wirt *Adran Schirrerbock* (60, eleganter Schnauzbart, rauchige Stimme) feine Delikatessen für saftige Preise anbietet. Wer sich das nicht leisten kann, findet im bauchigen Traviaturm immer eine warme Mahlzeit. Die Koschtaler nennen den ungewöhnlich wehrhaften Tempel auch »den Dicken«.

Das beschauliche **Hochfeld** (300 Einwohner, kleiner Peraine-Schrein) ist ebenso weitläufig wie die umliegenden Felder. Der einzige Schankraum befindet sich im Ritterhaus *Bodrins Blick*, wo besonders zum Erntefest mehrtägige Feierlichkeiten ausgetragen werden. Bemerkenswert ist zudem ein uraltes steinernes Drachenbildnis auf dem Marktplatz. Es ist rund acht Schritt hoch und soll an eine Schlacht längst vergangener Zeit erinnern.

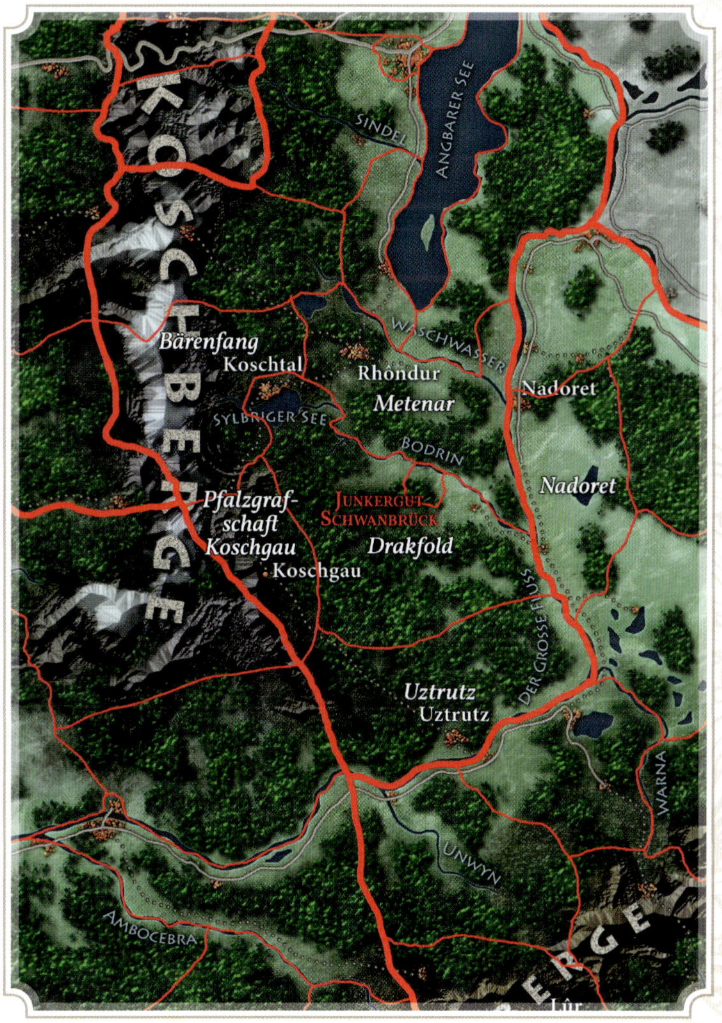

Das von der Pferdezucht geprägte **Neuensteinigen** (150 Einwohner, Tempel von Peraine) liegt südlich des Sylbrigen Sees und durchlebt eine Blütezeit, seit die Vögtin obendrein die Amtsgeschäfte der Baronin übernommen hat. Kürzlich erreichten zwergische Handwerker den Sitz des gleichnamigen Adelsgeschlechts, um die Bauarbeiten an einer Mauer zu beginnen.

Das wehrhafte **Wirselgrund** (150 Einwohner, Tempel von Boron) verdankt seinen bescheidenen Reichtum seiner günstigen Lage an der Bodrin. Bekannt ist das Dörfchen für seine Glockengießerei sowie für die ambitionierten Bauvorhaben seines Junkers um **Burg Blaustein**.

Die bedeutendste Zwergenmine in der Baronie ist **Malmarlosch** (50 Erzzwerge, Tempel von Angrosch). Sie liegt in den waldigen Ausläufern des Koschgebirges und ist über den beschwerlichen Eisenweg zu erreichen. Um in dieses unterirdische Labyrinth eingelassen zu werden, müssen sich Menschen vorher gegenüber dem Angroschgeweihten als Freunde des Zwergenvolkes beweisen.

Erwähnenswert sind außerdem die düstere Holzfällersiedlung **Beilheim** (30 Einwohner, Ifirn-Schrein), die von Orks besetzte Burgruine **Grimmzahn** (20 Orks) unweit des Sylbrigen Sees und das bei Reisenden unbeliebte **Thalhaus** (100 Einwohner), das für seine streitlustigen Bewohner bekannt ist.

Wirtschaft & Handel

Die Drakfolder Kornkammer versorgt nicht nur die Baronie mit guten Lebensmitteln. Bier sowie Honig und Koschäpfel aus Bodrins Forst sind über die Baronie hinaus sehr beliebt. Aber auch Schmiedewaren aus Malmarlosch und Pferde aus der Zucht in Neuensteinigen finden in den benachbarten Regionen interessierte Käufer. Wirtschaftlich geht es der Baronie und ihren Bewohnern sehr gut.

Das liegt auch an den Handelswegen: Seit jeher schleppen die voll beladenen **Kiepenkerle** diverse Waren auf dem Rücken selbst in schwer erreichbare Dörfer. Diese reisenden Händler genießen daher auch ein großes Ansehen. Daneben ist der Handel über die Bodrin von großer Bedeutung. Der Fährhafen in Koschtal ist ein wichtiger Handels- und Umschlagplatz für Waren, die nach Metenar, Bärenfang oder Nadoret geschifft werden.

Magie & Zauberei

Nur wenige **Gildenmagier** verirren sich in die beschauliche Baronie. Sie finden Anstellung bei reichen Händlern und Gelehrten in Koschtal oder am Hofe in Neuensteinigen. Meist handelt es sich dabei um Weißmagier aus der Magierakademie in nordmärkischen Elenvina. Eine größere Rolle spielen hingegen **Haindruiden**, die als Einsiedler in den hügeligen Wäldern umherstreifen, um die Erde zu schützen. Dabei geraten sie häufig mit Holzfällern aneinander, die tiefer in die Wälder vordringen wollen. Rund ums Schnakenmoor sind **Krötenhexen** kein seltener Anblick. Sie werden von den Drakfoldern als kundige Heilerinnen geschätzt und in Streitfragen um Rat gefragt.

Um die Magie der Elfen und ihre verzauberten Ruinen aus alter Zeit ranken sich in der Baronie viele Gerüchte. Doch die wenigen umherziehenden **Auelfen** suchen eher den Schutz der Wälder, anstatt sich den neugierigen Drakfoldern zu offenbaren.

Götter & Religion

Ackerbau, Fruchtbarkeit und das beständige Herdfeuer werden in der Baronie in Ehren gehalten. Es verwundert daher kaum, dass besonders den Göttinnen **Peraine** und **Travia** in Drakfold viele Tempel und kleine Schreine geweiht wurden. Ihre Geweihten genießen ein hohes Ansehen und sind vor allem in den landwirtschaftlich geprägten Dörfern geschätzte Gäste. Mindestens ebenso sichtbar ist der alltägliche Glaube an den Schmiedegott **Ingerimm**, der bei den Zwergen als **Angrosch** verehrt wird. Viele Handwerker tragen Amulette oder pflegen kleine Schreine in ihren Werkstätten.

Eine Besonderheit der Baronie ist der weit verbreitete Glaube an die Wintergöttin **Ifirn**, der in der Holzfällersiedlung Beilheim und unweit von Wirselgrund sogar Schreine gewidmet wurden.

Historie

729 BF Der Kaiserdrache Greing Scharfzahn lässt sich in der Baronie nieder.

989/990 BF Sechs Barone schließen sich zu einem (erfolglosen) Geheimbund zusammen, um den neuen Grafen Helkor von Bodrin zu stürzen. Rückblickend werden sie als ruchlose *Verschwörerbarone* bezeichnet.

1027 BF Der flammende Adler Alagrimm richtet große Verwüstungen im Kosch an. Viele Drakfolder sterben bei der siegreichen *Schlacht von Angbar*.

1029 BF Die Grafschaft Schetzeneck wird nach Verschwinden des letzten Grafen Helkor von Bodrin aufgelöst und der Grafschaft Hügellande einverleibt. Seine Tochter wird die neue Baronin, übergibt ihre Amtsgeschäfte jedoch an Erbvögtin Efferdane von Neuensteinigen.

1041 BF Der Rote Jast, ein berüchtigter Flusspirat, plündert fürstliche Steuereintreiber in Drakfold.

Benachbarte Baronien

Bärenfang – Im Schatten der Berge

Der Koschammerweg schlängelt sich kurz hinter Koschtal an tiefen Schluchten vorbei in die windigen Höhen der Baronie Bärenfang. Schon im Herbst sind die Wege in der Baronie Bärenfang kaum noch passierbar und nur die mutigsten Kiepenkerle wagen sich in den schneereichen Wintern durch die dunklen Nadelwälder bis in die entlegenen Bergdörfer. Nicht selten setzt der Baron *Erzbart von Drabenburg* (61, langer Bart und Glatze, geschwätzig) hohe Belohnungen aus, um eine verschollene Warenladung in den schwer zugänglichen Tälern zu suchen.

Erhaben wacht der höchste Berg des Koschgebirges, der **Götterfirst**, über die Baronie. Seit in seiner Nähe vor einigen Jahren Greifen, geflügelte Wesen mit einem Löwenleib und Adlerkopf, die als heilige Kreaturen des Praios gelten, gesichtet worden sind, zieht es regelmäßig Pilger auf den Gipfel. Sie vermuten dort in schwindelerregenden 4.000 Schritt Höhe ein Nest dieser heiligen Tiere des Götterfürsten Praios. Solange das Nest aber nicht gefunden wurde, bleibt es ein verlockendes Gerücht für Geschäftemacher.

Schon seit Jahrhunderten siedeln die Zwerge im Gebiet der Baronie Bärenfang: Die mächtige Bergwacht Ârxozim und die traditionsreiche Zwergenstadt **Âthykril** (300 Erzzwerge, Tempel des Angrosch) bilden ein wichtiges Macht- und Wirtschaftszentrum der Zwerge im gesamten Kosch. Die Siedlungen hier sind äußerst wohlhabend, denn die Adern des Koschgebirges sind reich an wertvollen Mineralen, allen voran Silber sowie der magische Koschbasalt (siehe Seite **13**).

Metenar – Stolze Burgen, stille Wälder

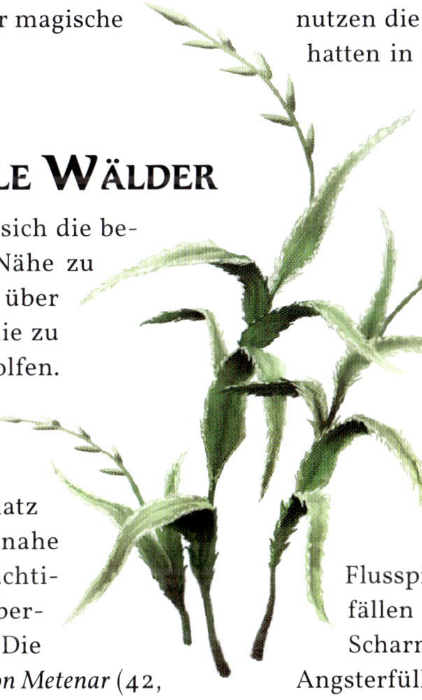

Am Nordufer der Bodrin erstreckt sich die beschauliche Baronie Metenar. Die Nähe zu Ferdok und die gute Anbindung über den Großen Fluss haben der Baronie zu einem gewissen Wohlstand verholfen. In **Rhôndur** (800 Einwohner, davon 100 Zwerge, Tempel der Rondra und des Ingerimm) wird das besonders sichtbar: Der Marktplatz ist für eine Stadt dieser Größe beinahe überdimensioniert. Auch die prächtige Burg **Krystal** macht einen überraschend imposanten Eindruck. Die warmherzige Baronin *Ina Macara von Metenar* (42, kunstvoll geflochtener Zopf, außerordentlich höflich) ist überaus beliebt, jedoch wird ihr auch eine enge Verbindung zu den gefürchteten Bannstrahlern nachgesagt, einem Orden fanatischer Anhänger des Gottes Praios. Die Burg ist ein beliebtes Ausflugsziel für den Junker Balinor von Schwanbrück, der sich von der jahrhundertealten Burg inspirieren lassen will. Für diese Ausflüge greift der Junker häufig auf Geleitschutz zurück. Das dient jedoch mehr der Zurschaustellung seines Rangs, denn die Baronie ist gut geschützt: Ein traditionsreicher Rondratempel befindet sich im Bergfried der Burg, der viele rondragefällige Pilger anzieht.

Abseits der Siedlungen bietet die Baronie Metenar allerlei Stoff für Märchenstunden: So soll etwa der verschollene Baumschrat *Barlatz* im Nordwesten der Baronie in einem verfluchten Wald hausen. Die Einheimischen meiden das Gehölz, da sie darin nicht nur den Waldschrat vermuten, sondern auch eine mächtige Hexe. Angestachelt wird diese Ehrfurcht von der allgegenwärtigen Stille: Da sich aus der Gegend auch Singvögel zurückgezogen haben, sprechen viele vom **Stillen Land**.

Uztrutz – Unrecht in den Wäldern

Ein wuchtiger Turm markiert die Grenze zwischen der Baronie Drakfold und ihrem südlichen Nachbarn, der größtenteils von Wald bedeckten Baronie Uztrutz. Von **Onthos Turm** aus überwachen zwei fürstliche Beamte (sogenannte Greven) den Warenverkehr auf dem Großen Fluss sowie auf dem eher selten gewählten Landweg, führt dieser doch durch das **Schnakenmoor**. Berüchtigt ist die strenge Grevin *Brinmaid von Rhaunen* (52, grauer Kurzhaarschnitt, starker Mundgeruch), die keine Skrupel besitzt, eine Reisegesellschaft peinlich penibel nach Schmuggelwaren zu durchsuchen.

Dem liegt ein echtes Problem der Baronie zugrunde: Wegelagerer, landlose Raubritter und sogar kleine Orkverbände nutzen die dichten Wälder für Überfälle. Die Gesetzlosen hatten in den vergangenen Jahren leichtes Spiel, da der 1038 BF verstorbene Baron Ontho sich lieber seiner Hundezucht widmete, als für Ruhe und Ordnung zu sorgen. Und auch sein Nachfolger *Metzel der Jüngere von Uztrutz* (32, schwarze Kleidung, melancholisch) zieht adlige Jagdgesellschaften ernsthafter Politik vor. In der Folge kommt die Baronie nicht zur Ruhe. Reisende aus Drakfold suchen sich daher häufig Geleitschutz, bevor sie die Grenze passieren.

An den roten Sandsteinklippen am Großen Fluss gilt besondere Vorsicht: Die zerklüfteten Felsen bieten miteinander verfeindeten Flusspiraten Unterschlupf. Häufig kommt es zu Überfällen auf Handelsschiffe, aber auch zu regelrechten Scharmützeln zwischen den gesetzlosen Matrosen. Angsterfüllt spricht man in Uztrutz daher nur noch von den **Blutfelsen**.

Koschgau – Gefahrengut hinter dicken Mauern

In das südliche Koschgebirge, in dem sich die kleine Pfalzgrafschaft Koschgau befindet, verirren sich nur selten Reisende. Hier erwartet sie nämlich vor allem ein unwegsames

Land mit dunklen Wäldern und gefährlichen Schluchten. Einladend wirken auf den ersten Blick lediglich die Seen und Tümpel in den Ausläufern der Berge. Doch gerade hier befindet sich der sagenumwobene **Krötensumpf**, ein wichtiger Ritualplatz für die Hexen der Hügellande. Die meisten Menschen meiden diese Gegend lieber und spinnen stattdessen Märchengeschichten über die Bedeutung der mysteriösen Krötenstatue im Sumpf in einem wohligen Gasthaus.

Und so wissen nur wenige, welch bedeutenden Schätze sich tiefer in der Pfalzgrafschaft verbergen. Am Ende eines steilen und steinigen Gebirgspfades zwischen verschneiten Gipfeln thront die wehrhafte **Feste Koschgau**, in der nichts weniger als die Reichsinsignien des Raulschen Reiches (der offizielle Name des Mittelreiches) aufbewahrt werden: Krone, Szepter, Griffonensphäre und Krönungsmantel. Schwer bewaffnete Soldaten, erfahrene Agenten der Kaiserlich Garethische Informations-Agentur (KGIA) sowie massive Mauern aus Granit und Basalt sorgen auf der Festung für Schutz. Und das ist geboten: Denn neben den Reichsinsignien lagern hier auch gefährliche Artefakte und brisante Dokumente, die das Reich in großes Unheil stürzen könnten.

Unter falschem Namen und mit aller Vorsicht heuert KGIA-Agent *Drego von Angenbruch* (*988 BF, legendärer Agent, tiefe Augenringe, selbstbeherrscht) gelegentlich auch rechtschaffende Abenteurer an, geheime Akten oder unheilvolles Dämonenwerk zur sicheren Verwahrung auf die Feste Koschgau zu eskortieren.

Nadoret – Prunk und Armut

Das Städtchen **Nadoret** (850 Einwohner, davon 130 Zwerge) bietet für Reisende einen malerischen Anblick: Gepflegte Fachwerkhäuser schmiegen sich an das Ufer des Großen Flusses und werden durch hohe Felsklippen umrahmt. Nicht sichtbar ist hingegen das weit verzweigte Höhlensystem unterhalb der Stadt, das teilweise als Kanalisation dient, aber auch lichtscheues Gesindel anlockt. Im Kontrast dazu blickt der große Praiostempel vom höchsten Punkt der Stadt auf den Hafen herab, auf dem dank des ertragreichen Stapelrechts stets emsiger Betrieb herrscht. Der Flusshandel sorgt auch dafür, dass die Baronin *Neralda Cella von Nadoret* (45, füllig, hochnäsig) im nahegelegenen Schloss Nadoret ein prunkvolles Leben führen kann. Sie ist als Ränkeschmiedin bekannt und hegt einen offenen Groll gegen den Einfluss der Zwerge im Kosch. Allzu gerne heuert sie Abenteurer an, um Informationen über ihre politischen Gegner zu beschaffen.

Auf dem Land außerhalb von Stadt und Schloss zeigt sich wiederum ein völlig anderes Bild: Die Böden der gleichnamigen Baronie Nadoret eignen sich kaum für Ackerbau und vielerorts ächzen die Bewohner unter hohen Abgaben, die das Leben am Hof aufrechterhalten. Neidisch blicken viele Nadoreter über den Großen Fluss und sehnen sich nach reichen Ernten wie in Bodrins Forst. Gelegentlich unternehmen Geweihte der Travia Reisen in die benachbarten Baronien, um Spenden für die hungernden Bauern Nadorets zu sammeln.

Das Junkergut Schwanbrück

Lage: an der Grenze zu Metenar, unweit des Sylbrigen Sees
Bevölkerung: 300, davon etwa 50 Zwerge und einige Elfen
Wichtige Siedlungen: Wirselgrund (150 Einwohner), Schotterfels (50 Einwohner), Ochsenweide (50 Einwohner)
Wichtige Personen: Balinor von Schwanbrück (Junker), Thalessia von Schwanbrück-Schotterfels (Junkerin)
Besondere Orte: Glockengießerei (Wirselgrund), hochelfischer Waldpalast (Ruine)
Verkehrswege: Bodrin (Fluss) mit dem Sankt-Wedegond-Hafen
Wappen: Weißer Schwan auf blauem Grund

Wer den Geschichten über den Zwergenbaumeister folgt, der im Auftrag eines Junkers eine kleine Motte zu einer stolzen Ritterburg ausbaut, der findet sich bald im Junkergut Schwanbrück wieder. Versteckt inmitten dichter Wälder, unweit des rauschenden Bergflusses Bodrin liegt dieses kleine Junkergut derer von Blaustein, das die drei kleinen Siedlungen Wirselgrund, Ochsenweide und Schotterfels, aber vor allem die imposante Burg Blaustein umfasst.

Geographie

Das Lehen des Junkers Balinor von Schwanbrück wird im Osten vom Fluss Bodrin begrenzt, eine Tagesreise in Richtung Norden liegt der Sylbrige See, und wer in Richtung Westen blickt, sieht am Horizont die mächtigen Koschberge aufragen. Bis man diese erreicht, muss man jedoch dichte, unzugängliche Wälder durchqueren, die – typisch für den Norden der Baronie Drakfold – von gefährlichen Felsschluchten und allerlei Hügelketten durchzogen sind. Die Bewohner nennen die Wälder im Osten wegen ihres felsigen Bodens den **Schotterwald**. Hier finden sich einige Steinbrüche und auch die kleine Siedlung Schotterfels. Der Boden ist hier so schwer zu durchdringen, dass viele Baumwurzeln an der Oberfläche ausharren und für unaufmerksame Kiepenkerle zur Stolperfalle werden. Schon seit Jahrhunderten suchen auch die Erzzwerge in dieser Gegend nach dem kostbaren Blaustein, doch abgesehen von einigen Zufallsfunden sind sie hier nie erfolgreich gewesen. Schulterzuckend nennen die Angroschim die Gegend in ihrer Sprache, dem Rogolan, daher **Bromlolix**, was übersetzt so viel heißt wie *leeres Steinchen*. Weitere Höhlen und Schluchten im Junkergut sind weitestgehend unbewohnt. Schauer-

geschichten über die Greingsschlucht bei Koschtal lassen die Bewohner mit viel Vorsicht auf das Unbekannte blicken. Dass sich auch in den Wäldern des Junkers ein Drache niedergelassen hat, wissen daher die wenigsten.
Die meisten Pfade durchqueren das Junkergut eher von Nord nach Süd und halten sich in der Nähe der **Bodrin**, im sogenannten **Bodrintal**. An den Ufern des Flusses ist der Boden flacher und besonders fruchtbar, tritt er doch während der Schneeschmelze im Frühling verlässlich über die Ufer. Kräuterkundige vermuten, dass das frische Quellwasser aus den Bergen den Wuchs der begehrten Wirselkräuter fördert, die rund um Wirselgrund häufig zu finden sind.
Glücklicherweise sind die Überflutungen in der Regel sehr zahm, sodass kaum Schaden an Land und Leuten entsteht. Im Gegenteil: Besonders die fruchtbaren Weiden rund um die Siedlung Ochsenweide profitieren von dem regelmäßigen Nass aus den Bergen.
Über die Jahrhunderte sind auf diese Weise am südlichen Zipfel des Junkerguts auch kleine Moore entstanden, in denen die Schwanbrücker den dringend benötigten Lehm für ihre Bauvorhaben in Wirselgrund gewinnen. In der brackigen und von Stechmücken heimgesuchten Landschaft nisten seit jeher auch Schwäne, weshalb sich der wohlklingende Name **Schwanenmoor** durchgesetzt hat.

Flora & Fauna

Das Land des Junkers ist trotz der vielen dunklen Wälder und tiefen Felsschluchten recht fruchtbar. Vor allem in der Nähe des Bodrinufers wachsen Getreide immerhin so gut, dass niemand Hunger leiden muss. Ein besonders schöner Anblick ist die Blüte der Birnenhaine, die im Frühsommer das Ufer des Flusses säumen.
Der Name des Junkerguts und seiner größten Siedlung kommen nicht von ungefähr: Das Gebiet rund um Wirselgrund ist bei Kräutersammlern, Heilkundigen und Quacksalbern überaus beliebt, denn hier wachsen vermehrt die begehrten **Wirselkräuter**. Die grünweißen Blätter der Heilpflanze sind leicht mit gängigen Gräsern zu verwechseln. Wer sich jedoch auskennt, kann sie zu heilsamen Verbänden oder Tee verarbeiten.
Schwanbrück leitet sich hingegen von einem kleinen Tümpel her, der südlich der Siedlung liegt. Er ist seit jeher ein beliebter Nistplatz für **Schwäne** und wird deswegen auch von reisenden Ifirngeweihten aufgesucht, die hier einen versteckten Schrein pflegen. Die Bewohner bezeichnen die brackige Landschaft den edlen Tieren zuliebe auch als Schwanenmoor.
Daneben leben in den dichten Wäldern des Junkerguts auch **Wölfe**, **Bären** und **Wildschweine** sowie **Damwild**, **Hasen** und **Rotfüchse**. Einen weiten Bogen machen all diese Tiere jedoch um eine Drachenhöhle, in der der junge **Kaiserdrache** *Drakantor* (siehe Seite **97**) lebt.

Bewohner

Das Junkergut Schwanbrück zählt rund 300 Einwohner, von denen die Hälfte in der wehrhaften Siedlung Wirselgrund leben. Fleiß, solides Handwerk und Wachsamkeit sind Eigenheiten, die die Bewohner des Junkerguts Schwanbrück hoch schätzen. Diesem Ideal strebt auch der junge Landesherr, Junker *Balinor von Schwanbrück* (siehe Seite **94**), nach. Seine ambitionierten Bauvorhaben rund um Burg Blaustein sind über die Grenzen hinaus bekannt und vielleicht auch ein Grund für neugierige Reisende, das Junkergut zu besuchen. Wer seine Bauvorhaben erwähnt, kommt nicht drumherum seinen genialen Baumeister *Narax Sohn des Kurax* (siehe Seite **101**) zu nennen. Kaum jemand kennt die Burg so gut wie der hochgeschätzte Zwerg. Die Junkerin *Thalessia von Schwanbrück-Schotterfels* (siehe Seite **101**) ist die Baustellen hingegen satt und wünscht sich eher ein städtisches Leben, weshalb sie weitgereiste Besucher über Neuigkeiten aus Aventurien ausfragt.
Bemerkenswerte Bewohner des Junkerguts sind der Weißmagier *Darian Halmfold* (siehe Seite **96**) und die Auelfe *Dimeloë Silberwind* (siehe Seite **96**). Die beiden verbindet nicht nur eine enge Freundschaft, sondern auch ihre gemeinsame Neugier auf die Geheimnisse, die in den dunklen Wäldern des Junkerguts darauf warten, entschlüsselt zu werden.
Diese Persönlichkeiten sollten jedoch nicht davon ablenken, dass die meisten Schwanbrücker auf den Feldern arbeiten oder einem Handwerk nachgehen. Sie führen in der Regel ein einfaches Leben, sind fest in ihrem Glauben an die Zwölfgötter und bleiben gefährlichen Abenteuern fern. Magie, Drachen und alte Legenden sind für sie nur Stoff für Geschichten und haben mit ihrem Alltag nichts zu tun.

Siedlungen

Das unumstrittene Zentrum des Junkerguts ist **Wirselgrund** (150 Einwohner, Tempel des Boron) mit seiner imposanten Burg Blaustein. In der nun bald 500 Jahre alten Siedlung residieren der Junker *Balinor von Schwanbrück* mit seiner Gattin *Thalessia von Schwanbrück-Schotterfels*. Wer Wirselgrund das erste Mal erblickt, dem fällt sofort die gute Verteidigung auf: Neben der Burg, der soliden Palisade und der festungsähnlichen Wachstube sorgen fünf Dorfbüttel und zehn Burgwachen für Sicherheit. Nicht weniger überraschend dürfte die große Geschäftigkeit hinter der Palisade sein: Fleißige Handwerker schuften auf den Baustellen, der Duft von frischgebackenem Brot hängt in der Luft, irgendwo formt eine Schmiedin klangvoll das Eisen und ein paar Schaulustige beobachten die kunstvolle Arbeit der bekannten Glockengießerei. Überall entsteht etwas Neues – als hätte jemand Gefallen daran gefunden, täglich neue Steine aufeinanderzusetzen, um das Dorf noch etwas größer zu machen. Dieser jemand, so erfährt man in den Straßen schnell, ist der bautüchtige Junker, der dabei vom brillanten Baumeister *Narax Sohn des Kurax* unterstützt wird. Mittlerweile umfasst die Burganlage einen Bergfried, mehrere Anbauten sowie neuerdings auch einen eigenen Münzturm.
Weitaus gemächlicher lebt es sich in **Ochsenweide** (50 Einwohner). Der Ort besteht aus einem losen Verbund von sechs Gehöften und erstreckt sich mit seinen Acker- und Weideflächen über mehrere kleine Hügel. Der Ortskern besteht aus der örtlichen Schänke, an die ein Peraineschrein angeschlossen ist. Reisende verirren sich selten nach Ochsenweide. Meist transportieren die Bauern ihre Waren über den Fluss nach Wirselgrund.
Nur ein verschlungener Trampelpfad führt in die Bergarbeitersiedlung **Schotterfels** (50 Einwohner, davon 20 Zwerge). Sie liegt abseits in den felsigen Wäldern des Junkerguts, spielt für Wirselgrund jedoch eine wichtige Rolle:

Hier wird der Stein für die vielen Baustellen des Orts abgetragen und geschliffen. Fleiß und Handwerkskunst werden hier ebenso hoch gehalten wie der Glaube an den Schmiedegott Ingerimm, dem zahlreiche kleine Schreine im Ort gewidmet wurden.

Weitere Siedlungen, die dem Namen gerecht werden, gibt es im Junkergut zwar nicht, aber Reisende stoßen durchaus auf einzelne Fischerhütten am Fluss, auf Holzfällerlager im Wald oder auch eine einsame Hexenhütte abseits der Wege.

Wirtschaft & Handel

Die Kiepenkerle der Region schimpfen häufig über das Junkergut. Die Trampelpfade in die Siedlungen seien in schlechtem Zustand, sagen sie, und die Wälder wegen der vielen wilden Tiere nicht ungefährlich. Das erschwert den Handel mit der Grafenstadt Koschtal und den umliegenden Baronien. Um dem etwas entgegenzuwirken, hat der Junker den Sankt-Wedegond-Hafen errichten lassen, mit dem der Handel über den Fluss Bodrin angekurbelt werden soll. Besonders für Wirselgrunds wichtigste Handelsware – kunstvoll gegossene Glocken in allen Formen und Größen – ist das unerlässlich. Deren Gewicht ist selbst den hartgesottensten Kiepenkerlen nicht zuzumuten.

Neben der Glockengießerei treibt das Junkergut vor allem Handel mit landwirtschaftlichen Erzeugnissen, allen voran Kräuter und Birnen, aber auch Fisch aus der Bodrin und Vieh aus Ochsenweide findet seinen Weg in andere Regionen. Die Steinbrüche bei Schotterfels wären wirtschaftlich ohne Frage interessant, allerdings verhindert der beschwerliche Transport, dass sich die Steine über das Junkergut hinaus verbreiten.

Magie & Zauberei

Das Junkergut hat nur wenige zauberkundige Bewohner. Die Schwanbrücker schätzen die Elixiere, Salben und Tränke der Hexe *Guinessa Schattenkrächz* (siehe Seite **98**) und sie lauschen gerne den Geschichten des Magiers *Darian Halmfold* (siehe Seite **96**). Aber für die meisten spielt Magie und Zauberei im Alltag keine große Rolle. Dass ein junger Kaiserdrache in der Gegend heimisch geworden ist und die Geheimnisse einer uralten Elfenruine auf ihre Lüftung warten, ahnen die Bewohner des Junkerguts dabei natürlich nicht.

Götter & Religion

Wie auch in der Baronie Drakfold prägen die Göttinnen **Peraine** und **Travia** die Glaubenswelt im ländlichen Junkergut. Besonders beim alljährlichen Saatfest am ersten Tag des Perainemonats kommen alle Bauern der Gegend in den Dörfern zusammen, um gemeinsam den Frühling bei einem reichhaltigen Fest zu begrüßen.

Nicht nur die Erz- und Hügelzwerge tragen dazu bei, dass der Glaube an den Schmiedegott **Ingerimm** – oder **Angrosch**, wie er bei den Zwergen genannt wird – besonders ausgeprägt ist. Die großen Bauvorhaben des Junkers Balinor von Schwanbrück haben ihren Anteil daran: Handwerker, Baumeister und Schmiede sind häufige Gäste in Schwanbrück und auf vielen der Baustellen finden sich kleine Schreine.

Darüber hinaus ist das Leben am Fluss für den Alltag vieler Menschen prägend. So ist nicht nur der Glaube an **Efferd**, den Gott des Wassers, weit verbreitet. Daneben gibt es allerlei lokale Heilige, die von den Schwanbrückern verehrt werden. Besonders beliebt ist *Wedegond der Fischer*, der den Legenden nach vor über 1.000 Jahren auch die Bodrin befuhr. Das macht ihn besonders beliebt bei den Fischern und Fährleuten. Ihm zu Ehren trägt auch der kürzlich erbaute Fährhafen seinen Namen: Sankt-Wedegond-Hafen.

Eine Besonderheit zeichnet das Dorf Wirselgrund aus: Passend zur Wehrhaftigkeit der Siedlung stand hier über lange Zeit ein Tempel der **Rondra**, der Göttin des ehrenhaften Kampfes. Doch als der letzte Geweihte *Rondrich Leuenfeld* im Jahr 1043 BF starb und kein Nachfolger nachrückte, übernahm zur Überraschung aller der Borongeweihte *Boronadus* (siehe Seite **95**) den Tempel – damit auch die Seelsorge in Wirselgrund. Die Präsenz eines Geweihten des Gottes **Boron**, Gebieter über den Tod und den Schlaf, ist vielen Wirselgrundern aber unheimlich.

Historie

557 BF Erste urkundliche Erwähnung von Wirselgrund

740 BF Baubeginn von Burg Blaustein

990 BF Bau der Wirselgrunder Wachstube

1032 BF Eröffnung des Sankt-Wedegond-Hafens

1035 BF Balinor von Schwanbrück erhält das Junkergut als Lehen

1043 BF Umwidmung des Rondratempels zum Borontempel

Personen Schwanbrücks

In dieser Tabelle erhältst du eine Übersicht über alle wichtigen Personen des Junkerguts Schwanbrück, welche Position sie innehaben, in welchem Gebäude sie bevorzugt aufzufinden sind und an welcher Stelle du ihre Beschreibung findest.

Person	Funktion	Ort	Seite
Abelmir Crumbinger	Glockengießer	Glockengießerei	94
Alma Liebblum	Scholarin	Magierturm	94
Balinor von Schwanbrück	Junker	Burg Blaustein	94
Boltsa Rüberich	Hafenmeisterin	Flusshafen	94
Bosper aus Angbar	Dieb	Wachstube	95
Boronadus	Borongeweihte	Borontempel	95
Brin E'thos	Köhlergehilfe	Köhlerlager	95
Cadrima Apfelbach	zwergische Bäckerin	Backhaus	96
Celissa von Wirselgrund	Ritterin	Burg Blaustein	96
Cordo Gardelsaum	Schmiedegehilfe	Dorfschmiede	96
Darian Halmfold	Magier	Magierturm	96
Dimeloë Silberwind	Auelfe	hochelfische Ruine	96
Drakantor	junger Kaiserdrache	Drachenhöhle	97
Eberon Ysilier	Zecher	Gasthaus zum Goldenen Kelch	97
Einhard Eisenschlag	Weibel	Wachstube	97
Elida Baumelring	Zofe	Burg Blaustein	97
Dinkelkorn	Bauernfamilie	Bauernhaus	96
Fionora Drachentochter	Hexenschülerin	Hexenhütte	98
Dugobalosch	zwergischer Glasbläser	Glasbläserei	99
Gerrad ‚der Fuchs' Altschuh	Büttel	Wachstube	95
Guinessa Schattenkrächz	Rabenhexe	Hexenhütte	98
Herwid Zwirnbusch	Büttel	Wachstube	51
Jast Hintersass	Köhler	Köhlerlager	99
Kerling Kornmahler	Büttel	Wachturm	100
Hochfelder	Bauer	Wohnhaus	99
Linje aus Nadoret	Büttelin	Wachstube	95
Losiane Hangeisen	Schmiedin	Dorfschmiede	100
Maline Balkenwerck	Baumeisterin	Baustelle	100
Misira Greibner	Schankmagd	Gasthaus zum Goldenen Kelch	100
Mythreljan von Ochsenweide	Rüstmeister	Rüstmeisterei	101
Narax Sohn des Kurax	zwergischer Baumeister	Burg Blaustein	101
Padora Sindelsack	Fischerin	Fischerhütte	101
Birnbier	Wirt/Wirtin	Gasthaus zum Goldenen Kelch	102
Koschbar Schäffler	Schreiner	Schreiner	100
Rondrabert Blaubock	Müller	Wassermühle	101
Thalessia von Schwanbrück-Schotterfels	Junkerin	Burg Blaustein	101
Thurescha Tochter der Bargrimma	zwergischer Glasbläserin	Glasbläserei	99
Tsagunde Hangemann	Stallmeisterin	Stallmeisterei	101
Ziberta Scherenschleifer	Ingerimmgeweihte	Burg Blaustein	102

Wirselgrund

Noch immer ahnte ich nichts, als ich dem Zwerg Bogomil die Treppe hinab in den Keller seines Hauses folgte. Dort öffnete er für mich eine verborgene Tür, hinter der sich ein finsterer Felsengang schließlich zu einer ungeheuren Höhle weitete. Goldstücke lagen dort, zu mannshohen Haufen aufgetürmt, Edelsteine glitzerten in Nischen, zwergische Rüstungen mit den Knochen ihrer Besitzer im Inneren waren dekorativ gegen Felssäulen gelehnt. Bogomil lächelte mir beruhigend zu, ehe er seine Halskette abnahm und sich seine Form zu verändern begann. Vor mir wuchs eine Drachengestalt in die Höhe, 20 Schritt oder mehr ragte sie auf. Goldene Schuppen glänzten im Licht sich plötzlich entzündender Feuerschalen. Seine Flügel, jeder davon noch einmal so groß wie der Körper, warfen flackernde Schatten an die Höhlenwände. Ich war unfähig mich zu rühren, als sich der mächtige, stachelgeschmückte Schädel vor mein Gesicht bewegte, die Glut der Niederhöllen aus dem gewaltigen Maul versengte mir Bart und Augenbrauen. Die Kreatur sprach nicht und doch füllten Bilder meinen Geist, die kaum zu verstehen waren. Ich hatte mit meiner derischen Existenz abgeschlossen und richtete vor meinem unabwendbaren Ende ein letztes Gebet an meine gute Herrin Peraine. Da aber schien der Drache zu lachen, hob mit einer Kralle mein Kinn und sandte mir neue Bilder in den Verstand, die ich diesmal sofort verstand. Ich war nicht hier, um als Zwischenmahlzeit zu dienen. Ich war hier, weil der Drache krank war.«

—aus den Erinnerungen des Perainegeweihten Halmdahl, Verwalter des Hofes Haus Bärlauch in der Koscher Baronie Sindelsaum, 1040 BF

Ab hier erfährst du nun mehr über das Dorf Wirselgrund, dass sich nahe Burg Blaustein befindet und einen der Hauptschauplätze darstellt. Die Karte des Dorfes und der Umgebung findest du auf Seite **82**.

Das Backhaus (1)

»Echtes Zwergenbrot. Kann man kaum besser machen. Auch nach Tagen noch wie frisch aus dem Ofen. Schau, die Zöpfe auf dem Laib sehen aus, als hätte der Bäcker meinen Bart nachgeflochten. Aus Wirselgrund, sagst du?«
—Graf Growin von Ferdok, neuzeitlich

Rundgang

Unweit des Marktplatzes, mitten im Dorf, befindet sich das Wirselgrunder Backhaus. Das Häuschen mit seinem spitzen Giebel, dem unter einem langen Vordach angebauten Ofen und dem hohen Schornstein steht auf einer freien Fläche und grenzt nicht direkt an andere Gebäude. Ein etwaiger Brand könnte so nur schwer auf andere Häuser im Dorf übergreifen.
Doch ein solcher ist ohnehin unwahrscheinlich: Das Backhaus wurde möglichst sicher aus Sandstein, Zwergenguss und feuerfestem Steineichenholz gebaut und mit dunkelbraunen Lehmziegeln gedeckt. Sein Kamin wird nicht nur regelmäßig äußerlich geweißelt, sondern auch innen ausgekehrt, um Rußablagerungen zu beseitigen und damit jeder Brandgefahr vorzubeugen.
Bis auf Praios- und Festtage wird der große Steinofen, in dem auf zwei Ebenen gebacken werden kann, jeden Morgen eingeheizt. Als Brennstoff dienen gut abgelagerte, trockene Buchenscheite, die eine gleichmäßige Hitze liefern. Diese werden bei Bedarf von Burg Blaustein geliefert und lagern in einem Schuppen neben der offenen Backstube.
Werktags umgibt der angenehme Geruch von Buchenrauch und frischem Brot die Backstube. Kein Wunder, dass sich die Wirselgrunder gerne zu einem »Schwätzle« vor dem Häuschen treffen. Dann können sie auch der Bäckerin *Cadrima Apfelbach* dabei zusehen, wie diese ihren eigenen Teig knetet, um daraus ihre weithin gerühmten Brote und anderen Backwaren zu formen.

Steineiche

Steineneichen gelten als widerstandsfähigste Baumart ganz Aventuriens und sie zu fällen vermögen nur erfahrene Holzfäller. Ihr Holz ist dauerhaft wasserdicht, wird kaum einmal morsch und trotzt auch Feuer. Daher wird es nicht nur für den Bau von Kriegsschiffen und Zauberstäben verwendet, sondern von Bauherren, die es sich leisten können, auch für besonders stabile Häuser.

Zwergenguss

Zwergenguss, auch »Zwergenkalk« oder »Zwergenmörtel« genannt, ist ein im Rohzustand halb flüssiges Baumaterial. Es wird in einer geheimen, nur Zwergen und wenigen menschlichen Baumeistern bekannten Methode aus Kalk, Wasser, Sand und Kies gemischt und mittels hölzerner Schalungen in Form gegossen (daher der Name). Nach dem Trocknen ähnelt seine Härte jener natürlichen Gesteins.

In den Wohnteil des Backhauses dürfen hingegen nur die wenigen, engen Freunde der Hügelzwergin. Nicht nur, weil dieser für Menschen beengt ist: Cadrima trennt strikt zwischen ihrem öffentlichen Handwerk und ihrem sonstigen Leben, wenn der Ofen aus ist.
Mittelpunkt der gemütlich und praktisch eingerichteten Wohnstube ist der gut ausgestattete Kochherd, denn auch eine Bäckerin ernährt sich nicht nur von Brot. In der Zimmerecke daneben hat sie einen Traviaschrein eingerichtet und neben einer Gänsestatuette auch mit Opfergaben wie Bierkrügen, Kerzen, Kupferschmuck und Schnitzwerk prächtig verziert.
Von den ohnehin niedrigen Deckenbalken baumeln weitere kleine Schnitzereien und Basteleien, bunte Glasstücke, Figürchen, Reiseandenken und vielerlei dekorativer Schnickschnack, den Cadrima geschenkt bekommt oder fahrenden Händlern abkauft. Während die Bewohnerin leicht darunter umher gehen kann, müssen menschliche Gäste sich bücken und nehmen daher dankbar am Tisch Platz, um nicht fortwährend etwas vor dem Gesicht oder in den Haaren hängen zu haben.
Der zum Marktplatz weisende Teil des Raums ist durch eine Holzwand abgeteilt. Darin lagert Cadrima in einem stabil geschreinerten Gestell jene Backwaren, die abgeholt oder verkauft werden sollen.
Das Fensterbrett dient ihr als Verkaufstresen. Direkt darunter steht eine mit dem Steinboden verschraubte, eisenbe-

schlagene Truhe. Diese nutzt die Hügelzwergin nicht nur als Podest, sondern auch als Aufbewahrungsort ihrer Einnahmen und wertvollen Besitztümer.
Zu ihrer Schlafkammer auf dem Dachboden gelangt die Bäckerin mittels einer in die Wand gemauerten Leiter. Sie hat sich den niedrigen Raum behaglich eingerichtet, so dass er sich fast anfühlt wie einst die Schlafkammer im Hügelhaus ihrer Familie.

Bewohnerin

Die Hügelzwergin *Cadrima Apfelbach* (104, rotbraune Strähnen unter strenger Haube, Mehlstaub auf Lederschürze, Händen und Unterarmen, freundlicher Blick) entstammt einer alten und angesehenen Sippe ihres Volks. Sie ist einst aus der Baronie Sindelsaum nach Wirselgrund gezogen, um die damals leerstehende Backstube zu übernehmen und dem Ruf ihrer Familie als Kenner schmackhafter Speisen gerecht zu werden.
Heute gilt sie als gute Seele des Dorfes: Sie kennt wirklich jeden, vom Kleinkind bis zur Greisin, und fast jeder Einwohner hat regelmäßig mit ihr zu tun. Denn nur in ihrem Backhaus, so hat es der Herrscher über den Ort einst bestimmt, dürfen die Wirselgrunder ihre Brote backen lassen. Gegen diese Regel gibt es kaum einmal Einwände, denn die rund 100 Jahre junge Meisterin versteht ihr Handwerk vortrefflich: Keinen Laib, den die Dörfler ihr bringen, holt sie je zu dunkel oder nicht fertig ausgebacken aus dem Ofen. Das ist umso wichtiger, denn nur hier dürfen in Wirselgrund Brot und andere Backwaren ausgebacken werden, auch wenn die Einwohner den Teig zuhause vorbereiten. Und die Waren, die sie selbst herstellt und verkauft, sind nicht teuer. Auswärtige staunen über ihre oft zu filigranen Zöpfen und Schnecken verschlungenen Backwaren, die an Festtagen und für adlige Gäste auf Burg Blaustein gereicht werden. Ihren knusprig-braunen, geflochtenen Hefezopf und die mit Salzkrumen oder gar Hagelzucker bestreuten Brezeln rühmt man auch in den Nachbardörfern Hochfeld und Fährstatt am Sylbrigen See.

Besonderheiten

Das Privileg, dass für das ganze Dorf nur im Backhaus gebacken werden darf, hat mehrere Gründe: Cadrima heizt jeden Werktag den großen Steinofen ein und hat so stets genug zu tun, während die Dörfler die Backzeit für andere Tätigkeiten nutzen können. Nicht zuletzt beliefert der Forstwart von Burg Blaustein das Backhaus mit Buchenholz, was stetig Silbertaler in die Schatulle des Junkers bringt. Manche Einwohner bringen frisches Brot auch als Teil ihrer Steuerschuld oder Grundpacht zur Burg.

Fahrende Händler, die auf dem Wirselgrunder Marktplatz ihre Waren feilbieten, können sicher sein, dass die Bäckerin zur Mittagszeit zu ihnen kommt, um sich ihr Angebot anzuschauen. Vor allem Gewürzhändler können auf Umsatz hoffen, denn Cadrima ist stets auf der Suche nach neuen, ungewöhnlichen Zutaten für ihre Backwaren. Doch auch Krämer, die mit Kuriositäten und Zierrat handeln, finden leicht ihr Interesse: Wenn etwas ungewöhnlich und hübsch wirkt und man es aufhängen kann, ist ihm ein Platz unter der Zimmerdecke in der Wohnstube des Backhauses fast sicher.
Anlässlich mancher Festtage wird in Wirselgrund auf dem Marktplatz gemeinsam geschmaust, beispielsweise zum Saatfest am ersten Tag des Perainemonats. Bei solchen Gelegenheiten backt Cadrima ihr Rundbrot mit dicker Kruste, das etwa so groß ist wie ein kleiner Kürbis. Schneidet man dessen oberes Drittel ab und höhlt den Laib aus, erhält man eine Schale, in die man beispielsweise nahrhafte Erbsensuppe füllen und daraus löffeln kann. Ist die Suppe gegessen, kann auch die Schale verzehrt und kein Geschirr muss gespült werden.

Preisliste

Brezel	6 Kreuzer
Brot / Rundbrot	8 / 10 Kreuzer
Brot backen lassen	4 Kreuzer
Rosinenschnecke	2 Heller
Teigzopf	1 Heller

Die Baustelle (2)

»Vorsicht! Ganz vorsichtig ablassen, jetzt nur nicht ins Schleudern kommen. Sonst passiert noch ein Unglück. Langsam! Stück für Stück! Das sind die letzten beiden Sparren. Sobald die Zimmerleute sie aufgesetzt haben, ist der Dachstuhl fertig. Dann können wir Richtfest feiern, der heilige Thimorn von Rethis sei gepriesen. Wir brauchen Tannenzweige für den Richtkranz«

—Baumeisterin Maline Balkenwerck bei der Vervollständigung ihres Dachstuhls zu ihren Windenknechten im Kran, gehört am Markplatz von Wirselgrund, neuzeitlich

Rundgang

An der Nordseite des Marktplatzes von Wirselgrund, in unmittelbarer Nähe zum Backhaus gelegen, befindet sich seit geraumer Zeit eine Baustelle, auf der tagsüber geschäftiges Treiben herrscht und von der Geräusche von Hämmern und Sägen herüberschallen. Einst stand hier ein uraltes steinernes Gebäude, das im Laufe der Jahrhunderte als Steinbruch benutzt wurde und von dem nur noch das Fundament übriggeblieben ist. Auf diesem Fundament wird ein eingeschossiges Fachwerkhaus erbaut. Das Grundgerüst des Fachwerks wurde bereits errichtet und besteht aus stabilem Eichenholz. Pfosten, Streben und Riegel bilden dabei das charakteristische Aussehen. Die Zwischenräume, die sogenannten Gefache, werden gegenwärtig mit einem Flechtwerk aus Ästen, Knüppeln und Weidenruten ausgefüllt und anschließend mit einem Gemisch aus Lehm und Stroh beworfen, um die Wand zu schließen.

Eine hölzerne Stiege in der Ecke führt ins Obergeschoss, und es gibt einen Kamin, dessen Rauchabzug von der Ofenbauerin gerade hochgezogen wird, um nach Fertigstellung als Schornstein aus dem Dach zu ragen.

Im oberen Stockwerk werden für einen soliden Geschossboden Holzbohlen auf die Deckenbalken gelegt. Das Dach wurde in Form eines Satteldaches mit First-, Mittel- und Fußpfette errichtet, auf die die Sparren aufgesetzt wurden. Die Fertigstellung des Dachstuhls steht unmittelbar bevor. Die Haustür in den Farben des Junkerguts wurde bereits eingebaut, eine zweite Tür wird gerade angestrichen und soll künftig als Nebeneingang dienen. Werkzeug und weitere Utensilien für den Hausbau sind ebenfalls überall auf der Baustelle zu finden. Für die Fertigstellung des Kamins wird ein hölzernes Baugerüst verwendet, für das Zusägen von Holzbalken stehen zwei große Zimmermannsböcke bereit. Daneben finden sich außerdem hölzerne Bottiche, in denen der Lehm von den Ufern der Bodrin aufbewahrt wird, sowie eine flache Wanne mit Stroh. Durch Vermengen der Werkstoffe wird der Lehmbewurf für die Gefache hergestellt.

Der bemerkenswerteste Anblick und zweifelsohne größte Luxus, der auf dieser Baustelle existiert und nicht zum alltäglichen Bild gehört, ist zweifelsohne der hölzerne Turmkran der hier aufgebaut ist. Diese kostbare Hebemaschine erleichtert die Arbeiten wesentlich, und wurde Baumeisterin Maline auf persönliche Erlaubnis des Junkers *Balinor von Schwanenbrück* (siehe Seite **94**) für den Bau ihres Hauses überlassen, ein Zeichen höchster Wertschätzung. Der Kran kommt sonst ausschließlich beim Ausbau von Burg Blaustein zum Einsatz. Er besteht aus einem hölzernen Gerüst, das den eigentlichen Turm bildet, und einem ebenfalls aus stabilen Balken gefertigten Ausleger. An der Spitze des Auslegers befindet sich eine Umlenkrolle für das Hubseil, am anderen Ende sind zwei mächtige Granitplatten als Gegengewichte befestigt. Am Hubseil können

je nach Bedarf ein eiserner Haken oder eine Steinzange angebracht werden. Die gesamte Konstruktion wird durch zahlreiche Spannseile stabilisiert. Für den eigentlichen Hubvorgang ist am Kran ein großes, hölzernes Rad, die sogenannte Tretmühle samt Seilwinde befestigt. Die Tretmühle kann über eine Leiter betreten werden. Hier gehen die Windenknechte und Tretmägde ihrer schweren und gefährlichen Arbeit nach, um Lasten anzuheben oder abzusenken. Sollten sich diese einmal verselbstständigen, so geraten alle im Inneren der Tretmühle nicht nur sprichwörtlich ins Schleudern, was mit Gefahr für Leib und Leben verbunden ist, dafür aber auch mit gutem Geld und Extrarationen entlohnt wird.

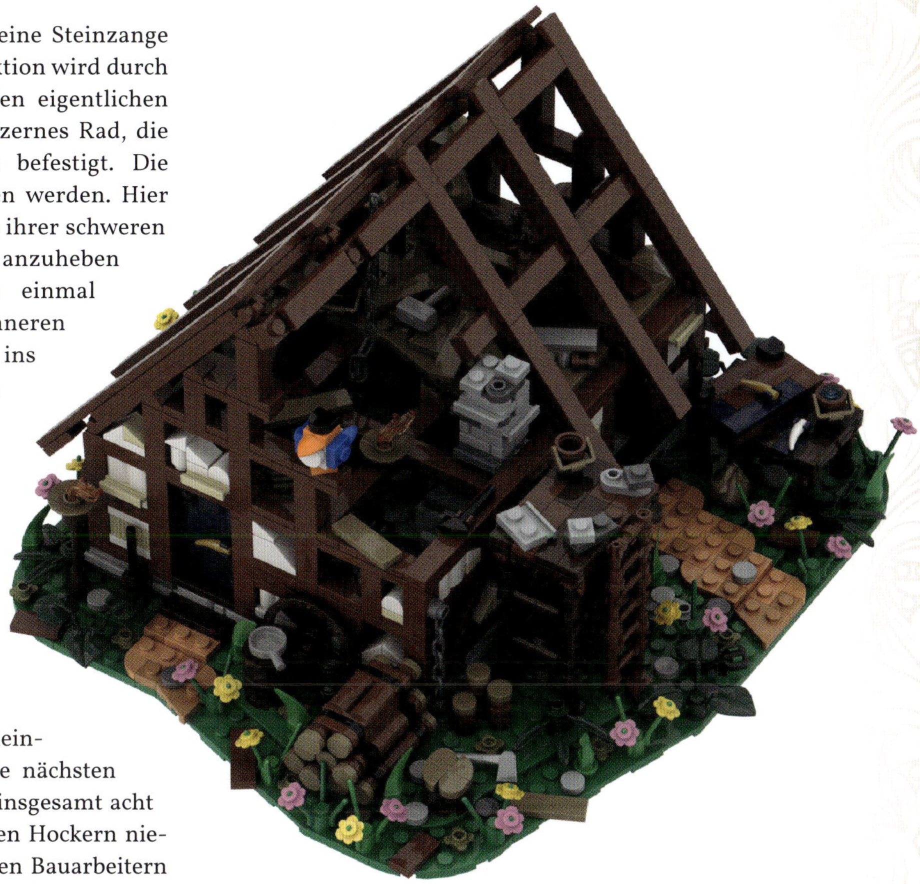

Versorgt werden die Handwerkerinnen und Bauarbeiter vor allem aus der Küche des *Gasthauses zum Goldenen Kelch* (siehe Seite **40**). Täglich gibt es Speisen und Getränke, die *Renja* (siehe Seite **102**), die Wirtin persönlich zubereitet. Neben der Baustelle ist dazu ein großer Tisch aufgebaut, an dem die gemeinsamen Mahlzeiten eingenommen und die nächsten Arbeiten besprochen werden. Hier finden insgesamt acht Personen Platz, die sich dazu auf hölzernen Hockern niederlassen können. Besonders beliebt bei den Bauarbeitern ist Renjas Möhreneintopf und ihr Rauchfleisch. Gegen den Durst befindet sich in einem hölzernen Gestell außerdem ein großes Fass mit Birnbräu – einer lokalen Bierspezialität – samt Zapfhahn sowie dazugehörigen Kelchen und Krügen. Ein weiteres Fass Bier steht schon bereit. *Cadrima* (siehe Seite **96**), die Dorfbäckerin, liefert außerdem täglich frisch gebackenes Brot, und an jedem ersten Rohalstag im Monat ein klebriges, mit feinstem garetischen Konditorzucker verziertes Mürbeteiggebäck, die sogenannten Schneeballen.

Bewohner

Die Baustelle ist gegenwärtig das Reich von Baumeisterin *Maline Balkenwerck* (23, lange blonde Locken, Halskette mit einem kleinen Winkel aus Zwergenstahl als Anhänger, liebt horasische Nudeln mit Käse), die sich die meiste Zeit des Tages hier aufhält und nur nachts zur Burg zurückkehrt. Maline leitet die Arbeiten und gibt den Zimmerleuten, der Ofenbauerin und den Maurern, sowie den Windenknechten und Tretmägden ihre Anweisungen. Gegenwärtig trifft sie Vorbereitungen für das Richtfest.

Vorbeiziehende Helden wird sie, vor allem wenn diese nicht aus dem zentralen Mittelreich stammen, freundlich über die Bauwerke ihrer Heimat ausfragen.

Von Zeit zu Zeit schaut auch der amtierende, zwergische Baumeister des Junkers, *Narax Sohn des Kurax* (siehe Seite **101**) vorbei. Der alte Zwerg hat einen Narren an Maline gefressen und sie als seine Nachfolgerin auserkoren, damit sie eines Tages die nächste Erweiterung von Burg Blaustein entwirft. Wenn das Haus fertiggestellt gestellt ist, plant Maline hier selbst einzuziehen und ihre Kammer auf Burg Blaustein zu räumen.

Besonderheiten

Das Fachwerkhaus wird auf den Fundamenten eines alten zwergischen Turms gebaut, der einmal den Zugang zu den geheimnisvollen *Wegen unter dem Berg* ermöglichte, einem weitläufigen Netzwerk von Stollen und Gruben, das die Flusslande durchzieht und von den Zwergen für die Reise unter Tage genutzt wird. Warum der Turm aufgegeben wurde, ist unbekannt. Der Zugang zum Keller wurde zugemauert, der von dort abführende Stollen auf etlichen 100 Schritt zum Einsturz gebracht. Vor ein paar Jahren wohnte hier eine Bäuerin namens *Alrike Birselhof* (siehe Seite **104**), sie kam jedoch beim Brand des Gebäudes ums Leben. Der Turmkeller ist feucht und muffig, stellenweise hat sich knöcheltief Sickerwasser angesammelt. Durch den eingestürzten Stollen hat sich vor einiger Zeit eine Riesenamöbe hier eingenistet, die somit unfreiwillig als Wächter eines echten Schatzes fungiert, der hier unten gefunden werden kann: Ein Kettenhemd, vollständig aus Zwergensilber, auch Toschkril (ein wertvolles Metall, aus dem Zwerge phantastische Waffen herstellen.) genannt. Es ist nicht allzu leicht, den verborgenen Keller zu entdecken. Ein Besucher der Baustelle könnte beispielsweise mit dem Fuß einbrechen, weil ein Stein (der Kellerdecke) in die Tiefe stürzt und ein Loch im Fußboden hinterlässt. Alternativ besteht der zugemauerte Kellerzugang, neben dem Ofen, aus einem deutlich anderen Gestein als der Rest des Fußbodens.

Der Borontempel (3)

»Oh Herr, dunkler Vater, leite Golgari über das Nirgendmeer, auf dass er die Seele unseres Bruders vor die Seelenwaage Rethon trage. Lass ihn ein in das Paradies Deiner Schwester Rondra, wenn das Dein Wille ist, oder schenke ihm ewigen Schlaf in der dunklen Sicherheit Deiner Hallen.«
—Grabrede von Boronadus für Rondrich Leuenfeld, vor einem Jahr

Rundgang

Trutzig erhebt sich der Turm des Borontempels am Rande des *Marktplatzes* (siehe Seite **44**), und sieht so gar nicht nach einem Tempel des schweigsamen Totengotts aus. Das liegt daran, dass der alte Wehrtempel ursprünglich Rondra, der Göttin des Donners und des ehrenhaften Kampfes, geweiht war. Davon zeugen auch die zahlreichen Schwertsymbole, die den Tempelbau noch heute zieren. Erhalten geblieben ist auch noch die Statue Mythraels, die in einer Ecke des Gartens steht. Seit dem Tod des letzten Rondrageweihten *Rondrich Leuenfeld* und der Ankunft des Borongeweihten *Boronadus* vor nunmehr einem Jahr wird im Tempel allerdings Boron verehrt.

Außerhalb von Wirselgrund befindet sich der Boronanger, der Friedhof des Dorfs. Auch hier sind einige der Gräber, statt mit dem traditionellen gebrochenen Rad (dem Symbol des beendeten Lebens), mit einem stilisierten Schwert versehen, das an die rondrianischen Leistungen des Verstorbenen erinnern soll. Dort ist auch das Grab von Rondrich Leuenfeld und seinen Vorgängern zu finden, ebenfalls mit hölzernen Schwert als Grabzierde geschmückt.

Golgari und Rethon

Golgari und Rethon sind zwei machtvolle Diener des Boron. Golgari erscheint als großer schwarzer Rabe, der die Seele eines Toten zu Rethon geleitet. Rethon bemisst, ob die Seele in die Hallen Borons, das Totenreich, einkehren muss, oder einen Platz im Paradies eines der Zwölfgötter findet.

Die im Garten wuchernden Pflanzen sind dem Borongeweihten eigentlich ein Dorn im Auge, aber noch hat er es nicht entfernt.

Das ursprüngliche steinerne Tempelgebäude stammt noch aus den Kaiserlosen Zeiten, als sich zahllose Möchtegern-Kaiser um den verwaisten Thron des Mittelreichs stritten. Zum Schutz gegen Angreifer verfügte das von außen schmucklose Gebäude nur über ein einzelnes zweiflügliges Eingangsportal, das von innen mit einem Balken verriegelt werden konnte. Alle Fenster wurden so schmal ausgeführt, dass sie nur als Schießscharten, nicht aber als Einstiege benutzt werden konnten.

Die Gläubigen betreten die Tempelhalle durch das Eingangsportal mit seinen dicken Steineichen-Türen. Auf beiden Seiten des Portals erheben sich zwei übermannsgroße Granitstatuen. Die rechte Figur zeigt die Göttin Rondra, gerüstet mit Helm, Brust- und Beinpanzer und bewaffnet mit Schwert und Schild. Auf der anderen Seite des Portals wacht ihr kriegerischer Sohn Kor, der den Speer Razhashthar in der Rechten hält.

Das Innere des Tempels war früher in rot und weiß gehalten, den Farben, die auch die Geweihten der Rondra für ihre Gewänder bevorzugen. Vom zum Rotfärben verwendete Angbarer Blutstein (auch als Zinnober bekannt) und die vergoldeten Ornamente an Decke und Wänden künden heute nur noch kaum sichtbare Überreste. Auch die am Eingangsportal befindlichen, reich verzierten und mit einer goldenen Schicht überzogene Wandreliefs sind verschwunden. Während das Linke eine stilisierte Löwin mit Schild und Schwert dargestellt wurde, war auf dem rechten Relief eine Gewitterwolke zu erkennen, aus der Blitze zucken – die Symbole Rondras! Die aus fein poliertem Granit geformte Mulde in der Mitte dient immer noch als Opferstock, wo die Gläubigen Opfergaben wie Münzen ablegen können.

Die Tempelhalle ist frei von Sitzmöglichkeiten: Während der Andacht haben die Gläubigen zu stehen oder zum Beten niederzuknien. Das Sanktuarium liegt auf einem leicht erhöhten halbkreisförmigen Podest, das früher während der Predigt von zwei Kerzenständern erhellt wurde, da die schmalen

Fenster nur wenig Licht einlassen. Während der ebenfalls weiß getünchte Altar schmucklos ist, zeigt der Apsis-Halbbogen des Sanktuariums goldene Blitze, sodass es während der Predigt aussieht, als würden den Geweihten Blitze umzucken. Seinen ursprünglichen Zweck als leicht zu verteidigender Wehrtempel hat das Gebäude im vergleichsweise friedlichen Kosch schon lange eingebüßt. Allerdings wurde vor einigen Jahrzehnten gegen die Gefahr eines Drachenangriffs ein hölzerner Turm angebaut, der sowohl über eine Treppe von außerhalb des Tempels als auch von der Empore betreten werden kann. Hier kann bei Bedarf ein Wachposten das Dorf und die Umgebung überblicken und die Bevölkerung bei einem Drachenangriff frühzeitig warnen; seit Neuestem auch über eine bronzene Glocke, die der Glockengießer *Abelmir Crumbinger* (siehe Seite **94**) extra für seinen Freund Boronadus angefertigt hat. Das hölzerne Schwert auf der Turmspitze soll weithin sichtbar die Wehrhaftigkeit des Tempels zeigen.

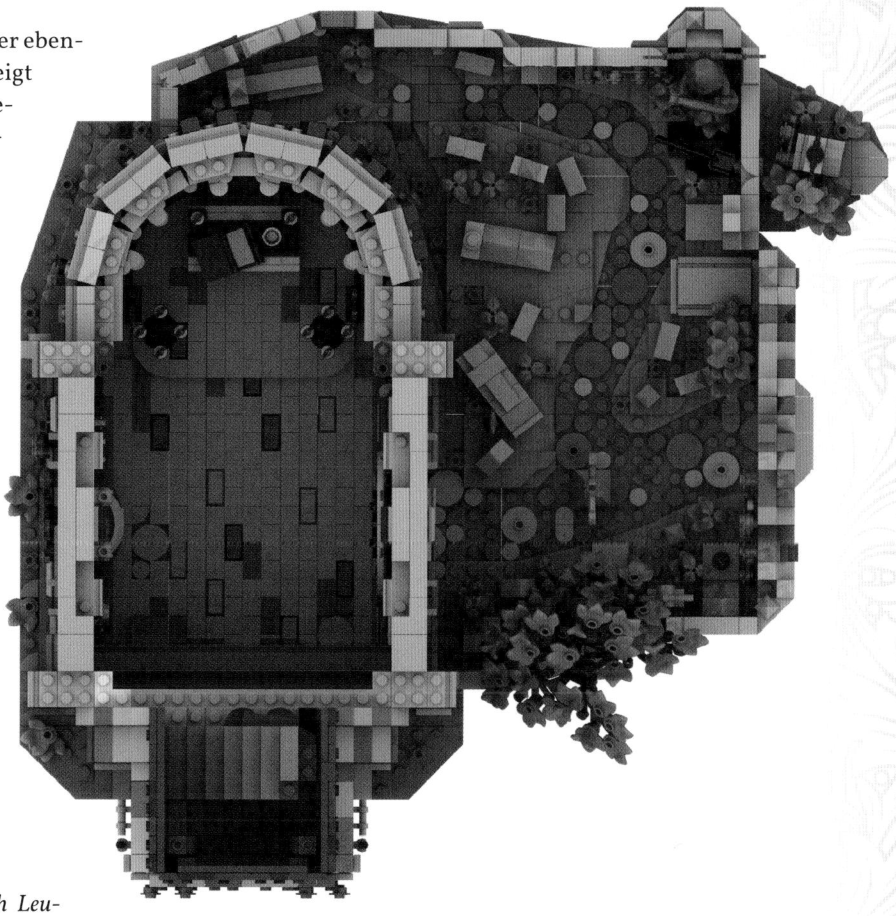

Bewohner

Seit dem Tod des Rondrageweihten *Rondrich Leuenfeld* (der fast 80-Jährige erlitt bei morgendlichen Schwertübungen im Tempel einen Herzinfarkt) hat der Borongeweihte *Boronadus* (43, schlichte schwarze Robe, ernst, aber vertrauenserweckend, füttert gern die Raben am Marktplatz) die Seelsorge in Wirselgrund und damit auch die Verantwortung für den Tempel übernommen. Hier führt er jeden Tag die rituelle Frühmesse und die Andacht zur Nacht durch, zu denen jedoch meist nur wenige Gläubige kommen – der schweigsame Gott des Todes und des Schlafs ist den meisten Dorfbewohnern unheimlich. Auch das Zugeständnis Boronadus, dass sich die Betenden weiche Decken oder Kissen als Unterlage mitbringen, um ihre Knie zu schonen, wenn sie auf dem harten Tempelboden knien müssen, hat die Zahl der Tempelgänger kaum erhöht. Boronadus soll es recht sein: Er mag die Stille des einsamen Gebets.

Der Geweihte war vor gut einem Jahr auf Ruf des Junkers nach Wirselgrund gekommen, um die Bestattungszeremonie für den verstorbenen Rondrageweihten abzuhalten. Zur Überraschung aller beschloss er zu bleiben und bezog die leerstehende Hütte neben dem Tempel, in dem Rondrich bis zu seinem Tod gewohnt hatte. Von den Dorfbewohnern wird er respektiert und geschätzt, denn für einen Geweihten des Boron ist er überraschend bodenständig und vergleichsweise gesprächig. Oft wandert er durch das Dorf und unterhält sich mit den Bewohnern, fragt sie nach ihrem Befinden, tröstet bei Todesfällen die Hinterbliebenen und hat für jeden ein freundliches Wort.

Und doch findet er nur schwer Anschluss an die Dorfgemeinschaft. Zu unwohl fühlen sich die Koscher in Anwesenheit eines Geweihten des Totengottes. So ist der Glockengießer Abelmir, den Boronadus in das Dorf geholt hat, sein einziger wirklicher Freund. Oft sitzen die beiden abends bei einem Glas Wein im *Gasthaus zum Goldenen Kelch* (siehe Seite **40**), auf der Bank am *Marktplatz* (siehe Seite **44**) oder am Fluss abseits des Dorftrubels und reden über die Zwölfgötter und die Welt.

Besonderheiten

Obwohl seit dem Tod des Rondrageweihten und der Ankunft von Boronadus schon ein Jahr vergangen ist, hat sich im Inneren des Tempels noch nicht viel verändert. Auf der einen Seite freuen sich die Wirselgrunder, dass ihr schöner alter Rondratempel nicht in einen dunklen und trübsinnigen Borontempel verwandelt wurde. Andererseits wundern sie sich über die Trägheit, mit der Boronadus Änderungen angeht.

Hat der Geweihte kein Interesse daran, das Gotteshaus im Sinne seines Herrn umzugestalten? Will er das Dorf etwa bald wieder verlassen? Und warum verbringt er so viel Zeit in der Taverne oder am Marktplatz, das Geschehen stumm beobachtend, statt auf dem Boronanger (eine andere Bezeichnung für Friedhof.) für die Seelen der Toten zu beten? Die Gerüchteküche im Dorf beginnt zu brodeln.

Die Dorfschmiede (4)

»Euer Schwert reparieren? Gewiss, es wäre mir eine Freude! Lasst sehen ... Eine schöne Klinge, fürwahr! Ja, einige tiefe Scharten hat sie, diese hier müsste ich wohl nachschmieden. Die anderen könnte man einfach wegschleifen. Mhh ... ich müsste allerdings vorher noch die Pflugschar für die Dinkelkorns fertigmachen. Und heute Nachmittag kommt das Pferd vom alten Bachinger zum Beschlagen. Reicht Euch das bis Morgen Vormittag?«
—Schmiedin Losiane Hangeisen, am vorigen Windstag zu einem durchreisenden Krieger

Rundgang

Folgt man vom Dorfplatz dem rhythmischen Klang des Schmiedehammers, gelangt man schon nach wenigen Schritten zur Dorfschmiede. Ursprünglich diente das Fachwerkhaus als einfaches Wohnhaus, wurde aber vor nunmehr fast drei Jahrzehnten mit einem offenen Anbau versehen, unter dem die Esse und Schmiedewerkstatt Platz finden. Hier steht Schmiedin *Losiane Hangeisen* bei Wind und Wetter und schlägt glühendes Metall in Form.

Die Esse mit ihrem gemauerten Kamin wird mit Hilfe eines Blasebalgs angefacht, der über ein Gestänge entweder von Losiane oder ihrem Assistenten *Cordo Garnelsaum* bedient werden kann. Die Kohlen lagern in Fässern hinter der Esse, die von Cordo regelmäßig mit frischer Holzkohle befüllt werden. Etwa einmal pro Woche geht Cordo den Weg zum *Köhlerlager* (siehe Seite **78**), um Säcke mit Holzkohle zu holen. Für manche Schmiedearbeiten greift Losiane gerne auf die teurere Zwergenkohle zurück, da diese heißer und damit gleichmäßiger brennt. Allerdings ist sie schwerer zu beschaffen, und so muss Losiane stets darauf warten, dass wieder eine Ladung am *Flusshafen* (siehe Seite **58**) angeliefert wird.

Neben der Esse steht der Amboss, den die Schmiedin von ihrem Vorgänger übernommen hat, und daneben der *Wasserbottich* zum Abschrecken und Härten des noch glühenden Stahls. Zum Schleifen von Messern, Schwertklingen und Pflugscharen steht ein fußbetriebener Schleifstein bereit. Für das Beziehen von Wagenrädern hat Losiane eine einfache Wagenrad-Halterung gebaut, die das Aufziehen der noch heißen Eisenreifen vereinfacht.

Nach getaner Arbeit zieht sich die Schmiedin in ihr kleines Reich zurück: Durch eine Holztür neben der Esse oder die rot gestrichene Haustür erreicht man die Wohnstube, die in den Wintermonaten von einem Kamin gewärmt wird. Über dem offenen Feuer bereitet Losiane auch ihr Abendessen zu. Die Vorräte dafür lagern in den Regalen einer kleinen Speisekammer, die hinter einer geflochtenen Tür aus Weidenruten vom Wohnraum abgetrennt ist. Hier verwahrt Losiane in Fässern auch ihre Eisenerz-Vorräte, die zu wertvoll sind, um sie im offenen Anbau zu lagern. In einer Truhe sind ihre Kleidungsstücke und persönliche Habe verstaut. Das Brennholz für den Kamin (das auch als Anmachholz für die Esse dient), lagert in einem Holzverschlag hinter dem Haus, wo auch ein Hauklotz zum Spalten des Brennholzes bereitsteht. Steigt man die Stiege hinauf, erreicht man Losianes Schlafraum. Der Raum ist zugig, und so manche undichte Stelle im Dach musste von Losiane provisorisch geflickt werden, damit der Regen draußen bleibt. Das Doppelbett stammt noch vom Vorbesitzer und ist Losiane eigentlich zu groß – sie träumt davon, endlich jemanden zu finden, mit dem sie es teilen kann. Allerdings wohl kaum mit dem erst 11-jährigen Gehilfen Cordo, für den sie aus etwas Stroh eine eigene Schlafstatt auf dem Boden bereithält. Hier schläft Cordo allerdings nur, wenn er für Schmiedearbeiten spät abends oder früh am Morgen benötigt wird.

Bewohner

Vor gut zwei Jahren übernahm Schmiedin *Losiane Hangeisen* (28, Lederschürze, dunkelbraune Haare, Sommersprossen, meist rußverschmiertes Gesicht) die Dorfschmiede von ihrem Vorgänger, und erledigt seitdem die Herstellung und Reparatur von Alltagsgegenständen: Messer, Scheren, Töpfe, Pfannen und Pflugscharen gehören zu ihrem Repertoire. Auch das Beschlagen von Pferden und das Aufziehen von Radreifen hat sie bei ihrer Meisterin, der Angbarer Schmiedin *Faduhenna Gladenbrock*, gelernt. Gelegentlich darf sie auch die Waffen der Wachen oder vorbeiziehender Abenteurer ausbessern oder sogar neue Schwerter schmieden – eine Arbeit, die sie aufgrund der Abwechslung vom ihrem Arbeitsalltag sehr genießt.

Auch wenn Losiane nicht sehr gesellig ist und sich nur selten einen Krug Ferdoker Bier im Gasthaus gönnt, konnte sie mit ihrem Talent und ihrer Zuverlässigkeit die meisten Wirselgrunder von sich überzeugen und sich einen festen

Platz in der Dorfgemeinschaft erarbeiten. Nur ihre Angewohnheit, beim Schmieden gern aus vollem Hals schmutzige Lieder zu grölen, ist so manchem der prüderen Dorfbewohner ein Dorn im Auge.

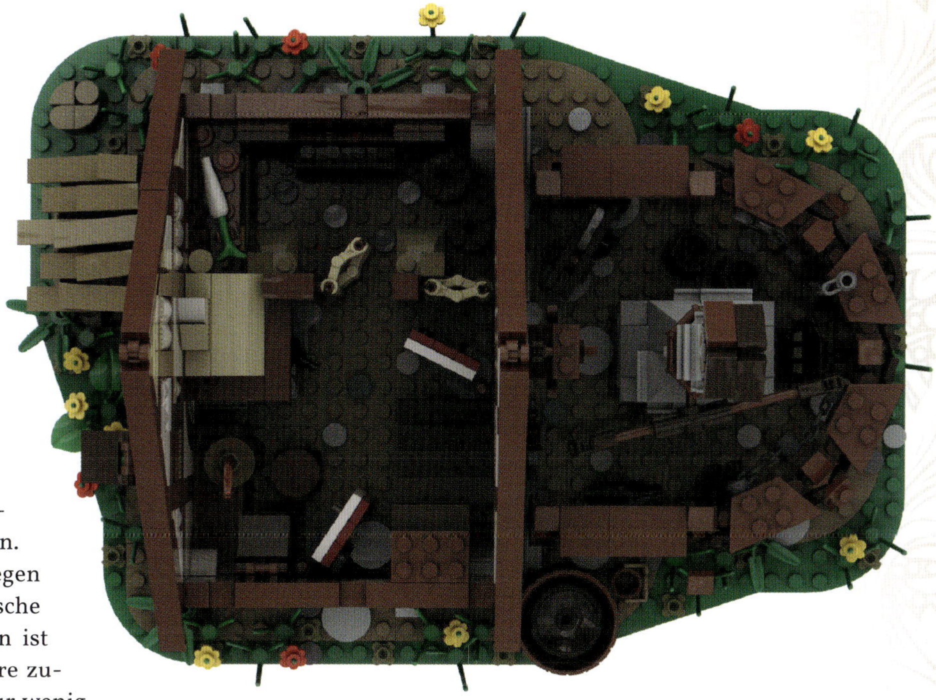

Losianes junger Gehilfe *Cordo Garnelsaum* (11, Sohn eines Tagelöhners, zerzaustes Haar, Zahnlücke von einem Wildschweinangriff) arbeitet erst seit ein paar Wochen in der Schmiede. Der Junge ist für die Bedienung des Blasebalgs zuständig, reicht Losiane die Werkzeuge oder hält mit Zangen das Werkstück in Position, und geht mehrmals pro Woche zur Köhlerhütte, um den Holzkohle-Vorrat aufzufullen. Nach getaner Arbeit ist er für das Ausfegen der Werkstatt und Wegbringen der Asche zuständig. Beim Beschlagen von Pferden ist er für das Halten und Beruhigen der Tiere zuständig – eine Arbeit, die dem Jungen nur wenig behagt, hat er doch seit einer Wildschwein-Attacke als kleiner Junge einen Schneidezahn verloren und seitdem Angst vor unberechenbaren Tieren. Auch wenn sich Cordo nicht immer geschickt anstellt – so hat er sich schon mehrmals die Finger verbrannt und ist einmal, zu Losianes Belustigung, rückwärts in den Wasserbottich gestürzt – macht er dies durch Fleiß und Motivation mehr als wett.

Besonderheiten

Bevor Losiane das Gebäude übernahm, war die Dorfschmiede das Reich von *Ambros Liebenstein* und seiner Gattin *Winelda*. Nach Wineldas plötzlichem Tod gab sich Ambros dem Alkohol hin. Seine Arbeiten wurden unzuverlässig, er verbrachte mehr Zeit im Gasthaus als an der Esse, und schließlich entzündete er im Suff versehentlich seinen Holzkohle-Vorrat. Erst in letzter Sekunde konnte das Feuer gelöscht und Schmiede und Dorf gerettet werden. Junker von Schwanbrück und die Dorfgemeinschaft waren sich einig, dass der Schmied untragbar geworden war, und ersetzten ihn durch die junge Losiane. Ambros Liebenstein verfiel völlig dem Alkohol und wurde wenige Wochen später tot aus der Bodrin gefischt.

Seit einiger Zeit geschehen des Nachts immer wieder seltsame Dinge im Anbau der Schmiede. Werkzeuge wie Hämmer und Zangen verschwinden, der Wasserbottich hängt umgekehrt über dem Kamin der Esse, bereitliegende Wagenräder sind morgens in zwei Hälften zersägt, und Holzkohle-Fässer stehen brennend auf dem *Marktplatz* (siehe Seite **44**). Die abergläubischeren Dörfler vermuten bereits, dass der Geist von Ambros Liebenstein zurückgekehrt sei, um Rache an Losiane zu nehmen. Die Schmiedin ist verzweifelt genug, um Abenteurer anzuheuern, die den seltsamen Spuk untersuchen sollen.

Losianes sehnlichster Wunsch ist es, irgendwann einmal ein Schwert zu schmieden, wie man es aus den Legenden kennt. Am besten natürlich aus einem magischen Metall wie Mindorium, ein wertvolles, magisches Metall! Sie hat Gerüchte gehört, dass es in der alten *Zwergenmine* (siehe Seite **80**) noch Reste von Mindorium-Erz geben soll, aber auch, dass Zwergenskelette die Mine bewachen. Seitdem träumt sie davon, dass eines Tages ein Held in das Dorf kommt, der für sie das Erz aus der Mine besorgt, und dem sie dafür ein legendäres Schwert schmieden kann, von dem die Leute noch in Generationen voller Ehrfurcht sprechen werden.

Preisliste

Pflugschar richten	3 Heller
Waffe schärfen	5 Heller
Pferd beschlagen (je Hufeisen)	1 Silbertaler
Rüstung ausbeulen	3 Silbertaler
Hufeisen schmieden	5 Silbertaler
Wagenrad reparieren	20 Silbertaler
Langschwert schmieden	180 Silbertaler

Das Gasthaus zum Goldenen Kelch (5)

»Trinkt leer eure Becher, den Zwölfen zur Ehr', und sind sie dann leer, so bring ich euch mehr! Prost!«
—Gastwirt Ulfward Birnbier zu seinen Gästen, neuzeitlich

Rundgang

Wem nach getanem Tagwerk der Sinn nach einem kühlen Humpen Bier steht, der begibt sich zum Gasthaus zum Goldenen Kelch, der einzigen Gaststätte Wirselgrunds. Das kleine Fachwerkhaus wurde auf den Überresten eines alten Wohnhauses errichtet, das nach einem Brand eingestürzt war. Noch heute kann man die Überreste der alten Steinmauern erkennen.

Der namensgebende Kelch hängt als Schild an der Seite des Gebäudes und besteht natürlich nur aus vergoldetem Holz. Da schon so mancher Strauchdieb oder betrunkene Zecher versucht hat, den Kelch zu entwenden, hat sich der Wirt vom Tischlermeister *Koschba Schäffler* ein Schild aus einer massiven Baumscheibe schnitzen und vom inzwischen verstorbenen Dorfschmied *Ambross Liebenstein* mit Blattgold verzieren lassen. Seitdem waren alle Diebstahlversuche vergeblich.

Ein paar Stufen führen vom Marktplatz hinauf in den kleinen Biergarten, durch ein Tor hindurch, das stets von einem mit frischen Blumen geschmückten Kranz geschmückt ist. Die wenigen Sitzplätze an den Holztischen sind von den ersten warmen Frühlingstagen bis spät in den Herbst hindurch begehrt, und wer einen davon ergattern will, muss meist früh dran sein. Es soll aber auch schon vorgekommen sein, dass sich durstige Gäste, die keinen Platz mehr bekommen haben, einfach auf der Treppe oder dem Marktplatz niedergelassen haben und dennoch von den Wirtsleuten bedient wurden. Bei Regenwetter sind die Plätze unter der Veranda besonders begehrt.

Zum Schankraum führen einige Stufen hinab, auf denen schon so mancher Zecher ins Straucheln geriet. Auch hier laden einige wenige Sitzplätze zum Verweilen ein, aber mit einem Humpen Bier in der Hand lässt es sich auch stehend gut aushalten. Der große Kamin spendet im Winter angenehme Wärme; im Sommer hingegen wird er nur zum Kochen der Speisen befeuert.

In der kleinen Küche teilt sich das Wirtspaar den wenigen verfügbaren Platz: Während *Ulfward Birnbier* die Humpen mit Ferdoker Bier oder seinem weithin gerühmten Birnbräu füllt, bereitet seine Frau *Renja Birnbier* das Essen zu: Rübeneintopf mit Kräutern, Hirsebrei mit Apfelkompott, gebratener Angbarsch mit Brotsoße ... das einfache, aber deftige Essen ist besonders bei den Landarbeitern beliebt. Da das Haus über keinen eigenen Keller verfügt, werden die Vorräte und Bierfässer nebenan im Haus von Ulfwards Eltern gelagert, zu dem man durch die Seitentür gelangen kann.

Über die überdachte Außentreppe gelangt man auf die hölzerne Veranda, die zu den Schlafräumen führt. Früher waren dies die Zimmer des Wirtspaares und ihrer Tochter *Palina Birnbier*, doch seitdem diese ausgezogen ist und ihre eigene Familie gegründet hat, verdienen sich Ulfward und Renja mit dem Anbieten von Fremdenzimmern ein paar Silbertaler dazu – sie selbst sind in das Nachbarhaus zu Ulfwards greiser Mutter gezogen. Die Zimmer sind sauber, die hölzernen Betten mit strohgefüllten Leinensäcken als Matratzen und Kissen belegt. Die Fenster können mit hölzernen Läden verschlossen werden. Der Kamin aus der Schankstube verströmt auch hier noch genug Wärme. Wem die Gästezimmer zu teuer sind, der kann es sich für ein paar Heller auch auf dem Boden des Schankraums gemütlich machen, nachdem um Mitternacht das letzte Bier gezapft wurde.

Bewohner

Für Wirt *Ulfward Birnbier* (54, weißer Vollbart, Bierbauch, mag zotige Witze, treibt Störenfriede mit einem Holzknüppel hinaus) ist es das Schönste, wenn Schankraum und Biergarten mit zufriedenen Gästen gefüllt sind. Dann ist er in seinem Element, lacht und scherzt mit den Gästen, intoniert Trinksprüche und ist auch dem ein oder anderen selbstverzehrten Bier nicht abgeneigt. Vor gut 15 Jahren hat er die Taverne von seinem inzwischen verstorbenen Vater *Bosper* übernommen. Sein ganzer Stolz ist das weithin gerühmte Birnbräu, dessen geheimes Rezept er wie seinen Augapfel hütet. Er änderte sogar den Nachnamen der Familie in Birnbier (ursprünglich hießen sie Zwirnbusch).

Auch seine Frau *Renja Birnbier* (51, rote Wangen, untersetzt, tratscht gern, plaudert nach dem dritten Bier Geheimnisse der Dorfbewohner aus) ist Gastwirtin mit Leib und Seele und hält die Gebote von Travia, der Göttin der Gastfreundschaft hoch. Selbst bei Gästen, deren Geldbeutel leer sind, drückt sie manchmal ein Auge zu. Ihr Reich ist die kleine Küche, wo sie den größten Teil des Nachmittags und des Abends mit der Zubereitung der Speisen verbringt. Es heißt, dass selbst sie nicht in das Geheimrezept des Birnbräus eingeweiht ist. Renja ist eine fröhliche und herzliche Frau – nur wenn ihr Mann mal wieder mit einem der weiblichen Gäste schäkert, kann sie ungemütlich werden.

Früher half auch noch die gemeinsame Tochter *Palina Birnbier* als Schankmagd aus, doch seit diese ausgezogen ist und eigene Kinder hat, haben sich die Birnbiers die Schankmagd *Misira Greibner* (21, rotbraune Zöpfe, kokett, trockener Humor, spitze Zunge) zur Unterstützung geholt. Die gutaussehende Rothaarige ist mittlerweile sehr routiniert darin, sich mit mehreren Humpen in jeder Hand durch Schankstube und Biergarten zu schieben und sich dabei der manchmal sehr aufdringlichen Verehrer zu erwehren. Sie ist sich ihrer Reize bewusst und nutzt sie schamlos aus, um ihr Trinkgeld aufzubessern. Bisher hat sie aber noch nie mit einem Gast angebändelt. Viele Gäste (und auch das Wirtspaar) rätseln, wem wohl ihr Herz gehören mag.

Fast schon zum Inventar gehört der chronische Zecher *Eberon Ysilier* (85 Jahre alt, wirkt aber wie 60 Jahre, hager, spitze Ohren, rechter Unterarm fehlt), den man fast jeden Tag im Schankraum antreffen kann. Ist es zu voll, zieht er sich meist in den Biergarten, auf die Treppe zur Veranda oder auf den Marktplatz zurück, aber niemals ohne einen Humpen Birnbräu in seiner Linken mitzunehmen. Den rechten Unterarm verlor er vor gut vier Jahrzehnten während der Ogerschlacht (Eine gewaltige Schlacht, in der 1000 Oger das Mittelreich angriffen und nur mit Mühe gestoppt werden konnten.), bei der ihn ein geschleuderter Felsbrocken traf. Seitdem versucht er sich mehr schlecht als recht als Tagelöhner und Barde durchzuschlagen. Renja hat Mitleid mit dem resignierten Mann, und drückt oft ein Auge zu, wenn er seine Zeche nicht zahlen kann. Dafür lässt sie sich von ihm Gerüchte aus dem Dorf erzählen oder auf seiner Flöte Lieder für die Gäste vortragen. Seine traurigen Melodien haben schon manchem Zecher die Tränen in die Augen getrieben.

Besonderheiten

Auch wenn sich die Wirtsleute bemühen, stets als das perfekte Gastgeber-Ehepaar aufzutreten, wissen Stammkunden, dass beide auch vortrefflich streiten können. Renja reagiert höchst eifersüchtig, wenn ihr Ulfward mal wieder einem weiblichen Gast schöne Augen macht. Sie scheint Gründe für ihre Eifersucht zu haben, denn sie hat beobachtet, wie sich ihr Gatte nachts aus dem Haus schleicht. Renja ist drauf und dran, eine Gruppe von Abenteurern anzuheuern, um den Grund herauszufinden.

Auch Schankmagd Misira verhält sich manchmal etwas merkwürdig: So besteht sie darauf, die Gästezimmer immer allein zu säubern, und duldet währenddessen auch keine Gäste auf den Zimmern. So kann es durchaus geschehen, dass Misira vor den Augen einer reisenden Heldengruppe die Wirtsfrau Renja energisch hinauskomplementiert, wenn diese selbst die Zimmer zu säubern versucht. Warum benimmt sich die Schankmagd so auffällig?

Mancher Reisender mag auch Mitleid mit dem stets allein in der Ecke sitzenden Eberon haben, der traurig an seinem Birnbräu nippt. Was mag den Mann bedrücken, und wie könnte man ihn aufmuntern?

Preisliste

Krug Wasser	1 Heller
Humpen Ferdoker Helles	2 Heller
Humpen Birnbräu	3 Heller
Becher Apfelwein	3 Heller
Schmalzbrot	2 Heller
Hirsebrei mit Apfelkompott	3 Heller
Rübeneintopf mit Kräutern	4 Heller
gebratener Angbarsch mit Brotsoße	6 Heller
Schlafplatz in der Schankstube	4 Heller
Bett im Doppelzimmer	20 Heller
Bett im Einzelzimmer	25 Heller

Die Glockengießerei (6)

»Fest gemauert in der Erden, steht die Form, aus Lehm gebrannt.
Morgen muss die Glocke werden. Rhÿs und Aldifreid, seyd zur Hand!
Von der Stirne heiß, rinnen muss der Schweiß.
Soll das Werk die Zwölfe loben! Doch der Segen kommt von oben.«
—Gießmeister Abelmir Crumbinger in weinseliger Stimmung am Abend vor dem Glockenguss im Gasthaus zum Goldenen Kelch, Wirselgrund, neuzeitlich

Die Heiligen Aldifreid und Rhÿs
Aldifreid von Trallop ist der Schutzheilige der Instrumentenbauer, Rhÿs von Abilacht der der Grobschmiede, worunter auch der Metallguss fällt.

Rundgang

Eine Besonderheit Wirselgrunds ist die Glockengießerei. Gebäude wie dieses gibt es in ganz Aventurien nur wenige, und sicherlich würde man sie auch eher an anderer Stelle vermuten als in einem kleinen, abgelegenen Dorf im südlichen Kosch. Seit göttergefälligen 12 Jahren werden im Junkergut Schwanbrück nun schon Glocken unterschiedlicher Größe, Gongs und andere Werkstücke aus Bronze gegossen, die über den Flusshafen erfolgreich ins gesamte Mittelreich verschifft werden.

Das recht große, L-förmige Fachwerkgebäude steht im Süden des Dorfes in einiger Entfernung zu anderen Gebäuden und kann neben dem großen Schlot leicht an einer mächtigen Firunsföhre erkannt werden, die direkt daneben wächst, und die Gießerei um einige Schritt überragt.

Der Dachstuhl ist komplett mit Platten aus dunklem Schiefergestein eingedeckt, auf die traditionelle Dachdeckung mit hölzernen Schindeln wurde zum Schutz vor Funkenflug verzichtet. Herzstück der Gießerei ist der große Schmelzofen, der sich in einem komplett aus Bruchstein gemauerten Flügel des Hauses befindet. Er wird mit 4 Teilen Kupfer auf 1 Teil Zinn gefüllt, anschließend mit heiß brennendem Nadelholz und teurer Zwergenkohle befeuert und erreicht die zum Schmelzen der Metalle notwendigen Temperaturen nahe der Vulkanglut. Nach dem Durchmischen ist die sogenannte Glockenspeise schließlich bereit für den Guss. Am Fuß des Ofens befindet sich das Stopfloch, an dem der Abstich gemacht wird und an den sich eine Gussrinne anschließt, die vollständig mit gebrannten Lehmziegeln ausgemauert wurde. Durch sie wird die rotglühende, flüssige Bronze anschließend zur Grube geleitet, in der die Gussformen eingegraben werden und in der der eigentliche Guss erfolgt. Über der Grube befindet sich ein hölzernes Gerüst, mit dessen Hilfe die Gussformen in die Grube abgesenkt und nach dem Abkühlen die fertigen Glocken herausgehoben werden.

Der hintere Teil der Gießerei besteht aus der Glockenwerkstatt. Hier werden die Gussformen für die Glocken hergestellt sowie fertig abgekühlte und wieder ausgegrabene Glocken gesäubert und das erste Mal angeschlagen, um den Klang zu prüfen. Hier werden Mauersteine, Lehm, Stroh, Talg und Wachs gelagert, darüber hinaus Holzbretter, aus denen in sorgfältiger Handarbeit zunächst die Schablonen für die Glockenform gefertigt werden. Danach wird aus Lehm und Stein der Glockenkern gemauert, über diesen anschließend die sogenannte falsche Glocke aus Lehm und Sand gelegt. Die Glockenzier wird anschließend angebracht und besteht aus Talg und Wachs, der später beim Guss schmilzt. Abschließend folgt der Glockenmantel, erneut aus feinem Lehm. Nach Entfernen der falschen Glocke ist die Gussform fertig gestellt und wird in der Gießgrube platziert. Üblicherweise sind dabei immer mehrere Glocken zeitgleich in Arbeit und werden dann gemeinsam gegossen.

Der Guss einer Glocke findet traditionell an einem Erdstag statt, um daran zu erinnern, dass alles, was einst geschaffen wurde, vergänglich ist, und irgendwann wieder zu Staub zerfällt. Der Schmelzofen wird dafür bereits in den frühen Morgenstunden angeheizt und den gesamten Tag über weiter befeuert. Unmittelbar davor sprechen ein oder mehrere Priester der Zwölfgötter ein kurzes Gebet und spenden

den Werkstücken damit ihren Segen. In Wirselgrund sind beim Glockenguss üblicherweise die Ingerimmgeweihte *Ziberta Scherenschleifer* (siehe Seite **102**) sowie der Borongeweihte *Boronadus* (siehe Seite **95**) anwesend. Da Ziberta auch gleichzeitig Hofkaplanin von Burg Blaustein ist, kommt es des Öfteren vor, das Boronadus diese sakrale Aufgabe alleine wahrnimmt.

Bewohner

Der Herr des Hauses ist *Abelmir Crumbinger* (45, hohe, schweißnasse Stirn, Haare und Bart mittlerweile ergraut, tiefgläubig, trinkt lieber Wein als Bier). Der Gießmeister wurde von seinen Eltern nach dem Schutzheiligen der Instrumentenbauer benannt und stammt aus der Stadt Silas im fernen Horasreich. Er ist ein hochangesehener Hüttenkundiger, der seine Fähigkeiten nicht nur in Silas erlernte, sondern im Anschluss auf den Zyklopeninseln verfeinerte. Heutzutage versteht er sich vor allem auf die Feinheiten des Bronzegusses, insbesondere auf die Herstellung von Glocken. Nach dem horasischen Thronfolgekrieg verließ Abelmir seine Heimat und folgte seinem alten Freund *Urras Ruffo* tief ins Fürstentum Kosch, wo sich beide bei Burg Blaustein niederließen. Urras folgte dem Ruf Borons, nannte sich fortan *Boronadus* (siehe Seite **95**) und betreut seither den örtlichen Tempel des Totengottes. Abelmir eröffnete mit Erlaubnis des Junkers eine neue, eigene Gießerei und geht seitdem in Wirselgrund seiner Handwerkskunst nach. Ihn und Boronadus verbindet eine tiefe Freundschaft. Oft sitzen sie zusammen im *Goldenen Kelch* (siehe Seite **40**), trinken gemeinsam Wein und sprechen über ihr vergangenes Leben im Lieblichen Feld.

Neben Abelmir arbeiten hier noch die drei Gießergesellinnen und -gesellen *Algunde Dumpfbrodt, Selissa Räucherholz* und *Greifax Glockenschlag* (zwischen 14 und 21, ahmen den horasischen Akzent ihres Lehrmeisters gerne nach, arbeiten insgeheim und im Verborgenen an einer Gussform für bronzene Heller), die allesamt aus dem Dorf oder von den umliegenden Höfen stammen. Sie alle wurden von Abelmir persönlich ausgewählt, um seine Kunst an die nächste Generation weiterzugeben.

Besonderheiten

In der Gießerei werden Glocken unterschiedlichster Form und Größe gefertigt. Von Kuhglocken über Alarmglocken bis hin zu einem maßgefertigten Glockenspiel eigens für einen exzentrischen und sehr reichen Patrizier aus der Kaiserstadt Gareth hat Abelmir schon viele unterschiedliche Modelle gefertigt. Den größten Erfolg bescherten ihm allerdings seine Schiffsglocken. Von Ferdok bis zur albernischen Hauptstadt Havena gibt es heutzutage kaum einen Kahn, der auf dem Großen Fluss fährt, der nicht eine Schiffsglocke aus Blaustein an Bord hat. Dieser Erfolg ließ Abelmir jüngst sogar in Konkurrenz zur altehrwürdigen Glockengießerei *Kuinocs* in Havena treten, nährte er in ihm doch die Hoffnung, dass seine Glocken irgendwann auch den Weg auf ein Hochseeschiff finden würden. Und tatsächlich erteilte ihm jüngst eine wohlhabende Handelsherrin aus Havena den Auftrag, eine Schiffglocke für ihre neue Karavelle zu fertigen. Die Schattenseite dieser neu erlangten Bekanntheit ist, das Abelmirs Vergangenheit droht ihn einzuholen, wovon er gegenwärtig allerdings noch nichts ahnt. Über das Glockengeschäft hinaus werden hier auch weitere Werkstücke aus Bronze gegossen, etwa Statuen und Büsten. Von Zeit zu Zeit tritt auch ein Praiostempel an den Gießmeister heran, etwa wenn ein neuer Gong benötigt wird. Dies geschieht allerdings recht selten. Durchreisende dürfen gerne beim Gussvorgang zuschauen, müssen allerdings absolut still sein, damit die Gesellen seine Kommandos richtig verstehen. Sollte sich unter den Reisenden ein Geweihter der Zwölfgötter oder der bekannten Halbgötter befinden, versucht Albelmir ihn dazu zu überreden, beim nächsten Guss das Gebet zu sprechen und die Segnung zu spenden.

Preisliste

Kleine Glocke	25 Dukaten
Schiffsglocke	50 Dukaten
Große Glocke	mehrere hundert Dukaten
Kuhglocke	10 Dukaten
Alarmglocke	30 Dukaten
Glockenspiel	20 Dukaten
Gong	100 Dukaten

Der Marktplatz (7)

»Ein guter Ort, um meine Waren unter die Leute zu bringen. Die Wirselgrunder sind freundlich ... und gesprächig.«
—Bredo Bento, Kiepenkerl aus dem Kosch, neuzeitlich

Rundgang

Der Marktplatz ist wie vielerorts das Zentrum der Siedlung. Jeden zweiten Markttag des Mondes tragen die Bauern des Umlandes ihre Erträge, die örtlichen Handwerker ihre Produkte und Händler aus den größeren Städten der Umgebung ihre Waren herbei und preisen sie lauthals und wortgewandt potentiellen Käufern an, und so kann man an diesen Tagen vielen Dorfbewohnern auf dem Markt begegnen. Tatsächlich locken einige der örtlichen Waren so viel fremdes Volk an, dass der Junker *Balinor von Schwanbrück* (siehe Seite **94**) unlängst einen Wegweiser aufstellen ließ. Der Pfeiler mit dem Bild der Burg weist gen Burg Blaustein, jener mit der Krone gen Ferdok. Jener mit dem Drachen wiederum warnt tollkühne Narren vor den im Umland lauernden Gefahren.

Im Schatten der Blätter der alten *Gerichtseiche* baut dann der Marktaufseher *Rukus Plötzbogen* seinen Tisch mit Waagen und Messlatten auf, trägt die Abgaben der Händler gewissenhaft mit Feder und Tinte in sein Buch ein und beobachtet das rege Treiben bei einem Krug kühlen Ferdoker Bieres und einer saftigen Schweinskeule mit Sauerkraut. Selten bricht Streit aus, und dann reicht ein Rondrawetter des Büttels. Den schweren Kodex mit dem fürstlichen Marktrecht nutzt er nur zum Schlagen auf den Tisch, damit seine Worte besser nachhallen, ein Verhalten, das der Geweihte des nahen *Borontempels* (siehe Seite **36**) stets mit einer tadelnden Miene bedenkt, schreckt der plötzliche Knall doch die im Astwerk brütenden Raben auf.

An diesen Tagen stellt das Wirtspaar des *Gasthauses zum Goldenen Kelch* (siehe Seite **40**) einige Tische und Bänke vor ihr Gasthaus und köcheln auf der *Feuerstelle* für die hungrigen Mäuler einen Erbseneintopf, welcher mit den frisch gebackenen Broten des *Backhauses* (siehe Seite **32**) um die Wette duftet.

Kaum ein Markttag vergeht, ohne dass der Kiepenkerl *Bredo Bento* mit seinem vom Esel *Praioslob* gezogenen Handkarren auftaucht, schließlich lässt sich an kaum einem anderen Ort besser Wirselkraut erstehen, und die Vogelfänger des Tischlermeisters sind in der Region gefragt, denn mit dem Fang von Koschammern kann gutes Silber verdient werden.

Die Familie Wiesbauer besitzt einen großen Bauernhof und zahlreiche Kühe, so dass es eines ganzen Heuwagens bedarf, all die Milch und die Käseräder auf den Markt zu bringen, und öfters biegt sich das Holz des Marktstandes unter deren Last. Meist scharen sich zahlreiche junge Kerle um den Stand, ist doch Waidgund Wiesbauer dereinst bestimmt, den Hof zu erben: ein Treiben, welches *Edelbrecht Gscheidtner* von seinem benachbarten Stand aus oft spöttisch kommentiert. Hier bietet das ewige Lästermaul jenes Gemüse an, welches er seinem kargen Land, auf dem Korn nicht recht gedeihen will, abzutrotzen vermag, und verspricht den meist älteren Zuhörern wahre Wunderdinge über ihre Wirkung. Ein kleines Zubrot verdient sich Edelbrecht dadurch, dass er auch den Fang der Fischerin *Padora* (siehe Seite **101**) verhökert. Zudem hält er zahlreiches Federvieh auf seinem Hof, welches er in Käfigen auf den Markt trägt und wortgewaltig anpreist. Aufruhr entsteht immer dann, wenn eines seiner Ferkel aus dem Koben ausbricht und wild über den Platz rennt. Bei solch einer wilden Jagd mag schon einmal ein Warenstück zu Bruch gehen und ein gewiefter Langfinger die allgemeine Aufregung für eine Diebestat nutzen.

Aus der großen Stadt bringt die Eisenwarenhändlerin *Xerane Moosbacher* ihre Waren bis ins entlegene Wirselgrund. Ihr *Stand* mit den blitzenden Klingen, verzierten Schilden und allerlei anderen Angbarer Handwerksstücken erregt stets viel Interesse, und selbst der Junker lässt es sich oft nicht nehmen, einen Blick auf die Auslage zu werfen.

Der Brunnen schließlich ist nicht nur der Mittelpunkt des Platzes, sondern von ganz Wirselgrund. Hier treffen sich die Leute auch anderntags zum Plausch, schrubben ihre Wäsche in den mitgebrachten Zubern und achten darauf, dass es die kleinen Kinder beim Plantschen nicht zu bunt treiben.

Händler und Besucher

Marktaufseher *Rukus Plötzbogen* (38, brauner Mittelscheitel, aufwendiger Schnauzbart, Bäuchlein, behäbig, Leseschwäche, kann sich Gehör verschaffen) achtet darauf, dass die Abgaben für den Junker entrichtet werden, ist jedoch nur selten genötigt zur Ordnung zu rufen. Nur selten erhebt er sich von seinem Schemel, um seine Runde über den Markt zu drehen.

Kiepenkerl *Bredo Bento* (Mitte 50, dunkelbraunes Haar mit zahlreichen grauen Strähnen, Filzhut mit Band in den Koscher Landesfarben, Wangenbart und Kinnbart, geht gebeugt, gut gelaunt, gewiefter Feilscher) schätzt die Wirselgrunder als freundliche und gesprächige Kundschaft. Auch die Wirselgrunder freuen sich auf Geschichten von fremden Orten, die Bento mit sich trägt, und in den Tiefen seiner Körbe und Kiepen finden sich doch immer auch Kleinigkeiten, welche im Haushalt fehlen.

Milchbäuerin *Waidgund Wiesbauer* (29, blonder Zopf, freundliches Lächeln, sehr traditionelle und züchtige Koscher Tracht, kräftiger Handschlag, offenherzig) wird dereinst einen großen Hof mit viel Vieh und Land erben. Daher werben zahlreiche Junggesellen um ihre Gunst, auch wenn sie keine Schönheit ist. Ihr beharrliches Zögern sorgt am Brunnen für Gerede. Ihre offenherzige Art lässt sie auch die Lästereien Gscheidtners erdulden.

Kleinbauer *Edelbrecht Gscheidtner* (46, dichte, schwarze Haare, in die Stirn fallend, rasiert, schmales Gesicht, engstehende Augen, spitze Nase, redet gern schlecht über andere Leute) ist redselig und versorgt gerade die älteren Wirselgrunder nicht nur mit Gemüse, Kleinvieh und Fisch, sondern auch mit allerlei Gerüchten über andere Wirselgrunder. Besonders Waidgund Wiesbauer ist oft Gegenstand seiner Erzählungen.

Eisenwarenhändlerin *Xerane Moosbacher* (42, blonde, mittellange Haare, städtische Kleider, rosige Wangen, Halskette, Hände in Hüfte gestemmt, laute, stakkatohafte Stimme, blickt auf einfache Dörfler herab) wird besonders von Junker Balinor geschätzt, denn sie gewährt dem Edelgeborenen öfter einen Nachlass. Dem Wunsch der Händlerin, einmal die junkerliche Waffensammlung in Augenschein nehmen zu dürfen, hat der junge Mann bisher nicht entsprochen.

Besonderheiten

Der Marktplatz ist neben dem Gasthaus der beste Ort, um Näheres über das Treiben der Dörfler zu erfahren. Gerade am Brunnen können auch Gerüchte über das Umland aufgeschnappt werden.

Eine öffentliche Verhandlung an der Gerichtseiche ist immer ein besonderes Ereignis, und nur die älteren Dorfbewohner können sich noch an einen solchen Vorgang erinnern. Der zwischen Glockengießer (siehe Seite **42**) und Glasbläser (siehe Seite **60**) andauernde Streit bedarf jedoch möglicherweise bald der Schlichtung durch den Junker. Marktaufseher Plötzbogen wünscht, dass der Streit gütlich beigelegt werde, denn es kursiert die Erzählung, dass eine Krötenhexe einen Fluch auf den Baum gelegt habe, so dass jede Strafe zweifach auf den Aussprechenden zurückfalle.

Die Marktbesucher

Marktaufseher Rukus Plötzbogen kann eigentlich passabel lesen und rechnen, allerdings ist er stark kurzsichtig. Bisher konnte er sich jedoch nicht dazu durchringen, bei der Glashütte um Abhilfe zu bitten. Er weiß auch um die Zusatzgeschäfte Bentos, ist aber zu abergläubisch, diesen nachzugehen, da er den Hexenfluch fürchtet. Der Kiepenkerl Bredo Bento kommt im Kosch weit herum und kann von allerlei wundersamen Orten berichten, wenn auch nur vom Hörensagen. Jahrzehnte der Erfahrung haben ihn zu einem gewieften Händler reifen lassen. Nach jahrelangem Knausern konnte er einen Handkarren und den Esel Praioslob erstehen. In den Tiefen seiner Kiepe findet sich neben dem üblichen Sammelsurium auch manche Salbe, Schmuckstück oder andere Konterbande, deren Handel Kiepenkerlen untersagt ist. Ein einträgliches Nebengeschäft, welches er vor den Augen Plötzbogens zu verbergen sucht.

Die ledige Waidgund Wiesbauer pflegt eine Beziehung zu einem verheirateten Dorfbewohner und vertröstet daher ihre Bewerber. Edelbrecht Gscheidtner weiß um die Beziehung. Das nächtliche Stell-Dich-Ein der Liebenden mag Anlass für Spukgeschichten sein oder nachtaktiven Helden ein Hindernis.

Gscheidtner selbst hadert mit dem Schicksal, da seine Böden nur wenig Korn hervorbringen. Sollte sich eine Gelegenheit ergeben, schnell zu Reichtum zu gelangen, so würde er sie beim Schopfe packen und wäre sich auch nicht zu fein, Gesetze zu übertreten.

Die Händlerin Xerane Moosbacher begehrt Einlass in die Burg und will dort spionieren. Sie vermutet reiche Beute und will später einen Einbrecher einschleusen. Daher gibt sie dem Junker überraschend großzügige Rabatte. Ihre Waren sind oft minderwertig und finden in der Stadt keinen Absatz, weshalb sie diese versucht, auf dem Land loszuschlagen.

Preisliste

Kanne Milch	2 Heller
Käserad	2 Silbertaler
Kuh	140 Silbertaler
Schwein	30 Silbertaler
Huhn	8 Heller
Fisch	3 Heller
Dolch	45 Silbertaler

Der Rüstmeister (8)

»Dies ist meine Armbrust. Es gibt viele andere, aber diese gehört mir. Meine Armbrust ist mein bester Freund. Sie ist mein Leben. Ich muss sie meistern, wie ich mein Leben meistern muss. Ohne mich ist meine Armbrust nutzlos. Ohne meine Armbrust ist die Drachenjagd nutzlos. Meine Armbrust verfehlt ihr Ziel nie. Ich muss weiter schießen als der Drache spuckt, denn sonst tötet er mich. Ich muss ihn erschießen, bevor er mich verbrennt. Das werde ich. Bei Angrosch, ich glaube fest: Meine Armbrust und ich werden Xorlosch verteidigen. Wir sind die Bezwinger der Drachen. Wir sind die Bewahrer der Zwerge. Das schwöre ich. Bis kein Drache mehr ist. Nur Frieden. Ka baskan draxin!«
—Glaubensbekenntnis erzzwergischer Armbrustschützen aus den Elementarkriegen, nachzulesen auf einer Steintafel im Turm des Rüstmeisters von Wirselgrund, 4221 v.BF

Ka baskan draxin
Zwergische Schwurformel. Sinngemäße Übersetzung: Beim Fall des Drachen!

Rundgang

Ganz im Nordwesten Wirselgrunds befindet sich der Rüstmeister. Das Gebäude besteht aus zwei Teilen und ist Bestandteil der Befestigungsanlagen, die das Dorf umgeben. Das Hauptgebäude ist ein niedriger Turm mit fünfeckigem Grundriss, dessen Fundament und Erdgeschoss aus dem gleichen Mauerwerk erbaut wurden wie auch Burg Blaustein. Darauf wurde ein weiteres Stockwerk in Bretterbauweise errichtet. Beide Etagen weisen Schießscharten in unterschiedlichen Formen auf, mit deren Hilfe der Bereich vor der Palisade unter Beschuss genommen werden kann. Den Abschluss bildet ein recht flach zulaufendes Zeltdach, das mit hölzernen Schindeln gedeckt ist und von einer Fahnenstange gekrönt wird, die üblicherweise ein Banner in den Farben der Burg zeigt.
Neben dem Turm befindet sich der zweite Teil des Gebäudes. Dabei handelt es sich um eine hölzerne Scheune, die sich direkt an Palisade und Turm anschmiegt und die nach zwei Seiten hin offen ist. Im Gegensatz zum Turm ist das Dach der Scheune nicht holzgedeckt, sondern von roten Schindeln aus gebranntem Ton geziert.
Im Turm befindet sich das Arsenal des Junkerguts, die Waffen- bzw. Rüstkammer. Dort lagern hinter einer eisenbeschlagenen Tür die unterschiedlichsten Arten von Waffen, Schilden und Rüstungen. Die Unterkunft des Rüstmeisters ist ebenfalls im Turm untergebracht. Die Scheune nebenan dient als Werkstatt. Hier wurde eine große Esse samt Blasebalg und Rauchfang errichtet. Zur Ausstattung gehören neben Amboss und Schleifstein eine Vielzahl weiterer Werkzeuge zur Metallbearbeitung.
Der Rüstmeister erfüllt die unterschiedlichsten Aufgaben in Wirselgrund. Vorrangig gehören dazu die Lagerung, Reparatur und Ausgabe von Waffen, Rüstungen, Munition und anderen militärischen Gerätschaften. Aber auch der Verkauf entsprechender Güter findet hier statt, was wiederum bedeutet, dass man nicht in die nächste Stadt wie Koschtal oder Nadoret zu reisen braucht, wenn man einen Waffenhändler sucht. Seit einiger Zeit erfüllt der Rüstmeister auch die Funktion einer Belagerungswerkstatt, in der Geschütze und dergleichen Dinge mehr gebaut und gewartet werden. Das neueste Ergebnis dieser Arbeiten ist ein sogenannter Kriegswagen. Dabei handelt es sich um einen umgebauten Leiterwagen, auf dem eine Arbalone, ein Torsionsgeschütz, aus zwergischer Ferti-

gung montiert ist. Eine Arbalone funktioniert dem Grunde nach wie eine übergroße Armbrust, die ihre Spannkraft aber aus verdrillten und teilweise mit Stahldraht verstärken Seilbündeln bezieht und anstatt Bolzen Bleikugeln verschießt. Zusätzlich wurde auf dem Wagen eine hölzerne Brustwehr aufgebaut, in die das Geschütz eingelassen ist. Auf diese Art und Weise kann man den Feind beschießen, ohne die eigene Deckung aufgeben zu müssen. Außerdem dient der Wagen als fahrbare Palisade, hinter der sich bei Bedarf auch andere Truppen verschanzen können. Gezogen wird das Gespann von zwei ausgebildeten Hengsten aus der Stallmeisterei, dem Schimmel *Rohal* und dem Rappen *Borbarad,* eine Anspielung auf zwei der mächtigsten Magier Aventuriens.

Bewohner

In diesem Gebäude lebt und arbeitet *Mythreljan von Ochsenweide* (33, blaue Augen, häufig verärgerter Gesichtsausdruck, hat eine Vorliebe für exotische und fremdartige Waffen). Er hat das Amt des Rüstmeisters inne und trägt in dieser Funktion häufig sein Kettenhemd und darüber einen Wappenrock in den Farben des Junkerguts. Er war früher Abenteurer, der mit einigen Gefährten zusammen das Mittelreich bereiste, kleinere Heldentaten vollbrachte und auch bereits gegen Orks und Tatzelwürmer kämpfte. Der Legende nach war Mythreljan vor etwa zehn Jahren am Tod des Purpurwurms *Japhgur* beteiligt. Wenigstens erzählt er das gern von sich. Die Eitelkeit, sich deshalb selbst Drachentöter zu nennen, geht ihm allerdings völlig ab. Er ist gut mit Junker *Balinor von Schwanbrück* (siehe Seite **94**) befreundet, den er in militärischen Fragen berät. Auch zu *Losiane* (siehe Seite **100**), der Schmiedin des Dorfes, pflegt er ein gutes Verhältnis. In Momenten der Einsamkeit schwärmt er hin und wieder von ihr, da er alleinstehend ist. Vorbeiziehenden Heldinnen könnte er Komplimente machen, denn sein Wunsch ist es, schon bald zu heiraten. Ansonsten fungiert Mythreljan vor allem als Waffenhändler, der den Helden Ausrüstung verkaufen kann und der stets an ihm unbekannten Waffen und Rüstungen interessiert ist. Außerdem ist er eine gute Quelle, wenn man etwas über Drachen und Ungeheuer in Erfahrung bringen möchte, und ein passabler Lehrmeister, der den einen oder anderen Trick für den Kampf beherrscht.

Besonderheiten

Die Auswahl an Waffen, die beim Rüstmeister zu finden ist, ist für ein so kleines Dorf wie Wirselgrund durchaus bemerkenswert. Neben Schwertern und Holzschilden sind dies vor allem leichte und schwere Armbrüste, samt der dazugehörigen Bolzen, allesamt von Zwergen gefertigt und üblicherweise nur selten käuflich zu erwerben. Für genau den Einsatz jener Armbrüste gibt es auch ein gutes Dutzend Setzschilde, die den Schützen Deckung bieten sollen. Darüber hinaus finden sich in der Waffenkammer Hellebarden und andere Stangenwaffen, die an die Burgwache und die Dorfbüttel ausgegeben werden. Die spitz zulaufenden Reiterhämmer, sogenannte Rabenschnäbel, würde man vermutlich eher bei den berühmten Reiterinnen der Ferdoker Garde erwarten, aber auch von dieser Sorte Waffen hält Mythreljan einige vor, ebenso wie Streitkolben und Streitäxte. Ein echtes zyklopäisches Pailos, eine archaische Mischung aus wuchtiger Axt und Stoßspeer, stellt das Prunkstück seiner Sammlung dar. Die zweifelsohne exotischsten Waffen, die hier zu finden sind, stammen nicht einmal aus Aventurien, sondern aus dem sagenumwobenen Güldenland. Mythreljan gelangte in ihren Besitz, als er versehentlich eine Kiste mit Schmuggelware aus dem Horasreich erhielt, anstatt einer Lieferung Kusliker Säbel. Es handelt sich dabei um insgesamt vier seltsame Waffen unbekannter Art. Es könnte sich um eine Feuerwaffe handeln, aber den Aventurien ist diese Art von Geschütz unbekannt. Schwarzpulver wird in Aventurien bisher nur für Feuerwerk verwendet, ist sehr selten, gefährlich und teuer. Mythreljan ahnt, dass es sich bei den seltsamen Konstrukten um Waffen handelt, hat aber gegenwärtig keine Idee, wie er sie zur Anwendung bringen soll.

Preisliste

Hellebarde	160 Silbertaler
Kettenhemd	250 Silbertaler
Lederrüstung	150 Silbertaler
Leichte Armbrust	180 Silbertaler
Pailos	300 Silbertaler
Rabenschnabel	105 Silbertaler
Schwere Armbrust	360 Silbertaler
Streitaxt	105 Silbertaler
Streitkolben	105 Silbertaler

Die Schreinerei (9)

»Dem Koscher Handwerker ging es noch nie so schlecht wie heute. Die Herren ersinnen immer neue Abgaben und das Volk schätzt den Wert guter Arbeit nicht. Dabei würde ihnen ohne mich das Dach über dem Kopfe einstürzen. Wo soll dies nur enden?«
—Koschba Schäffler, neuzeitlich

Rundgang

Die Schreinerei ist das Reich des Tischlermeisters *Koschba Schäffler*. Wenn nicht gerade der Lärm der Säge oder des Hammers von regem Betrieb im Fachwerkhaus kündet, mag der Besucher anhand des aus dem Abzug im strohgedeckten Walmdach aufsteigenden Rauches erkennen, ob der Herr des Hauses zugegen ist. Die Fassade des Hauses ist anders als viele Gebäude im Dorf nicht mit weißem Kalk, sondern ockerfarbenem Lehm getüncht.
Auf dem Dachboden lagert Schäffler Vorräte wie Schinkenhälften oder Korn, aber auch einige seiner bisher nicht verkauften Werkstücke und Konstruktionen, wodurch der Raum mehr einem zyklopäischen Labyrinth denn einem Warenlager gleicht. Vom Meister bisher unbemerkt, hat hier in einer Ecke ein Specht sein Nest angelegt. Der Lehrling *Fröhlich Wirselling* bettet sich des Nachts auf seinem Strohlager und versteckt gerne seine Fundstücke aus dem Fluss oder dem Umland in den herumstehenden Körben, Truhen und Schränken. Mit einer Leiter gelangt man hinab ins Obergeschoss, welches den anderen Bewohnern als Schlafstätte dient. Die Gattin des Tischlers ist dereinst mit einem reisenden Jahrmarktszauberer durchgebrannt, weshalb Koschba noch heute einen Groll gegen fahrendes Volk hegt. Den einmal geschlossenen Traviabund (aventurischer Begriff für Ehe) achtet er hingegen immer noch und flüchtige Liebeleien oder gar Ehebruch sind ihm ein Graus. Seiner Gesellin *Ingunde aus Koschtal* hat er dereinst die Werkstatt versprochen, zahlt ihr aber dafür kaum Lohn, weshalb die junge Frau oft einen leeren Geldbeutel hat. Die lästigsten Arbeiten im Haushalt wie Wasserholen oder Waschen wälzt sie jedoch meist auf Fröhlich ab. Auch ins Erdgeschoss führt eine Leiter herab. Ein gemauerter Kamin dient als Kochstelle und sorgt auch winters für Wärme, während der ebenfalls gemauerte Rauchfang den Qualm direkt unter den Abzug leitet. Hier befindet sich die Werkbank des Meisters, an welcher er die feineren Arbeiten verrichtet und seine Werkzeuge aufbewahrt. Im Vorratsschrank werden frische Waren vom *Marktplatz* (siehe Seite **44**) eingelagert, und Fröhlich lässt es sich selten nehmen, der Milchbäuerin *Waidgund* ein ganzes Käserad abzukaufen. Hier stellt Koschba auch die aufwendigen Vogelfänger her, welche landauf, landab der Jagd auf Koschammern dienen. Diese erzielen gute Preise, denn die Zungen der kleinen Vögel werden an den Höfen des Adels und der Patrizier als Delikatesse geschätzt.
Unter dem Vordach schließlich stehen Drehbank und Schleifstein, mithin also die gröberen Werkzeuge des Handwerks. Bei der Drehbank handelt es sich um eine Spezialanfertigung eines erzzwergischen Mechanicus. Sie kann mittels eines Fußes angetrieben werden, wobei der Balken mittels Gegengewicht ausgeglichen wird. Dies erlaubt Meister Schäffler, beide Hände zur Arbeit zu gebrauchen. Das teure Gerät hatte er in Auftrag gegeben, nachdem ihm die alte Drehbank seinen kleinen Finger der rechten Hand zerquetscht hatte. Das Zuschneiden des Holzes mit Säge oder Axt ist die Aufgabe Fröhlichs, während Ingunde bereits selbstständig kleinere Ausbesserungen im Dorf vornimmt. Derzeit herrscht in der Schreinerei besonders viel Betrieb, denn am Marktplatz wird auf einer *Baustelle* (siehe Seite **34**) gerade ein neues Gebäude errichtet. Ständig müssen neue Bauteile zugeschnitten oder zusammengefügt werden.
Ganzer Stolz Schäfflers und regelmäßiger Anlass zu Streit mit seinem Nachbarn ist der Apfelbaum neben dem Haus. Im Laufe der Zeit sind die Äste zunehmend auf das angrenzende Grundstück gewachsen, und gerade dort wachsen die prächtigsten Äpfel. Auch Fröhlich muss gelegentlich Schimpftiraden erdulden, wenn er Äpfel an Reisende oder Kinder verschenkt.
Der Schreiner ist zudem verantwortlich für die Ausbesserung des das Dorf umgebenden Palisadenwalles. Daher hat er bereits vor längerer Zeit dort ein Holzlager angelegt. Die lästige Pflicht der Ausbesserung überlässt er jedoch immer öfter Ingunde.

Die Bewohner

Koschba Schäffler (62, dick, grauer, fettiger Haarkranz mit etwas längeren Haaren, starke Brustbehaarung, Lästermaul, kurzatmig, gierig, kleiner Finger fehlt). Der Tischlermeister versteht sein Handwerk, verlangt jedoch sehr hohe Preise. Im Dorf ist er als jemand bekannt, der gerne Geschichten über andere Dorfbewohner verbreitet und daher nicht eben beliebt ist. Ihm wird nachgesagt, dass er nicht zum Wasserholen, sondern zum Lauschen an den Brunnen gehe. Auch versucht er, bei Kneipenspielen seine Mitstreiter zu übervorteilen. In letzter Zeit hat er begonnen, merkwürdige Zeichnungen anzufertigen, die niemand im Dorf versteht. Manch einer denkt bereits, dass der Schreiner im Alter wunderlich geworden sei. Auch die Gesellin *Ingunde aus Koschtal* (32, schwarze Haare, kurzer Zopf, kräftige Oberarme, aufmerksam, hilfsbereit) sorgt sich um den Meister. Insgeheim befürchtet sie zudem, dass er von seinem Wort, ihr die Werkstatt zu überlassen, zurücktreten könnte. Einen Traviabund könnte sie in dem Fall nicht eingehen, da sie kaum eine Aussteuer besitzen würde.

Fröhlich Wirselling (19, breites Grinsen, hohe Stirn, kurze, blonde Locken, gutmütiger Einfaltspinsel, einfachste Sprechweise, neugierig) ist nicht faul, lässt sich aber leicht von der Arbeit ablenken, wenn etwas seine Aufmerksamkeit geweckt hat. Die Dorfbewohner schätzen jedoch seine freundliche und gutmütige Art und mögen es gar nicht, wenn jemand den jungen Burschen hänselt. Fröhlich verbringt viel Zeit vor der Palisade und am Fluss und sucht dort nach Steinen, Blumen oder Muscheln.

Besonderheiten

Die Vogelfänger Koschbas sind eine aufwendige Konstruktion. Einmal hineingeraten, gibt es kein Entkommen für die Vögel. Die Jagd nach Koschammern erfordert viel Geduld und oft verirren sich auch andere Tiere in den Fänger. Der bisher gute Ruf der Fänger hat zuletzt gelitten, da mehrmals die Vögel entkommen sind. Bisher hat der Schreiner noch keine Erklärung gefunden und sucht daher händeringend nach einer Lösung, denn verzichten auf das lukrative Geschäft mag er natürlich auch nicht.

Die immer absonderlicher werdenden Zeichnungen des Schreiners sind bereits Dorfgespräch, doch noch tun die Dorfbewohner sie lediglich als Spinnereien eines alten Mannes ab. Lediglich Ingunde vermutet mehr dahinter, hat bisher jedoch keine befriedigende Antwort ihres Meisters erhalten, denn dieser will am liebsten gar nicht hierüber sprechen und wechselt schnell das Thema.

Fröhlich selbst hat nur eine ungefähre Vorstellung von dem Wert mancher Gegenstände. So mag er ein buntes Tuch oder eine funkelnde Glasscherbe ebenso schätzen wie eine Flussperle. Umgekehrt kann es jedoch auch geschehen, dass Fröhlich einen wichtigen, aber materiell wertlosen Gegenstand gefunden hat und ihn partout nicht herausgeben mag.

Die Wachstube (10)

»Entschuldige die Verspätung. Ich wollte nur schnell die Topfhelme in der Wachstube abliefern, bin dann aber wieder beim Kartenspiel mit Gerrad, Linje und Herwid versackt. Wenn ich jedes Mal einen Kreuzer bekommen würde, wenn die drei eine Pfeife anstecken, wäre ich reicher als der Graf von Ferdok!«
—Losiane Hangeisen, neuzeitlich

Rundgang

Die dreistöckige Wachstube wirkt für ein Örtchen wie Wirselgrund viel zu groß und massiv. Das elegante Fachwerk steht auf einem solide gemauerten Fundament, was den Eindruck einer kleinen Festung verstärkt. Doch die Familie von Schwanbrück war schon immer auf Sicherheit bedacht und nutzte jede Gelegenheit, die Wachstube auszubauen, um so Wirselgrund besonders wehrhaft erscheinen zu lassen.

Wer die verstärkte Flügeltür durchschreitet, steht zuerst in einem Zwischenraum, in dem mögliche Eindringlinge mittels Deckenklappe mit heißem Pech überrascht werden könnten – zumindest theoretisch. Denn die Wachstube musste sich bisher nie eines solchen Angriffs erwehren. Besucher gelangen danach in einen Innenhof mit Exerzierplatz. Hier üben die Büttel gelegentlich an den Waffen oder genießen manchmal auch nur die Sonne. Von hier aus führt eine Treppe in den ersten Stock. Die Stufen versperrt tagsüber meist der träge Hund (ein Weißer Koscher) des Weibels *Einhard Eisenschlag*, der von allen Wirselgrundern nur *Hund* genannt wird. Wer ihn überwindet, gelangt an einen Empfangstresen, an dem die Büttel versuchen, Besucher abzuwimmeln.

Im ersten Stock der stets gut geheizten Wachstube befindet sich eine große Tafel, an der die Büttel von Wirselgrund oft zusammensitzen, quatschen, gemeinsam essen oder Karten spielen. Die Stube ist sehr unordentlich, allerlei Krempel liegt herum, kalter Rauch steht im Raum und in der Ecke stapeln sich die Essensreste vom Vortag, derer sich lediglich Hund gelegentlich anzunehmen scheint.

Von der Stube aus führt auch eine Treppe hinab in den Kerker im Erdgeschoss. Auch der Kerker ist für das Örtchen viel zu groß: Selten ist mehr als eine Zelle belegt, und so haben sich hier allerlei Spinnen ein gemütliches Heim geschaffen. Doch Weibel Einhard wird nicht müde zu erwähnen, dass hier sogar schon einmal eine Dämonenpaktiererin sicher weggesperrt werden konnte, bis sie einige Bannstrahler abholten (siehe Seite **100**).

In der Wachstube befindet sich außerdem noch eine kleine Schreibstube des Weibels sowie eine verschlossene Waffenkammer. Mit ihrem Inventar könnte die Wachstube einen großen Teil der Dorfbewohner mit Schwertern, Äxten und Piken ausstatten. Auch Kettenrüstungen, Topfhelme und Armbrüste finden sich hier in großer Zahl. Von der Waffenkammer gelangt man zur Asservatenkammer im Erdgeschoss.

Über eine Treppe erreicht man das Dachgeschoss zum Schlafsaal der Büttel, in dem ausreichend Stockbetten bereitstehen. Nur der Weibel besitzt eine eigene Schlafkammer, in die man über eine Treppe in dessen Schreibstube gelangt.

Bewohner

In der Wachstube wohnen, arbeiten und schlafen alle fünf Büttel von Wirselgrund sowie der Weibel. Zu den Mahlzeiten kommen alle in der Wache zusammen, ansonsten halten sich tagsüber mindestens drei von ihnen hier auf.

Den Ton gibt der Weibel *Einhard Eisenschlag* an (47, Glatze, korpulent, dunkler Stoppelbart im Doppelkinn, ungepflegt, befehlsgewohnt, theatralisches Stöhnen bei jeder Bewegung). Hinter seinem beeindruckenden Bauchumfang verbirgt sich ein einst fähiger Kämpfer, der nach vielen gemütlichen Jahren im beschaulichen Wirselgrund aber seine militärische Disziplin eingebüßt hat. Den Dorfbewohnern ist er bekannt als ein fauler, unfreundlicher und zumeist schlecht gelaunter Taugenichts. Eine andere Seite zeigt der Weibel nur, wenn er mit Hund Gassi geht. Die Stimmung in der Wachstube ist meist ausgelassener, wenn der Weibel nicht anwesend ist.

Die Büttel verstehen sich sehr gut untereinander. Sie necken sich gegenseitig mit Spitznamen und ziehen sich gegenseitig auf. Als Frauenschwarm und Charmebolzen ist *Gerrad ‚der Fuchs' Altschuh* bekannt (21, langes fuchsrotes Haar, verführerische blaue Augen, gutaussehend, betont lässiger Gang). Der Büttel lässt keine Gelegenheit für Komplimente, Schmeicheleien und romantische Gesten verstreichen. Das gefällt sogar dem Weibel, weshalb er Gerrad gegenüber den anderen Bütteln bevorzugt. Besonders die Schankmagd *Misira Greibner* (siehe Seite **100**) hat es Gerrad angetan. Spielerisch lässt sie seine Annäherungsversuche jedoch abblitzen, wenn sie den Bütteln mittags ihr Essen vorbeibringt. Dass das an Gerrads Selbstbewusstsein nagt, ist offensichtlich.

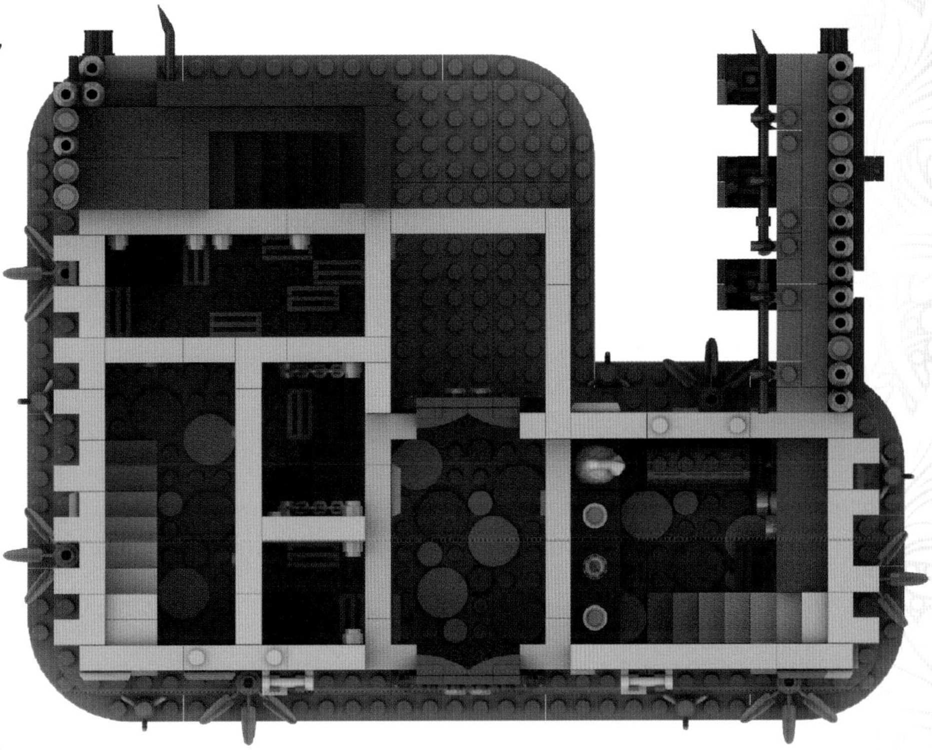

Herwid Zwirnbusch (48, schwarzer Kurzhaarschnitt mit weißen Strähnen, große Augen, spitze Nase, eingefallene Wangen, raucht ständig Pfeife) ist die gute Seele der Wachstube und für viele Dorfbewohner die liebste Ansprechpartnerin. In Wirselgrund ist sie wegen ihrer Herzlichkeit überaus beliebt und zudem bekannt für ihren köstlichen Pfeifentabak, den sie über Bekannte aus Bodrins Forst erhält. Das soll jedoch nicht darüber hinwegtäuschen, dass Herwid ihre Pflichten ernstnimmt. Sie weiß sich durchzusetzen und ist mit dem Schwert in der Hand eine ernstzunehmende Gegnerin.

Wer sich um eine Strafe drücken will, hat bei der unsicheren *Linje aus Nadoret* (26, braunes Haar, Pagenhaarschnitt, korpulent, misstrauischer Blick, fragt lieber zweimal nach) bessere Chancen. Nicht selten lässt sie eine gut vorgetragene Ausrede gelten, da ihr keine schlagfertige Antwort einfällt. Das sorgt auf der Wachstube häufig für Streit zwischen ihr und Weibel Einhard, aber auch Herwid, die sich schützend vor die unerfahrene Kameradin stellt.

Der einzige unfreiwillige Bewohner der Wachstube ist derzeit der überführte Dieb *Bosper aus Angbar* (19, schwarzhaariger Lockenkopf, Spitznase, zierliches Gesicht, aber kräftig gebaut, geübter Rehaugenblick). Er wird beschuldigt, in die Wachstube eingedrungen zu sein und allerlei Wertgegenstände gestohlen zu haben. Nun wartet Bosper im Kerker der Wachstube, bis sein Bruder aus Angbar in Wirselgrund ankommt und seine Kaution von 200 Silbertalern zahlt.

Die Büttel *Rukus Plötzbogen* und *Kerling Kornmahler* (siehe Seite **100**) schlafen ebenfalls in der Wachstube, halten sich aber die meiste Zeit auf dem Marktplatz oder im Wachturm auf.

Besonderheiten

Diese große und gut gesicherte Wachstube in einem so kleinen und friedlichen Örtchen wie Wirselgrund macht die Büttel erfinderisch. So kam Weibel Einhard vor einiger Zeit auf die Idee, die zumeist leere Asservatenkammer gegen Gebühr als Tresor anzubieten. Gegen eine kleine Gebühr können die Dorfbewohner Familienerbstücke, Pfanddokumente oder andere Wertgegenstände dort sicher verwahren lassen.

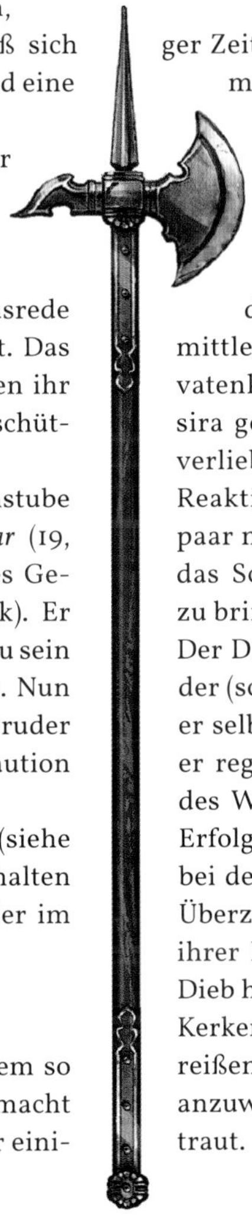

Leider gehen die Büttel mit dem Vertrauen der Dorfbewohner nicht sehr sorgsam um: Der mittlerweile verzweifelte Gerrad hat aus der Asservatenkammer eine Halskette gestohlen und sie Misira geschenkt. Die Schankmagd hat nun Angst, den verliebten Büttel darauf anzusprechen, weil sie seine Reaktion fürchtet. Hilfesuchend würde sie sich an ein paar mutige Abenteurer wenden, die ihr dabei helfen, das Schmuckstück wieder in die Asservatenkammer zu bringen.

Der Dieb Bosper hofft nicht darauf, dass ihn sein Bruder (schon wieder) aus dem Kerker holt. Daher arbeitet er selbst an seiner Flucht: Durch die Gitterstäbe spielt er regelmäßig mit Hund und versucht dem Begleiter des Weibels beizubringen, die Schlüssel zu stibitzen. Erfolgsversprechender sind jedoch Bospers Versuche, bei der guten Herwid Mitleid zu erregen. Dank seiner Überzeugungskraft fühlt sie sich mittlerweile zwischen ihrer Pflicht für den Weibel und dem Mitleid für den Dieb hin- und hergerissen. Sie würde niemals selbst die Kerkerzelle aufschließen, aber sie würde sich dazu hinreißen lassen, ein paar empathische Abenteurer dafür anzuwerben, denen sie sich mit ihren Zweifeln anvertraut.

Der Wachturm (11)

»Letzten Winter haben wir auf der Wache ein Wettrennen veranstaltet. Der Verlierer musste eine Woche Winterdienst mit Kerling schieben. Ha, du hast uns noch nie so schnell durch den Ort rennen sehen! Die arme Linje hat mir richtig leidgetan. Aber ich sag' dir, nach einer Woche hat sie genauso modrig gerochen wie der alte Kerling. Nicht falsch verstehen: Kerling ist klasse! Niemand lügt beim Boltan so gekonnt wie der alte Kauz. Aber ich finde, wer freiwillig in diesem Bretterverschlag Dienst schiebt, mit dem stimmt was nicht.«

—Büttel Gerrad ‚der Fuchs' Altschuh, neuzeitlich

Rundgang

Der kleine Wachturm der Büttel umschließt mit seiner Palisade das Dorf Wirselgrund. Er besitzt zwei Stockwerke, die über eine Außentreppe miteinander verbunden sind. Eine kleine Vorrats- und Waffenkammer befindet sich im Erdgeschoss. Wegen der hohen Feuchtigkeit lagern hier nur selten Lebensmittel, und die wenigen Waffen, die hier vor langer Zeit verstaut wurden, sind längst schartig und verrostet. Deshalb nutzen die Büttel den Raum mittlerweile, um Schattengewächse oder Pilze anzubauen. Der Ausguck im Stockwerk darüber ist trockener und bietet eine gute Sicht auf das Dorf und die Umgebung. Hier hat man es sich einigermaßen gemütlich gemacht. An dem kleinen Tisch wird häufig Karten gespielt, im Regal sind meist Käse und Brot griffbereit und auch ein paar Fläschchen Schnaps lagern hier. In einer Truhe werden Fackeln und kleinere Waffen sowie eine imposante Armbrust aufbewahrt. Vor dem Wachturm befindet sich eine offene Feuerstelle. Hier kochen sich die Büttel gerne eine schmackhafte Suppe oder wärmen sich am Feuer.

Früher war der Wachturm die einzige Verteidigungsanlage im Ort. Doch vor rund fünfzig Jahren ließ die Junkerfamilie eine steinerne Wachstube bauen. Der alte Holzturm verlor an Bedeutung und wurde allmählich vernachlässigt. Und das sieht man heute: Als die Türen kaputt gingen, wurden sie nicht ersetzt, sondern abmontiert, an den feuchten Baumstämmen des Blockhauses wachsen Pilze und die Schieferschindeln auf dem Dach wurden schon lange nicht mehr erneuert. Abgesehen von den trockenen Sommermonaten ist es

im Wachturm daher immer unangenehm klamm und es riecht stets etwas modrig. Im Winter zieht der eisige Wind ungehindert durch die offenen Türrahmen, durch Fenster sowie Ritzen zwischen den Baumstämmen.
Die Palisade schließt direkt an den Wachturm an. Im Gegensatz zum Gebäude wird sie gut gepflegt und stellt ein echtes Hindernis für den Fall eines Angriffs dar.

Bewohner

Der Büttel *Kerling Kornmahler* (64, krauses weißes Haar, bleiche Haut, eingefallene Schultern, reibt sich ständig in seinen geröteten Augen) hält sich meistens alleine im Wachturm auf und kehrt nur zum Schlafen in die Wachstube zurück. Kerling wirkt ein wenig verwahrlost und häufig trifft man ihn an, wie er gedankenverloren in die Ferne blickt. Er kennt jeden Winkel des Turms, und während es die anderen Büttel als Strafe empfinden, hier ihren Wachdienst leisten zu müssen, genießt Kerling die Ruhe des Wachturms. Mit dem Geruch hat er sich arrangiert, ebenso mit den anderen Bewohnern des Turms: Im kaum genutzten Erdgeschoss hat sich eine Handvoll Ratten eingenistet. Meistens hält Kerling alleine Wache, und nur zur Morgen- und Abendstunde leistet ihm einer der anderen Büttel Gesellschaft. Besonders im Winter brechen regelrechte Streitereien unter den Bütteln aus, wer Kerling für einige Stunden in den zugigen Wachturm begleiten muss.
Dabei kommen die meisten Büttel mit dem Sonderling Kerling gut aus. Er ist zwar ein Einzelgänger, dennoch schätzt er die zeitlich begrenzte Gesellschaft seiner Kameraden. Kerling ist immer für ein ausgedehntes Kartenspiel zu haben und zu später Stunde wird häufig ein Fläschchen Schnaps durchgereicht. Nach einer besonders unterhaltsamen Schicht spendiert er auch mal einen Umtrunk im Gasthaus. Die anderen Büttel reden mit ihm nur über belanglose Geschichten aus dem Ort, jedoch vermuten sie alle, dass ihn etwas umtreibt, über das er weder sprechen will, noch wollen sie es wissen.
Die unsichere *Linje aus Nadoret* (siehe Seite **95**) ist wohl die Einzige, die gerne in den Wachturm geht. Mit Kerling spricht sie offen über ihre Angst vor dem Müller *Rondrabert* (siehe Seite **101**) und ihr Misstrauen gegenüber dem Borongeweihten *Boronadus* (siehe Seite **95**). Sie verdächtigt die beiden, gemeinsam irgendetwas auszuhecken, und würde sie gerne dingfest machen. Kerling liebt die Spinnereien seiner unerfahrenen Kameradin, hört ihr gerne zu und bestärkt sie bisweilen durch geschickt gestreute Gerüchte, die er aufgeschnappt hat.
Wenn jedoch der Weibel zur Kontrolle im Wachturm vorbeikommt, wandelt sich Kerling vollkommen: Herrisch kommandiert er seine Kameraden dann umher und lässt sie vor dem Weibel gerne schlecht aussehen.

Besonderheiten

Wer sich länger im Wachturm aufhält, dem stechen einige Kuriositäten ins Auge: In die Türrahmen sind unleserliche Zeichen ins Holz geritzt worden, an den Fenstern hängen Knoblauchzehen herab und an das Regal wurden getrocknete Blätter in merkwürdiger Anordnung festgenagelt. Darauf angesprochen, reagiert Kerling nur ausweichend: Er habe das von Reisenden als Ratschlag für gutes Wetter aufgeschnappt, lügt er. Linje gegenüber hat sich der Büttel jedoch offenbart. Er wolle sich damit vor bösen Geistern und Dämonen schützen, habe er ihr erzählt. Für die anderen Büttel erklärt sich das alles mit seiner kränkelnden Art. Sie munkeln, das seien Heilzauber der Hexe *Guinessa Schattenkrächz* (siehe Seite **98**). Der Weibel ist jedoch misstrauisch und würde rechercheerfahrenen Helden auch ein paar Münzen zahlen, den Ursprung dieser seltsamen Zeichen herauszufinden.
Für die Kinder Wirselgrunds ist das heimliche Übernachten im Wachturm eine beliebte Mutprobe. Vor allem der Schmiedegehilfe *Cordo Garnelsaum* (siehe Seite **96**) spielt gerne mit der Angst anderer Kinder und jagt ihnen dann nachts einen Schrecken ein. Wenn Kerling einen Ausguck am nächsten Morgen verändert vorfindet, ist er völlig außer sich und verhält sich den restlichen Tag lang merkwürdig. Besonders Linje macht sich Sorgen um ihren Kameraden und würde sich über eine Gruppe mutiger Helden freuen, die herausfinden, wer hier nachts in den Wachturm eindringt.

Das Wohnhaus (12)

»Ah ja ... die Eheleute Hochfelder und ihre Kinder. In erster Generation im Ort. Haben sich schnell eingelebt. Fleißig, redlich, bezahlen dem Junker ihre jährliche Pacht für Haus und Äcker pünktlich. Selbst wenn sie sich dafür etwas leihen müssen.«
—Ritterin Celissa von Wirselgrund, 1044 BF

Rundgang

Dieses Gebäude ist typisch für jene kleinen Häuser im Dorf Wirselgrund, in denen Familien leben, die zwar frei sind, also nicht in Leibeigenschaft leben, aber keinen eigenen Bauernhof besitzen. Nach seinen jetzigen Bewohnern wird es in typischem Koscher Pragmatismus *Hochfelders Haus* genannt. Es gehört aber der Junkerfamilie von Schwanbrück, die es den Freien gemeinsam mit einer kleinen Parzelle Ackerland verpachtet hat.

Das Erdgeschoss ist in Fachwerkbauweise aus weißen Kalksteinen aufgemauert, die aus einem nahen Steinbruch stammen, und gerade so hoch, dass ein Erwachsener darin aufrecht stehen kann. Direkt auf die Fachwerkwände aufgesetzt ist das mit großen Birkenschindeln gedeckte Spitzdach. Unter diesem befindet sich der Dachboden, der aus Holzbrettern besteht, die auf die Querbalken der Tragwände genagelt wurden. Unter ihm lagern die Hochfelder Werkzeuge, die nicht ständig benötigt werden, Heu und Futter für ihre Haustiere und haltbare Lebensmittel für die Wintermonate. Außerdem schlafen dort oben die Kinder, wenn es nicht gar zu kalt ist.

Der einzige Raum des Hauses im Erdgeschoss ist mit Stellwänden, Vorhängen und einem Gatter in mehrere Bereiche für Wohnen und Schlafen, Kochen, Handwerk und die wenigen Nutztiere der Hochfelders aufgeteilt. Den Mittelpunkt des Raums stellt die Herdstelle dar, deren Rauch durch eine Öffnung im Dachfirst abziehen kann.

An der Wand neben der Eingangstür hängt ein hölzerner Schrein mit einer getöpferten Gänsefigur. Vor diesem spricht die Familie zu Beginn jeder ihrer kargen Mahlzeiten ein gemeinsames Gebet an die Göttin Travia.

Wenn er nicht seiner Frau *Lanzana* auf dem Feld hilft, fertigt *Myros Hochfelder* tagsüber im Haus Handbesen aus Stroh, deren Verkauf eine zusätzliche Einnahmequelle der Familie darstellt. Abends treiben die Kinder *Wolfharda* und *Stitus* das einzige Schwein der Hochfelders, *Eysbeyn* mit Namen, die Hühner und die fette, leicht reizbare Gans *Regentrud* in den Koben.

Anders als viele typisch Koscher Gebäude verfügt Hochfelders Haus über keinen Keller: Es steht so niedrig über dem Wasserspiegel der Bodrin, dass das Hochwasser im Frühjahr und Herbst bis knapp unter die hölzernen Bodendielen ansteigt.

Bewohner

Die Bauernfamilie Hochfelder besteht aus *Lanzana* (Mitte 20, muskulös, hängende Schultern, rotblonde, schulterlange Locken, keine Schönheit, trauriger Blick, Gänse-Amulett aus Holz an Schnur um den Hals), ihrem Ehemann *Myros* (Mitte 20, rundlich, feingliedrige Finger, Bauchansatz, braune, fransige Haare und Fünftagebart, wirkt mitunter abwesend), *Wolfharda* (fast zehn Jahre alt, jüngere Ausgabe ihrer Mutter mit den geschickten Händen ihres Vaters, praktische Jungenfrisur, aufmerksamer Blick, hat meist einen Kohlestift hinters Ohr gesteckt und ein hölzernes Schreibbrett unterm Arm) und *Stitus* (sieben Jahre, Haare hängen ihm in die Augen, Zahnlücke, schielt ein wenig und blickt häufig, als ob er etwas ausgefressen hat). Das Ehepaar stammt aus dem wenige Meilen entfernten Nachbarort Hochfeld in der Baronie Drakfold, hat früh

geheiratet und ist nach der Geburt seines ersten Kindes nach Wirselgrund gezogen.
Durchreisende Abenteurer werden mit großer Wahrscheinlichkeit von den neugierigen Hochfelder-Kindern angesprochen: Während *Stitus* nach Abenteuergeschichten aus Thorwal und Süßigkeiten fragt, bietet Wolfharda an, für ein Stück Papier und ein kleines Handgeld ein Porträt der geschätzten Herrschaften anzufertigen. Beide weisen auch auf die Handwerkserzeugnisse ihres Vaters – vielseitig verwendbare Handbesen – und deren günstigen Preis direkt vom Hersteller hin.
Wenn Besucher mit *Lanzana* ins Gespräch kommen, erweist sie sich als ergiebige Quelle für Koscher Heiligenlegenden und hat zu jedem zwielichtig wirkenden Bewohner des Dorfs zumindest eine starke Meinung, die man ihr entlocken kann. Geweihte der Zwölfgötter finden in ihr eine tiefgläubige Frau, die für sie tut, was immer im Rahmen ihrer Möglichkeiten liegt.
Myros ist ein anständiger, aber frustrierter Ehemann, der seine überschaubaren Fähigkeiten nach Kräften für seine Familie einsetzt. Gutaussehendem Frauenvolk steht er zugleich neugierig und schüchtern gegenüber – aber er ist eigentlich zu sehr unter dem Pantoffel und zu nichtssagend, als dass die von seiner Gattin vermuteten Eskapaden mehr als Wunschdenken werden können.

Besonderheiten

Abends ist *Myros Hochfelder* oft im Gasthaus zu finden, wo er sich gerne zu mehr Birnenbier einladen lässt, als ihm guttut – oder was immer ihm ausgegeben wird. Er wankt erst dann heim, wenn die Wirtsleute schließen, weckt seine ganze Familie und schläft schnarchend auf dem Dachboden, wohin ihn seine Frau so laut schickt, dass alle Nachbarn und eventuelle Passanten auf der Straße das detailliert mitbekommen. An so manchem Morgen danach ist zudem Streit zu hören, wenn *Lanzana* ihrem Gemahl vorwirft, das wenige Geld mit billigen Dirnen zu versaufen, das sie eigentlich für eine bessere Zukunft ihrer Kinder zurücklegen könnten. *Wolfharda* und *Stitus* sind bei solchen Gelegenheiten tunlichst am anderen Ende des Dorfs beschäftigt.
Jedes Frühjahr nistet unterm Dachgiebel der Hochfelders ein Koschammer-Pärchen, das seltsamerweise überhaupt nicht scheu ist und dort seine zahlreichen, meist kurzlebigen Jungen großzieht. Die Familie hält dies für ein gutes Vorzeichen und setzt alles daran, die Piepmätze vor Raubvögeln, Katzen und anderen Gefahren zu beschützen. Da Koschammerzungen eine über das Fürstentum hinaus bekannte Delikatesse sind, wird aber früher oder später ein Ortsfremder auf das Nest aufmerksam werden.

Der Bauernhof (13)

»Die Wolken gefallen mir gar nicht – das sieht nach Regen aus. Wir müssen schnell die letzten Garben einholen. Oh, gütige Peraine, schenke uns noch ein paar Stunden Zeit, um die Ernte einzubringen!«
—Endel Dinkelkorn, an einem schwülen Sommertag

Rundgang

Wer vom Dorf aus dem Karrenweg in nordwestliche Richtung folgt, gelangt bald – vorbei an dichten Weizenfeldern – zum Bauernhof der Familie Dinkelkorn. Das Tor zum Hof ist mit geschnitzten Ähren (dem Symbol von Peraine, der Göttin des Ackerbaus und der Heilkunst) geschmückt. Eine Inschrift verrät, dass der Hof im Jahr 961 BF erbaut wurde. Der niedrige Zaun aus Flechtwerk vermag nicht einmal die Hühner aufzuhalten, die in einem hölzernen Hühnerhaus unweit des Tors untergebracht sind. Der Hahn *Blasius* empfängt alle Neuankömmlinge mit lautem Krähen, und dient so als veritabler Wachhund.

Zur Linken des Hofs liegt das Hauptgebäude, ein Hallenhaus in Ständerbauweise, das sowohl Ställe als auch die Wohnräume beherbergt. Im Sommer blühen einige prächtige Sonnenblumen neben dem Haus, die noch von der verstorbenen Bäuerin *Selinda Dinkelkorn* dort gepflanzt wurden. Bauer *Endel Dinkelkorn* hegt und pflegt die Pflanzen als Erinnerungen an seine Frau.

Durch das hohe Scheunentor, durch das sogar ein hoch beladenes Fuhrwerk fahren kann, gelangt man in die zentrale Tenne, die fast das gesamte Erdgeschoß durchzieht. Linkerhand finden sich die Pferdeställe für die beiden Ferdoker Warmblüter: Der braunrote Hengst *Bardo* wird meist für die Feldarbeit eingesetzt, während die Schimmelstute *Cella* hauptsächlich als Kutschpferd dient. Auf der gegenüberliegenden Seite liegen die Schweineställe, in denen im Herbst bis zu acht Tiere untergebracht sind, die im nahegelegenen Wald mit Eicheln und Bucheckern für den Winter gemästet werden. Neben dem Schweinestall hängen Werkzeuge für die Feldarbeit bereit.

Das Herz der Tenne ist die Feuerstelle, die zum Kochen und zum Heizen genutzt wird. Hier und in der benachbarten Küche bereitet Bauerntochter *Nelda Dinkelkorn* einfache, aber nahrhafte Gerichte aus allem zu, was der Hof hergibt. Teller und Tassen sind auf einem Eckregal untergebracht, daneben führt eine schmale Stiege hinauf auf den Heuboden. Hinter der Küche liegt das Schlafzimmer von Bauer Endel. Früher teilte er sich hier das Bett mit seiner Frau Selinda, doch seit ihrem Tod vor fünf Sommern bleibt ihre Betthälfte stets leer. In der Truhe findet sich noch Kleidung der Verstorbenen: Endel hat es noch nicht übers Herz gebracht, sie wegzugeben.

Neben der Seitentür, die auf den Hof führt, liegt eine kleine Kammer, die früher als Schlafraum für die Knechte diente. Seit die Dinkelkorns den Hof allein bewirtschaften, schläft Altbauer *Geppert Dinkelkorn* allein im unteren Bett des Stockbetts. Zum Essen trifft sich die Familie in der guten Stube, die fast vollständig von einem großen Tisch mit hölzernen Bänken ausgefüllt wird.

Steigt man die Stiege hinauf, gelangt man auf den Heuboden, wo Nelda ihr Lager aufgeschlagen hat. Die aufsteigende Wärme des Kamins und der Tiere sorgt für eine gute Trocknung und Durchlüftung des gelagerten Heus, Strohs und Getreides. Das fünfzehnjährige Mädchen genießt die Abgeschiedenheit ihres kleinen Reichs.

Überquert man den Hof, gelangt man in die Scheune. Auch hier werden Heu und Stroh, aber auch das geerntete Getreide gelagert. Eine kleine Stiege führt auch hier auf den Heuboden. Der überdachte Eingangsbereich des Gebäudes bietet genug Platz, um das Pferdefuhrwerk vor Wind und

Wetter geschützt abzustellen. Neben der Scheune steht der Abort, eine kleine Holzhütte mit Tür. Alle paar Monate wird der Inhalt der Grube mit der Schubkarre auf dem Acker verteilt. Eine undankbare Aufgabe, und doch ist Endel vom Nutzen als Dünger überzeugt.
Das im Spätsommer geerntete Getreide wird auf den Heuböden getrocknet und dann auf dem Boden der Tenne mit einem Dreschflegel gedroschen. Eine mühselige Arbeit, mit der Endel meist viele Tage beschäftigt ist. Das gereinigte Getreide wird dann in Säcken und Fässern in der Scheune gelagert und nur bei Bedarf kleine Mengen in der *Wassermühle* (siehe Seite **66**) zu Mehl gemahlen – so ist die Ernte besser vor Schädlingsbefall und Feuchtigkeit geschützt. Im *Backhaus* (siehe Seite **32**) wird daraus Brot gebacken.
Insgesamt besitzt die Familie drei Felder, auf denen sie rotierend Weizen und Hafer anbaut. Das dritte Feld wird größtenteils brach gelassen. Lediglich ein kleiner Küchengarten mit Bohnen, Möhren oder Erbsen wird angepflanzt. Das Land ist ergiebig genug, um die Familie über den Winter zu bekommen – um noch Ersparnisse zur Seite zu legen, reicht es aber kaum.

Bewohner

Bauer *Endel Dinkelkorn* (38, braungebrannt, Vollbart, leicht abgemagert, trauriger Hundeblick) lebt schon sein ganzes Leben auf dem Hof und schuftet von früh bis spät, um seine Familie zu ernähren. Vor fünf Jahren starb seine geliebte Frau *Selinda* an der Blauen Keuche. Seitdem ist der zuvor lebenslustige Endel schwermütig, und arbeitet noch mehr, um den Schmerz zu vergessen. Trotz aller Plackerei bemüht er sich, alles für seine Tochter zu tun und ihr eine halbwegs unbeschwerte Jugend zu ermöglichen.
Seine Tochter *Nelda Dinkelkorn* (15, meist lebensfroh, selten traurig, vorlaut, ungekämmte lange braune Haare) hilft im Haushalt und auf dem Feld, so gut sie kann. Den Tod ihrer Mutter hat sie längst verwunden, und auch wenn sie manchmal gern allein im Feld zwischen den Getreideähren sitzt und ihrer Mutter von ihren Sorgen, Hoffnungen und Erlebnissen erzählt, weiß sie, dass das Leben weitergeht. So wünscht sie sich nichts sehnlicher, als dass ihr Vater endlich über den Verlust hinwegkommt und wieder frohgemut in die Zukunft blicken kann.
Altbauer *Geppert Dinkelkorn* (73, keckerndes Lachen, kaputte Zähne, linkes Auge trüb, leicht gebeugt) verbringt in den warmen Monaten die meiste Zeit des Tages auf seiner Lieblingsbank unter einer alten Buche. Im Winter trifft man ihn am ehesten neben der Feuerstelle in der Tenne an, wo er seine alten Knochen wärmt. Die Feldarbeit ist nichts mehr für ihn, und so hilft er allenfalls noch beim Füttern der Tiere. Gerne würde er noch das Fuhrwerk lenken, aber nachdem er bei der letzten Ernte das Gefährt in einen Bachlauf gesteuert hat, hat ihm sein Sohn das Wagenlenken verboten. Obwohl ihm allerlei Zipperlein plagen, ist Geppert meist gut gelaunt, brabbelt und lacht keckernd vor sich hin und jagd vom Hochsitz aus Wildschweine.

Besonderheiten

Seit einiger Zeit geschehen auf dem Hof seltsame Dinge: Schon zweimal ist nachts eine Sense von der Wand gefallen, sodass die Klinge verbogen wurde. Einmal war morgens ein Wagenrad des Fuhrwerks beschädigt und musste mit einem neuen Eisenring versehen werden. Und schließlich fehlte eines Morgens beiden Pferden je ein Hufeisen. Die Reparaturen in der Schmiede und das Beschlagen der Pferde kosteten Endel einiges an Geld. Außerdem verschwanden schon mehrfach des nachts sämtliche Käsevorräte, sodass Endel auf dem Markt neuen Käse kaufen musste. Wenn das so weitergeht, werden die wenigen Ersparnisse der Familie bald aufgebraucht sein. Nelda vermutete Mäuse als Missetäter, ihr Vater Endel hingegen hält die Ereignisse, ebenso wie den Tod seiner Frau, für eine Strafe der Götter, die man nur mit harter Arbeit und Demut milde stimmen kann.
Der alte Geppert hingegen hat die Befürchtung, dass eine übernatürliche Kreatur, wie ein Kobold, ein Geist oder gar ein Dämon für die seltsamen Ereignisse verantwortlich und dass das *verfluchte Weizenfeld* (siehe Seite **68**) der Ursprung allen Übels ist. Sollte sich die Gelegenheit ergeben, wird er versuchen, eine geeignete Heldengruppe anzuheuern, die den Spuk untersuchen soll.

Der Flusshafen (14)

»Im beschaulichen Wirselgrund ist der erst vor wenigen Jahren von einer bloßen Bootsanlegestelle aufwändig ausgebaute Flusshafen ein Ort für Träume von Reichtum und Ruhm: Manch junger Mensch im Dorf wünscht sich, auf ein Handelsschiff zu steigen und bis nach Koschtal, Ferdok oder gar ins sagenhafte Havena zu fahren.«
—Vater Boronadus, Diener des Raben im Wirselgrunder Borontempel, 1044 BF

Anrede
Diener des Raben ist der korrekte Titel eines geweihten Boronpriesters. Angesprochen wird dieser mit »Euer Gnaden«.

Rundgang

Da das Dorf Wirselgrund abseits der stärker frequentierten Landstraßen durch die Baronie Drakfold liegt, ist der Handel in der Vergangenheit etwas kurz gekommen. Das wollte Junker *Balinor von Schwanbrück* ändern und hat am Ufer der Bodrin einen Flusshafen bauen lassen. In diesem können nicht nur flache Boote, sondern auch größere Frachtkähne und kleine Segelschiffe anlegen.

Die Bodrin ist auf Höhe Wirselgrunds bis zu einer Verengung breit und strömt langsam dahin. An ihrem Ufer finden sich oberhalb und unterhalb des Hafens einige Anlegestellen, die mit dicken Holzpfählen in den Blausteiner Wappenfarben Blau und Gelb (heraldisch: Gold) markiert sind. Einen günstigen, sicheren und befestigten Platz, wo Flussschiffe bequem und sogar mit Hilfe eines zwergischen Krans be- und entladen werden können, bietet aber nur der neue Sankt-Wedegond-Hafen.

Das langgezogene, L-förmige Gebäude wurde aus dunklem Lärchenholz und hellem Sandstein errichtet. Es steht zum Fluss hin auf tief in den Ufersand getriebenen Pfählen, landseitig auf einem gemauerten Fundament, um gegen hohe Wasserstände bei der Schneeschmelze im Frühjahr sicher zu sein. Unter seinem schiefergedeckten Giebeldach befinden sich die Schreib- und die Wohnstube der Hafenmeisterin, ein selten genutzter, aber sauberer Schlafraum mit vier Bettlagern für Schiffer und Reisende sowie die zwei Stockwerke umspannende Lagerhalle für auf dem Fluss transportierte Fracht.

Unter der Halle hindurch führt ein großer Torbogen vom Hafen in den Ort, der nachts mit einem Fallgatter verschlossen wird. Nur durch diesen gelangen die Karren voller Handelswaren von der Anlegestelle ins Dorf und umgekehrt.

Etwas abgesetzt, auf einer mit Pfählen und behauenen Felsbrocken befestigten Landzunge, steht ein schlanker, drei Stockwerke hoher, viereckiger Steinturm mit Spitzdach. In seinem offenen Dachgeschoss kann bei Nebel eine große Fischtranlaterne entzündet werden, um Schiffen den sicheren Weg zum Flusshafen zu weisen. Im Stockwerk darunter ist auf einem drehbaren Untersatz eine »Hornisse« aufgestellt, eine schwere Armbrust, mit der nach drei Seiten zum Fluss hin unterarmlange Bolzen verschossen werden können, um Flussräuber abzuschrecken.

Bewohner

In fester Anstellung beschäftigt der Herrscher des Orts die ehemalige Flussschifferin *Boltsa Rüberich* (kräftige, durchschnittlich große Koscherin um die 60, graue, kurze, struppige Haare, Brandnarbe flächig über die rechte Gesichtshälfte, der Augapfel ist erkennbar starr blickend aus Holz, qualmende Maiskolbenpfeife im mürrisch hängenden Mundwinkel, trägt eine gefettete Lederjacke und führt einen scharf geschliffenen Säbel) als Hafenmeisterin. Sie ist meist übel gelaunt, nur gegenüber Personen von adliger Abstammung zeigt sie ein fast unterwürfiges Verhalten. Sie riecht nach Schmierfett und dem billigen Knaster-Tabak, den sie fast pausenlos in ihrer Pfeife schmaucht.

Ihr ungepflegtes Äußeres und ihr ruppiger Umgangston erschrecken womöglich feinsinnige Reisende, sind aber den hart arbeitenden, wenig zimperlichen Flussschiffern angemessen: Diese wissen gleich, dass im Sankt-Wedegond-Hafen kein Müßiggang oder Zeitvertreib zu erwarten steht, sondern das zügige Verladen und Verbuchen Vorrang hat.

Der Hafenmeisterin gehen bei Bedarf kräftige Tagelöhner und arme Bauern wie *Lanzana Hochfelder* (siehe Seite **99**) beim Vertäuen und Entladen der Schiffe zur Hand. Diese lungern, wenn sie sonst kein Tagwerk haben, häufig an der Anlegestelle herum. Die Hafenmeisterin lässt ihre Handlanger gewähren, solange sie nicht die Reisenden behelligen, die auf ein Schiff in die nächste größere Siedlung warten: »Das könnt ihr im Gasthaus machen, aber nicht hier.«

Boltsa führt penibel Buch über alle Waren und Reisenden, die durch den großen Torbogen unter der Lagerhalle nach und aus Wirselgrund befördert werden. Dabei achtet sie darauf, dass jeder Händler die korrekte Bearbeitungsgebühr bezahlt und kein Kapitän das Entgelt für die Liegedauer seines Schiffs sowie die Benutzung des Krans unterschlägt. Keimt in ihr der Verdacht, dass ein Kahn Schmuggelware geladen hat, kettet sie diesen fest und lässt Weibel *Einhard Eisenschlag* (siehe Seite **97**) und seine Büttel holen, um die Ladung zu durchsuchen.

Besonderheiten

Die große Lagerhalle wirkt die meiste Zeit fast leer. Größere Warenmengen in Kisten, Fässern und Säcken stehen darin nur vor und nach dem Anlegen von Schiffen sowie während der Ernte.

An ihrer Stirnwand, unter dem zum Fluss ausgerichteten Giebel, befindet sich ein kleiner Efferdschrein, gewidmet dem Heiligen Wedegond, nach dem auch der Flusshafen benannt ist. Die spärlichen Spenden, die vor das aus Treibholz geschnitzte Heiligenbild gelegt werden, sammelt die Hafenmeisterin gewissenhaft in einer Schatulle in ihrer Schreibstube, aus der sie armen Schiffern genug Heller für eine warme Suppe im Gasthaus gibt.

Die »Hornisse« im Hafenturm ist schlecht gewartet und *Boltsa* wäre alleine kaum in der Lage, die für die Bedienung durch zwei Geschützmeister ausgelegte Waffe zu spannen und abzuschießen. Zum Glück gibt es auf der Bodrin kaum einmal Flussräuber, ganz zu schweigen davon, dass diese im kleinen Wirselgrund Beute vermuten würden.

Laut *Padora Sindelsack* (siehe Seite **101**) hat der Ausbau des Hafens die Strömung in der Bodrin verändert und die Fischgründe gestört. Der Fang sei schlechter geworden und ihr Einkommen gesunken. Ihren Ärger darüber kann sie nicht an Junker *Balinor* (siehe Seite **94**) auslassen, der den Bau beauftragt hat. Daher nutzt sie jede Gelegenheit, stattdessen seiner Hafenmeisterin das Leben schwer zu machen und Gerüchte über diese zu streuen.

Der Heilige Wedegond

Wedegond der Fischer lebte vor über 1.000 Jahren im damaligen Königreich Nordmark, zu dem auch das Gebiet des heutigen Fürstentums Kosch gehörte. Er ernährte seine große Familie als Fischer und Fährmann. Es gibt zahlreiche Legenden, die schildern, wie er dank seines starken Glaubens in den Wassergott Efferd gefährliche Situationen unbeschadet überstand. Er gilt im Kosch und den Nordmarken als Heiliger und Schutzpatron der Binnenfischer und Fährleute.

Die Glashütte (15)

»Gut Ding will Weile haben, werte Dame. Euer Glas ist fertig, wenn es fertig ist. Keinen Augenblick eher. Aber dafür wird es Euch ein Leben lang gute Dienste erweisen. Echte Wertarbeit. Lasst Euch sagen, dass die Glut gleichmäßig brennen muss. Eilt Ihr zu sehr, dann endet Ihr mit einem Sprung in der Glocke ... ich meine Schüssel.«
—Fobosch Sohn des Dugobalosch, neuzeitlich

Rundgang

Noch jenseits der Burg Blaustein, inmitten des junkerlichen Waldes, haben die zwergischen Brüder *Fobosch* und *Isegram* ihre Glasbläserei errichtet. Nur ein kleiner Karrenpfad führt zur Werkstatt und dem mürrischen Fobosch ist dies gerade recht, denn so stören ihn die Dorfbewohner seltener bei seinen Arbeiten. Nicht weit von der Werkstatt haben die Glasbläser eine Sandgrube erschlossen, aus welcher sie den wertvollen, weißen Quarzsand für ihr Gewerbe abbauen können. Der alljährlich anfallende Pachtzins ist eine wichtige Einnahmequelle des Junkers.

Die großen Mengen an benötigtem Brennholz werden dank eines junkerlichen Privilegs von Holzfällern geschlagen. Bisher auf taube Ohren gestoßen sind jedoch die Bitten der beiden Brüder, dass der Junker auch einen Aschebrenner für die so nötige Pottasche ansiedeln möge, denn mahnend stehen die Beispiele andernorts im Kosch, bei denen ganze Waldstücke dem Kahlschlag zum Opfer fielen, und so muss das Material für teures Gold aus dem Umland über den *Flusshafen* (siehe Seite **58**) bezogen werden.

Das Anwesen umfasst das mit Schiefer errichtete Wohngebäude und die angrenzende Werkstatt. In dieser wird sowohl der nötige Sand als auch das viele Brennholz gelagert. Im Fritteofen werden Sand und Asche in einem Tag und Nacht andauernden Kochvorgang zur Fritte, einem noch porösen Gemenge, verschmolzen. Unter der Aufsicht Isegrams klagen die Gesellinnen *Rodwidda* und *Stine* oft über die Knochenarbeit, muss doch das Gemenge beim Schmelzvorgang immer wieder gerührt und der Ofen mit Brennmaterial befeuert werden. Der Rauch der Esse mitten im Wald mag dem Unkundigen wie ein Lagerfeuer erscheinen, der nächtliche Betrieb manche Heimlichkeit erschweren. Im Schmelzofen wird die Fritte in Brenntiegeln auf eine noch höhere Temperatur erhitzt, wodurch Verunreinigungen entfernt und eingeschlossene Gase entweichen können. Auch dieser Vorgang dauert einen weiteren Tag und verlangt ständige Wachsamkeit der Schmelzer. Seit ein unachtsamer Geselle Froboschs Antlitz mit brennenden Funken entstellt hat, überlässt der Handwerksmeister auch diese ungeliebte Arbeit seinem Zwilling Isegram.

Erst wenn das Glas rein und wieder etwas abgekühlt ist, wird der Glasbläsermeister Frobosch durch das obligatorische Klopfen gerufen. Im Anschluss fertigt dieser die gewünschte Ware, meist Butzenglasscheiben oder Trinkgefäße, seltener Schüsseln oder Schmuck an. Das fertige Produkt wird schließlich im Kühlofen langsam und vorsichtig heruntergekühlt, damit kein Sprung die Waren ruiniert. Die markante Grünfärbung des Glases hat ihm landauf landab den Beinamen Waldglas beschert, wird doch die Färbung nicht zuletzt dem besonderen Einfluss des Elements Humus zugeschrieben.

Gelegentlich vernachlässigt Rodwidda ihre Gesellinnenpflichten, und so mag es passieren, dass Werkzeuge wie Schere oder Kneifzange nicht in der vorgesehenen Halterung stecken, sondern achtlos im Hof herumliegen.

Das schiefergedeckte Wohnhaus ist für einen Edelhandwerker eher von bescheidener Größe. Ein Umstand, welcher schon manches Mal *Thurescha* Anlass zur Klage gab. Lediglich die aufwändig gefertigten Glasfenster zeugen von Wohlstand und dienen zeitgleich als Ausweis der meisterlichen Kunstfertigkeit. Das Erdgeschoss wird fast zur Gänze von der Werkstatt Foboschs eingenommen, in welcher dieser seinen Waren an der Werkbank den letzten Zuschnitt gibt. Im Schrank wiederum werden sowohl die Fritte als auch fertige Waren gelagert. Der nahe Ofen sorgt auch im Winter für eine wohlige Wärme, und Isegram dient der Raum auch als Schlafkammer. Aber auch wilde Tiere mögen die Wärme im Winter. Das Obergeschoss ist das Reich Thureschas, welches sie bestmöglich mit den Annehmlichkeiten des Stadtlebens wie einem aufwändig verzierten Bett und einem Schminktisch versehen hat. In einem geheimen Schließfach des Tischchens bewahrt sie auch die Geldschatulle mit dem Vermögen der Familie auf.

Bewohner

Fobosch Sohn des Dugobalosch (116, rotblonde Haare, Brandmale im Gesicht, kurzer Bart, Stadtkleider, treuherzig, stur, kann aufgrund der Verbrennungen schlecht sehen). Fobosch spürt die Abneigung seines Bruders und leidet darunter. Er vernachlässigt gelegentlich die Arbeit, um mit Thurescha in die Stadt zu reisen. Den Glockengießer Abelmir Crumbinger hält er für einen prahlerischen Pfuscher.

Isegram Sohn des Dugobalosch (116, schwarze Haare mit goldenen Strähne, zweifarbiger Vollbart, Schmiedeschürze, verschlossen, misstrauisch, neidisch). Der jüngere der beiden Zwillinge muss die harte Arbeit verrichten, während sein Bruder viel Bewunderung für seine Arbeit erfährt. Isegrim neidet seinem Bruder die Anerkennung und die wunderschöne Gattin. Dennoch fühlt er auch eine starke Bindung, und so ringt der Zwerg mit diesem Konflikt. Dies lässt ihn für Außenstehende unnahbar erscheinen. Um seine eigene Kunstfertigkeit zu beweisen, will Isegram mit anderen Glasfärbungen experimentieren.

Thurescha Tochter der Bargrimma (97, zwergische Schönheit, blondes Haar, kokett, eingebildet). In der heimischen Binge hatte Thurescha viele Verehrer und war oft Mittelpunkt ausgelassener Feierlichkeiten. Immer noch kinderlos, genießt sie die unbeholfenen Aufmerksamkeiten Isegrams. Das Leben in Wirselgrund erscheint ihr eintönig und fad. Es sind ihre Bitten, welche Fobosch veranlassen, in die Stadt zu reisen. Die Gesellin Stine verdächtigt sie, sich an der gut gehüteten Geldschatulle vergriffen zu haben.

Die Gesellinnen *Rodwidda Bachstelzner* (Anfang 40, dunkelbraunes Haar, geflochtener Zopf, dicke Nase, grobschlächtig, nachtragend) und *Stine Appelbaurer* (Mitte 20, aschblondes, kurzes Haar, schiefe Zähne, schweigsam, Beiname »Stumme Stine«) arbeiten zwar in der Glasbläserei, leben aber im Dorf. Rodwidda kauft oft Tinkturen auf dem *Markt* (siehe Seite **44**), denn nur so glaubt sie dereinst einen Gatten zu finden. Es ist die Abgeschiedenheit, welche ihr die Arbeit verleidet, denn lieber würde sie die Abende im *Gasthaus zum Goldenen Kelch* (siehe Seite **40**) verbringen. Die Einsamkeit kommt Stine hingegen gut gelegen und im eigenbrötlerischen Isegram sieht sie einen väterlichen Fürsorger und eine verwandte Seele.

Besonderheiten

Während des letzten Dorffestes geriet Fobosch lautstark mit dem Glockengießer *Abelmir Crumbinger* (siehe Seite **94**) aneinander. So hieß er ihn einen Pfuscher und Aufschneider, Worte, welche der Horasier nicht auf sich sitzen lassen wollte und Fobosch einen Gecken und Brandgesicht schimpfte. Lediglich beherztes Zugreifen des Weibels Einhard Eisenhardt konnte eine Schlägerei verhindern. Seither ist die Streiterei beliebtes Gesprächsthema auf dem Marktplatz.

Aus der Geldschatulle der Glasbläserhütte ist ein erkleckliches Sümmchen verschwunden. Noch verheimlicht Thurescha dies ihrem Gatten, will sie doch nicht auf die teuren Ausflüge verzichten.

Isegram durchstreift auf der Suche nach neuen Quarzsanden das Umland. Hierbei hat er bereits einige interessante

Orte wie die alte *Zwergenmine* (siehe Seite **80**) und die *Hexenhütte* (siehe Seite **76**) entdeckt, will diese aber nicht allein aufsuchen. Auch die *elfischen Ruinen* (siehe Seite **72**) haben seine Aufmerksamkeit erregt, doch kann er das Gesehene nicht einordnen und lediglich auf die Lokalität hinweisen.

Preisliste

Stück Grünglas	10 Silbertaler
Glasfenster	100 Silbertaler

Der Magierturm (16)

»Im Turm vom alten Darian brennt jede Nacht Licht – ob der Magier denn nie schläft? An was er wohl hier im beschaulichen Wirselgrund nur so intensiv forscht? Mit der Baumkuschlerin aus dem Wald habe ich ihn auch schon öfters zusammen gesehen!«
—Bäckerin Cadrima Apfelbach, zu einem durchreisenden Zwerg, vor zwei Monden

Rundgang

Nordwestlich des Dorfes, noch in Sichtweite, befindet sich der Turm des alten Magiers *Darian Halmfold.* Auf einer kleinen Felsanhöhe gelegen, zeugt der Turm von bester zwergischer Handwerkskunst, ist er doch vom Baumeister Blausteins, *Narax Sohn des Kurax* (siehe Seite **101**), im Auftrag des Magiers erbaut worden. Der Turm wurde im für die Gegend typischen Stil errichtet, für die Mauer wurde größtenteils der festgefügte Stein der Gegend verwendet. Darians Turm trägt die Handschrift *Narax'*, weist er doch große Ähnlichkeit zu den Türmen Burg Blausteins auf. Gekrönt wird der Turm durch ein spitz zulaufendes Kegeldach, gedeckt mit schwarzem Schiefer. An der Spitze wurde ein munter im Wind flatterndes Fähnlein angebracht. Trotz seines noch geringen Alters von rund zehn Jahren hat der Efeu bereits das oberste Geschoss des Turms erreicht. Der Standort des Turms wurde weise gewählt, ist der Fels als Fundament des Turms doch Ursprung einer Quelle, die sich als kleiner Wasserfall über den Abhang ergießt. Eine mächtige Weide auf einem Felsen in der Nähe des Turms bietet dem alten Magier und seiner Scholarin im Sommer Schatten, und eine Bank direkt am Turmeingang mit Blick in Richtung der Ausläufer des Kosch lädt zum Verweilen ein. Auffällig ist die Vielzahl an Fliegenpilzen, die rund um den Turm wachsen.

Betritt man den Turm, steht der Besucher in der Eingangshalle vor der Wahl, über eine breite, einladende Wendeltreppe zu den Wohngemächern zu gelangen, oder mittels einer Falltür in den Keller des Turms zu kommen. Im Keller angelangt, bietet sich ein überraschendes Bild, ist einer der Vorratsräume doch mit einer Gittertür, ähnlich der eines Verlieses, versehen. Hier hütet Darian besondere, teils kuriose, Besitztümer seiner langen Abenteurerlaufbahn, wie ein Blick hinter die Gitterstäbe verrät. Zurück im Erdgeschoss gelangt man über die Wendeltreppe in die einzelnen Wohn- und Arbeitsräume des Turms. Entlang der Treppe sind immer wieder kleine Fensteröffnungen ins Mauerwerk eingelassen. Das oberste Geschoss nimmt zur Gänze die Wohn- und Studierkammer des Magiers ein. Sie ist äußerst behaglich eingerichtet und verfügt sogar über eine eigene Feuerstelle. Auf Tischen und neben seinem Bett brennen Kerzen in Wandhalterungen zwergischer Machart. An den Wänden finden sich Regale mit Darians kleiner Bibliothek über diverse magische Themen, insbesondere die Magie der Elfen. Zum Studium dieser Werke nutzt er seinen Arbeitsbereich mit dem großen Schreibtisch, der einen beträchtlichen Teil des Raums einnimmt, oder setzt sich bei gutem Wetter auf den kleinen, hübschen Balkon.

Weissmagier

Die Magier Aventuriens sind in drei Gilden mit unterschiedlicher Philosophie organisiert und als die Weiße, die Graue und die Schwarze Gilde bekannt. Teilweise kleiden sie sich auch entsprechend. Während sich die Weißmagier zumeist an die Gesetze für Magier halten und götterfürchtig sind, wird den Schwarzmagiern oft eine Nähe zu frevlerischen Taten und dem Praktizieren andernorts verbotener Magie nachgesagt.

Hochelfen

Die Hochelfen sind die mythischen Vorfahren der heute lebenden Elfen und herrschten vor über 4.000 Jahren über weite Teile Aventuriens.

Stets reisefertig gepackt steht ein Rucksack bereit, sollte Darian auf seine alten Tage wieder einen Forschungsausflug unternehmen wollen.

Bewohner

Der alte Magier *Darian Halmfold* (70, langes weißes Haar und langer weißer Vollbart, ein blaues und ein grünes Auge, Narbe auf linker Gesichtshälfte, Halskette mit tropfenförmigem Amulett, abgetragene Magierrobe, verschmitztes, gutmütiges Lächeln) ist das Paradebeispiel eines betagten Weißmagiers, so wie Klein-Alrik ihn sich vorstellt: mit langer, ehemals weißer Robe, breitkrempigem, spitzem Hut und langem Zauberstab. Eher exotisch mutet jedoch an, dass er ein blaues und ein grünes Auge hat, was ihm schon bei mancher Begegnung geholfen hat. Er bemüht sich nach Kräften, mit seiner jungen Scholarin *Alma Liebblum* (18, kastanienbraunes, gelocktes schulterlanges Haar, strahlend blaue Augen, Stubsnase, gutaussehend) Schritt zu halten und ihr alles beizubringen, was eine Abenteuermagierin wissen muss. Daneben widmet sich der Magier der Weißen Gilde seinem bevorzugten Forschungsgebiet, der Magie der Elfen, insbesondere den Hinterlassenschaften der Hochelfen. Diese Leidenschaft lässt ihn sehr häufig Ausflüge zur Erkundung der *hochelfischen Ruine* (siehe Seite **72**) im Wald unternehmen.

Mit der Elfe *Dimeloë Silberwind* (siehe Seite **96**) pflegt er regelmäßigen Austausch, da sie ebenso wie er an der elfischen Vergangenheit interessiert ist. Aus dem gemeinsamen Forschungsinteresse entwickelte sich rasch eine enge Freundschaft zwischen den beiden. Darian ist als weitgereister Magier vertraut mit den unterschiedlichsten magischen Phänomenen und kann vorbeireisenden Abenteuerinnen mit Rat und Tat zur Seite stehen. Auch auf das Brauen eines Heiltranks versteht er sich, die passenden Zutaten sind in der Wirselgrunder Gegend zumeist recht einfach zu beschaffen.

Alma Liebblum ist die ehrgeizige, wissbegierige Schülerin Darians, die kurz vor ihrer Abschlussprüfung zur vollwertigen Magierin steht. War sie bisher eine Vorzeigeschülerin, fällt Darian in letzter Zeit ihre häufige Unkonzentriertheit auf, die sie früher nie zeigte. Auch wirkt sie morgens oft sehr müde, was schon zu mancher Ermahnung seitens des alten Magiers geführt hat. Aufgrund ihres Aussehens ist sie im ganzen Dorf beliebt, mit dem gutaussehenden Büttel *Gerrad Altschuh* (siehe Seite **95**) von Burg Blaustein wird ihr ein Techtelmechtel nachgesagt.

Besonderheiten

Darian neigt dazu, Selbstgespräche zu führen, was nicht nur bei Alma, sondern auch bei Besuchen in Wirselgrund regelmäßig zu Missverständnissen führt. Da sein Lehrer ein im ganzen Kosch berühmter Magier war, und Darian selbst ein gutmütiges Auftreten hat, ist er jedoch bei den Dorfbewohnern für Koscher Verhältnisse recht angesehen, beliebt gar. Die Felsanhöhe des Turms bietet nicht nur Magier und Scholarin, sondern auch einer Erdmännchenfamilie Unterschlupf, die regelmäßig in der Nähe des Turms zu entdecken ist und sich nicht sonderlich beeindruckt von ihren menschlichen Mitbewohnern zeigt. Die für die Gegend hohe Zahl an Fliegenpilzen rund um den Turm hat bei der abergläubischen Dorfgemeinschaft zu der Überzeugung geführt, der Turm sei ein Zugang zur Anderswelt, wo Feen und allerlei seltsame Kreaturen wohnen. Wer im Keller einen Blick in die Andenkenkammer werfen darf, wird so schnell nicht mehr aus dem Staunen heraus kommen: Neben diversen kuriosen Fundstücken von Darians Abenteuerfahrten, wie beispielsweise einer seltsamen goldenen Maske, fällt schnell ein humanoides Skelett ins Auge, das mitten im Raum aufgestellt ist. Bei näherer Betrachtung lässt sich feststellen, dass weder die Proportionen oder Größe des Körpers noch der Schädel so richtig zu einem Menschen passen wollen, aber auch nicht zu einem Elf, Zwerg, Ork oder Goblin. Über die Spezies selbst, die Herkunft des Skeletts sowie den Grund der Aufbewahrung hüllt sich der alte Magus weise lächelnd in Schweigen.

Preisliste

Antimagische Beratung	ab 1 Dukaten pro Stunde
Dechiffrierung elfischer Worte	2 Dukaten pro Stunde
Analyse eines Artefakts	ab 15 Dukaten
Elixier der Genesung	20 Dukaten

Die Stallmeisterei (17)

»Die Pferde des Junkers hausen bald besser als die Bauern.«
—Anonyma auf dem Wirselgrunder Marktplatz, neuzeitlich

Rundgang

Die Stallmeisterei liegt direkt am Fuß von Burg Blaustein. Die Eltern des Junkers *Balinor* (siehe Seite **94**) hatten vor Jahren die alten, morschen Stallungen abreißen und durch die neue *Stallmeisterei* ersetzen lassen. Seither beherbergt das großflächige Gebäude das junkerliche Gestüt.

Die großzügig abgezäunten *Koppeln* erlauben den Tieren viel Auslauf auf den saftigen Wiesen. Einzig die überall wuchernden, kratzigen Druidenarme, eine Distelart, meiden die Tiere, weshalb die Weiden in der Blütezeit wie ein violettes Meer der Sonne entgegenleuchten. Gelegentlich besucht der Schreinerlehrling *Fröhlich Wirselling* die Pferde auf seinen Ausflügen und füttert sie mit den Äpfeln des Apfelbaums vor der *Stallmeisterei* (siehe Seite **64**). Die auf der Koppel stehende Tränke hatte einst Schreiner *Koschba Schäffler* angefertigt.

Die *Stallungen* selbst sind mit gebrannten Ziegeln gedeckt und ihre Wände mit weißem Kalk getüncht. Auf dem *Dach* hat der Junker von Glockengießer *Crumbinger* (siehe Seite **94**) eine große Bronzeglocke anbringen lassen, welche bei Gefahr oder an Festtagen geläutet wird. Die junkerlichen Farben flattern auf der Turmspitze im Wind. An der Vorderseite erleichtert ein *Kran* das Einlagern des Korns und der Heuballen. Eine große Luke lässt sich öffnen, durch welche die Säcke direkt auf den Heuboden gehievt werden können.

Das *Obergeschoss* ist aufwendig im Fachwerkstil errichtet und weiß getüncht. Die der Straße zugewandte Seite zieren drei Gauben, welche Licht spenden, aber auch einen guten Blick auf nahende Reisende erlauben. Die Gegenseite hingegen wird lediglich von kleinen Fensterchen erhellt. Auf dem Heuboden wird nach der Ernte das Heu und Stroh eingelagert. Auch der als Kraftfutter verwendete Hafer wird so vor Feuchtigkeit, Pilzbefall und lästigen Nagern bewahrt. Die Abgeschiedenheit der Stallungen und vielleicht auch der Duft des Heus lockt gelegentlich heimlich Liebende an diesen Ort, welche dort der Göttin Rahja opfern wollen. Lediglich der mausende Kater *Rohalstag* stört gelegentlich das nächtliche Treiben.

Das aus massivem Bruchstein gebaute *Erdgeschoss* mag bei Angriffen Schutz bieten und ist ein Überbleibsel des vorherigen Baus. Hier werden Sättel und anderes Reitzubehör gelagert. Gelegentlich hilft Bauer *Endel Dinkelkorn* (siehe Seite **96**) vom nahen Bauernhof (siehe Seite **56**) beim Schaufeln der Streu oder dem Ausfegen des Stalles. Ansonsten hilft das Gesinde der nahen Burg Blaustein. In den *Boxen* versorgt Stallmeisterin *Tsagunde Hangemann* umsichtig die ihr anvertrauten Tiere. Zunächst ist dies das Streitross des Junkers, die Tralloper Riesin *Eiswind*, ein kräftiger, sanfter Apfelschimmel, dann das Reittier der Junkerin, das Elenviner Vollblut *Hluthar,* ein aufbrausender, eigenwilliger Fuchs und der Zuchthengst des Gestüts, *Borkhart*, ein ruhiger, aber auch sturer Rappe aus Teshkaler Zucht. Als Zug- und Arbeitstiere besitzt der Junker zudem ein gutes Dutzend Warunker Pferde und Nordmähnen. Ihre Anstel-

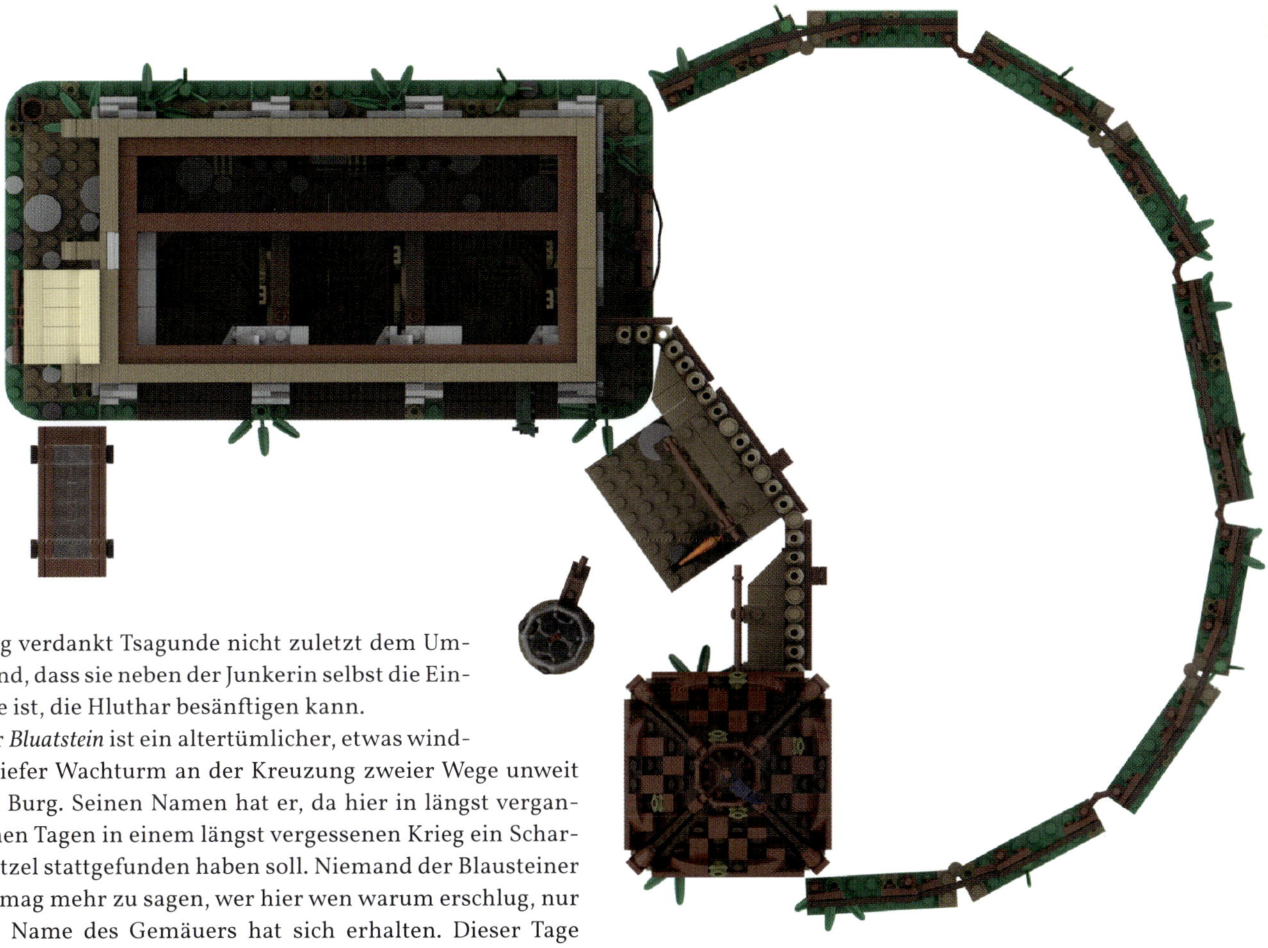

lung verdankt Tsagunde nicht zuletzt dem Umstand, dass sie neben der Junkerin selbst die Einzige ist, die Hluthar besänftigen kann.
Der *Bluatstein* ist ein altertümlicher, etwas windschiefer Wachturm an der Kreuzung zweier Wege unweit der Burg. Seinen Namen hat er, da hier in längst vergangenen Tagen in einem längst vergessenen Krieg ein Scharmützel stattgefunden haben soll. Niemand der Blausteiner vermag mehr zu sagen, wer hier wen warum erschlug, nur der Name des Gemäuers hat sich erhalten. Dieser Tage wird der Turm allenfalls von Reisenden als Unterstand bei einem Gewitter genutzt. Wachen oder Zöllner mag der Junker nicht bezahlen. Bei einer Fehde könnte er allerdings anrückenden Feinden ein Hindernis sein. Von dem einst wehrhaften Palisadenzaun ist lediglich ein letztes Stück erhalten, welches von Moos überwuchert ist.

Die Bewohner

Tsagunde Hangemann (22, kurze, rote Haare, Sommersprossen, Arbeitskleider, schüchtern, sozial unbeholfen) arbeitet erst seit kurzer Zeit als Stallmeisterin in Wirselgrund. Dennoch hat sie bereits eine enge Bindung selbst zu den eigenwilligen Reittieren aufbauen können. Als Kind eines durch die Lande reisenden Henkers wurde sie landauf, landab stets mit Misstrauen betrachtet. Selten gelang es ihr, mit den Dorfkindern Freundschaft zu schließen, ein Problem, welches sie mit Vierbeinern nicht kennt. Die Junkerin schätzt sie, und Bauer Dinkelkorn besucht sie tagsüber bei jeder sich bietenden Gelegenheit. Bisher ist Tsagunde die besondere Aufmerksamkeit des jungen Witwers jedoch nicht einmal aufgefallen, auch wenn sie ebenfalls Gefühle für ihn entwickelt hat.
Des Nachts ruht die junge Frau jedoch in der Burg, und außer den Reittieren streunt lediglich der dicke, orange getigerte Kater Rohalstag durch die Stallungen. Nächtliche Besucher könnten jedoch von *Hluthar* erschreckt werden, denn der Fuchs ist etwas schreckhaft und schlägt bei jeder Störung mit den Hufen gegen seine Box. Einziger ständiger Bewohner des Bluatturms ist das Käuzchen *Scharfschnabel*.

Besonderheiten

Im Fundament der Stallungen findet sich der Ausgang eines alten, noch von Zwergenhand angelegten Fluchttunnels aus Burg Blaustein. Das Wissen um diesen Bau ist jedoch mit der Zeit fast völlig verloren gegangen. Junker Balinor und seine Gemahlin ahnen jedenfalls nichts hiervon. Jedoch hat man auf der Burg bemerkt, dass der Kater Rohalstag scheinbar unbemerkt von den Wachen in den Burghof gelangen und der Stallmeisterin eine Maus vor die Zimmertür legen kann. Ob sich in den alten Gängen inzwischen Gruftasseln oder eine Höhlenspinne angesiedelt haben, ob vielleicht der Zahn der Zeit einen Teil der Gänge zum Einsturz gebracht hat und ob hier vielleicht ein wertvolles Fundstück aus längst vergangenen Tagen verborgen wurde, sei dir als Meisterin überlassen. Für böswillige Eindringlinge könnte sich jedoch der Hengst Hluthar als unüberwindliches Hindernis erweisen, denn ausgerechnet in seiner Box endet der Tunnel, und der Fuchs duldet fast niemanden in seiner Nähe.
Die Stallungen sind bei den Dorfbewohnern ein beliebter Ort für ein Stelldichein, und so könnte ein aufmerksamer Burgbewohner des Nachts aufgeschreckt werden, wenn das Treiben auf dem Heuboden gar zu wild wird. Spukgeschichten, welche auf der Burg über die Stallungen kursieren, rühren von diesen nächtlichen Ausflügen der Dorfbewohner.
Ein besonders aufmerksamer Betrachter kann an den Überresten der Palisade am Bluatstein tief in das Holz eingedrungene Krallenspuren erkennen. Im Innern des Gemäuers wurden dereinst Schutzzeichen in die Wände geritzt, und unter einigen alten Brettern halb begraben lässt sich ein unterarmlanger Zahn inmitten verbrannter Erde und kleinen Tierknochen finden.

Die Wassermühle (18)

»Wochentags ist von Sonnenauf- bis -untergang schon von weitem das geschäftige Klappern der Mühle zu hören, die ein Stück außerhalb von Wirselgrund steht. Dort geht der Wassermüller in borongefälliger Ruhe seinem Handwerk nach und lässt sich kaum einmal zu mehr als den paar Worten bewegen, die im Gespräch mit den Bauern nötig sind, die ihm ihr Korn zum Mahlen bringen.«
—Vater Bishdaryan, reisender Borongeweihter, 1043 BF

Rundgang

Die Wirselgrunder Mühle liegt ein Stück außerhalb des Dorfs an einem kleinen, in einem steinernen Bett kanalisierten Bach, der gleichermaßen zutreffend wie einfallsarm »Mühlgraben« genannt wird. Dieser mündet einige Schritt weiter in die Bodrin. Der Bach kann mit einem kleinen Wehr aufgestaut und abgelassen werden, um den Pegel zu regulieren und zu verhindern, dass das Mühlrad beschädigt wird, beispielsweise während der Schneeschmelze, oder um es zu reinigen.

Das Mühlrad, das so hoch ist wie zwei erwachsene Koscher, einer auf den Schultern des anderen, arbeitet unterschlächtig. Das heißt, der Mühlgraben fließt unter dem Rad hindurch und bewegt dessen breite Holzschaufeln voran, wodurch das Mahlwerk angetrieben wird – vorausgesetzt, dieses ist von Rondrabert an die Antriebswelle gekoppelt. Nur dann erklingt auch das typische Klappern der Mühle, das von der Kraftübertragung herrührt, nicht vom Rad selbst.

Die Wassermühle und ihr direkt angebauter Wohnteil sind alt und zeigen unübersehbare Zeichen der schleichenden Vernachlässigung: Das tief gezogene, mit Birkenschindeln gedeckte Dach ist vielfach geflickt, die Sandsteinwände sind verwittert, das Fachwerk ist ausgebleicht und stellenweise morsch, die Wege ums Haus und entlang des Bachs sind ausgetreten und löchrig. Einzelne Steine des Schornsteinmunds sind bereits herausgebrochen und liegen noch immer dort, wohin sie fielen.

Auf dem Dachfirst der Mühle befindet sich ein Storchennest, in dem einst ein Paar dieser der Ackergöttin Peraine heiligen Vögel brütete. Doch ein Wilderer hat vor ein paar Jahren die Störchin getötet und der Storchenwitwer danach keine neue Gefährtin mehr gefunden. Seither ist das Nest verlassen – kein gutes Zeichen, finden manche Wirselgrunder Einwohner.

Der Müller hofft aber noch immer, dass das Nest neue Bewohner findet. In seiner bescheiden eingerichteten Wohnstube hat er deshalb eine aus Apfelbaumholz geschnitzte Storchenstatue aufgestellt, die ihm die Bäckermeisterin *Cadrima Apfelbach* schenkte.

Im Inneren ist Blaubocks Mühle in einem besseren Zustand, als es das Äußere vermuten lässt. Dies gilt vor allem für das sorgfältig instandgehaltene Mahlwerk mit den großen Mühlsteinen in seiner Mitte. Zumindest auf dieses können die Bauern gelegentlich einen Blick werfen, wenn sie ihr Korn zum Mahlen bringen.

Die Wohnstube ist sauber und ordentlich aufgeräumt, was vor allem daran liegt, dass einige Wirselgrunder Familien ihre noch unverheirateten, heranwachsenden Töchter zur Mühle schicken, um für den alleinlebenden Müller den Haushalt zu machen und für ihn zu kochen. Herd, Speisekammer, Esstisch und die Schlafstatt in einem abgetrennten Verschlag sind jeweils nur mit dem Nötigsten und unter rein praktischen Gesichtspunkten ausgestattet.

Einen einzigen Luxus erlaubt sich der Müller: An der Wand der Wohnstube hat er ein Regalbrett befestigt, das voll gedruckter Bücher steht, in denen er bisweilen blättert.

Zur Mühle gehört außerdem ein gut ausgestatteter Werkraum, der sogar über eine kleine Esse und eine Hobelbank verfügt. In diesem pflegt und repariert *Rondrabert* die Einzelteile des Mahlwerks – fast alle in Blaubocks Mühle anfallenden Instandsetzungsarbeiten kann ihr Eigentümer selbst erledigen.

Bewohner

Rondrabert Blaubock (40, knochiger, großer Müllermeister blickt schuldbewusst, dunkelblondes Haupt- und Barthaar, beides gepflegt), der Besitzer und Betreiber der Wassermühle, ist ein knochiger, großer Mann mittleren Alters. Dadurch, dass er die Schultern hängen lässt, wirkt er weniger imposant als es seinem Wuchs entspricht. Seine dunkelblonden Haupt- und Barthaare lässt er regelmäßig von durchreisenden Barbieren schneiden

– oder von einem Schafscherer, falls es keine andere Möglichkeit gibt. Er ist stolz auf einen wertvollen Kamm aus Elfenbein und ziseliertem Silber, mit dem er seine Haare glattstreicht.
Der »Wassermüller« ist ein zurückhaltender, schüchterner Mann. Im Gespräch mit anderen Menschen (oder Zwergen), senkt er meist den Blick zu Boden oder auf seine schwieligen, kräftigen Hände. Der Müller ist zudem Junggeselle und gilt allgemein als zurückhaltend bis zur Menschenscheu. Sein einziger Begleiter ist seine treuer Hündin *Yppolita*.
Er betreibt die Mühle in vierter Generation. Sein Handwerk hat er von seinem Vater gelernt und die Mühle nach dessen Tod übernommen. Da die Bauern des Junkerguts Schwanbrück ihr Korn ausschließlich in Blaubocks Wassermühle mahlen dürfen, hat der Müller stets genug zu tun. Praiostags wird natürlich nicht gearbeitet, tags zuvor erledigt Rondrabert Reparaturen und reinigt das Mahlwerk.
Während er für die Arbeit in der Mühle die Tracht der Müller anlegt, kleidet Rondrabert sich bei seinen Besorgungen im Ort oder seltenen Bittgängen zur Burg des Junkers besser. Niemand in Wirselgrund kann sich jedoch daran erinnern, dass er jemals länger als einen halben Tag von der Mühle fortgeblieben wäre – nicht einmal zu Festtagen.

Besonderheiten

Rondrabert liebt aventurische Abenteuer- und Heldengeschichten, beispielsweise jene des Reiseschriftstellers Kara ben Yngerymm, kann selbst aber nur unzureichend lesen. Er schiebt das auf schlechte Augen infolge des Dämmerlichts in der Mühle, die nicht mit offenen Flammen erhellt werden darf. Ein Besucher, der ihm etwas vorliest, findet in ihm einen dankbaren Freund.

Die meisten Reparaturarbeiten in der Wassermühle kann der Müller selbst erledigen – aber nicht alle: Den unteren, schwereren Mühlstein hat noch sein Vater vor mehr als 30 Jahren einbauen lassen. Der Stein hat sich inzwischen so sehr abgenutzt, dass *Rondrabert* in Sorge ist, dass er seine Arbeit bald nicht mehr zur Zufriedenheit der Wirselgrunder Dörfler wird erledigen können. Doch das Dorf verlassen, um nach einem hochwertigen Ersatz zu suchen, will er nicht. In seinem Auftrag könnten Abenteurer nach Ferdok, Angbar oder in eine andere große Stadt reisen, um einen Steinhauer anzuwerben, der fachgerecht einen neuen Mühlstein anfertigt, liefert und einbaut.
Nicht ohne Hintergedanken schicken einige Wirselgrunder ihre unverheirateten Töchter, um dem Müller unentgeltlich den Haushalt zu führen: Er mag menschenscheu und verschlossen sein, aber der Mühlenbetrieb ist seit Generationen ein gewinnbringendes Gewerbe, und eine Müllersfrau wäre gut versorgt. »Der Mühle fehlt eine ordnende, weibliche Hand«, findet vor allem *Madalgunde*, eine resolute Bäuerin aus dem Dorf. Daher will sie *Veriya*, eine ihrer Töchter, mit dem deutlich älteren *Rondrabert* verkuppeln. Doch der Müller zeigt kein Interesse an der jungen Frau, und *Veriya* selbst träumt von Reisen in ferne Länder wie etwa das Liebliche Feld. Gut möglich, dass sie versucht, mit einem durchreisenden Glücksritter anzubandeln, der sie mitnehmen könnte.

Das verfluchte Weizenfeld (19)

»Ich sag's euch, da stimmt was nicht. In der Nacht höre ich seit Tagen so seltsame Geräusche aus dem Feld. Als ob jemand herumschleichen und irgendetwas flüstern würde. Unheimlich! Hab' schon nachgeschaut, aber nichts bemerkt. Und dieser verdammte Nebel. Keine Ahnung, ob diese Hexe aus dem Wald dafür verantwortlich ist, ein Geist oder Ungeheuer ... aber wenn das so weitergeht, bin ich weg!«

—Herwid Zwirnbusch zu einigen Wirselgrundern im Gasthaus Zum Goldenen Kelch, *1046 BF*

Rundgang

Immer wieder kommt es vor, dass Bewohner von Wirselgrund in der Nähe dieses Weizenfeldes eine unerklärliche und unheimliche Begegnung haben. Schneller als dem Junkern von Schwanbrück lieb ist, wird das gepachtete Grundstück wieder aufgegeben und ein neuer Bauer versucht sein Glück. Niemand hielt es jedoch länger als ein Jahr dort aus, dann ist der Besitzer fertig mit seinen Nerven. Umso erfreuter ist Balinor, dass das Feld nun schon seit einem guten Jahrzehnt im Besitz der Familie *Dinkelkorn* (siehe Seite **96**) ist und sie offenbar nicht vorhaben, das Feld aufzugeben.

Dabei ist es ein gutes Stück Land, der Boden ist fruchtbar und es ist nicht allzu schwierig, eine gute Weizenernte einzufahren. Das Weizenfeld erstreckt sich über etwa einen Acker, unweit des Hofes der Dinkelkorns. Trotz der Gerüchte über einen Fluch und seltsame Vorkommnisse will *Endel Dinkelkorn* (siehe Seite **56**) nicht wegziehen. Im Gegenteil – er will seinen Hof und das Feld einst seiner Tochter *Nelda* (siehe Seite **56**) übergeben. Wie sein Vater *Geppert* (siehe Seite **56**) arbeitet er geradezu stoisch auf dem Weizenfeld und ignoriert die seltsamen Vorkommnisse einfach. Auf sein Weizenfeld angesprochen, äußerst sich Bauer Dinkelkorn nur soweit, dass er die Fruchtbarkeit des Bodens lobt und erklärt, dass noch nie etwas wirklich Schlimmes vorgefallen ist. Er hat zwar schon selbst den seltsamen Nebel gesehen und das unheimliche Flüstern gehört, doch er zieht sich dann in sein Haus zurück und ignoriert das Geschehene. Seiner Tochter und seinem Vater schreibt er ebenfalls vor, zuhause zu bleiben, doch gerade sein Vater hört selten auf ihn und zieht sich gerade dann auf den Hochsitz zurück.

Der Hochsitz befindet sich direkt neben dem Feld. Gelegentlich treiben sich Wildschweine gefährlich nahe an den Feldern herum und werden vom Hochsitz aus mit Bögen oder Armbrüsten beschossen. Geppert schießt sie selbst oder überlässt den Hochsitz einem befreundeten Jäger aus dem Wald. Wenn der unheimliche Nebel aufzieht, fordert Geppert sein Glück geradezu heraus und beobachtet ihn von dort aus. Nach einer solchen Nacht ist er der erste, der den *Borongeweihten* (siehe Seite **95**), den *Magier* (siehe Seite **96**) in seinem Turm oder den *Junker* (siehe Seite **94**) darum bittet, der Sache auf den Grund zu gehen. Niemand hatte bislang jedoch Erfolg, sodass der Nebel bald wieder vergessen wird, da er offenbar nicht gefährlich ist.

Bewohner

Auf dem Feld wohnt zwar kein Mensch, aber man sollte hier die Familie Dinkelkorn erwähnen, denen das Weizenfeld gehört und die auf dem nahen Bauerngehöft leben.

Die übrigen Bewohner des Weizenfeldes sind allenfalls ein paar Tiere, wobei hier ein besonders auffälliger *Feldhamster* (siehe Seite **108**) hervorsticht, der schon häufig gesehen wurde, sich aber

bislang allen Fangversuchen widersetzte. Selbst Bauer Endels jahrelange Versuche, ihn zu vertreiben oder zu fangen, sind bisher immer gescheitert.
Neben den Tieren kann man möglicherweise die unheimlichen Phänomene als Bewohner des Feldes betrachten. In regelmäßigen Abständen steigt in der Nacht Nebel auf und ein Flüstern ist aus dem Feld zu hören, dass einem Wanderer das Blut in den Adern gefrieren lassen kann.

Besonderheiten

Über das verfluchte Weizenfeld ranken sich in Wirselgrund zahlreiche Gerüchte, doch niemand weiß genau, was wirklich der Grund für die seltsamen Vorkommnisse ist.

- Vor ein paar Jahren soll eine üble Kornfäule von dem Feld ausgegangen sein. Das Dorf konnte die Zerstörung der Ernte glücklicherweise durch das Einschreiten des reisenden Perainegeweihten *Friedwart* und Einkäufe in Koschtal eingrenzen. Damals hegten einige Dörfler den Verdacht, dass dahinter die Hexe *Guinessa Schattenkrächz* (siehe Seite **98**) stecken könnte, aber aus Angst vor ihr wurde dies nie öffentlich laut ausgesprochen.
- Als Bruder *Boronadus* (siehe Seite **95**) das Kornfeld vor ein paar Wochen untersuchte, bemerkte er einen seltsamen Irrgarten im Kornfeld, der am Tag davor nicht dagewesen und am Tag danach offenbar wieder verschwunden war.
- Gerüchten zu Folge soll es irgendwo im Weizenfeld ein kleines Loch im Boden geben, aus dem man Stimmen flüstern hören kann.
- Alle paar Wochen soll in der Nacht über dem Feld ein Nebel aufziehen, und jeder nächtliche Spaziergänger fühlt sich dann verfolgt und beobachtet – glücklicherweise ist aber noch nie jemanden etwas passiert.
- Im Weizenfeld kann man Steine mit seltsamen Symbolen darauf finden.
- Einige Reisende haben sogar während des Tages aufsteigenden Nebel beobachtet und fühlten sich beobachtet oder sogar verfolgt.
- Manche Wirselgrunder vermuten sogar, dass inmitten des Weizenfeldes ein Zugang zur Anderswelt der Feen liegt, aber sie wissen nicht, wo sich das Feentor befindet.
- Immer wieder tragen Bauern den Wunsch an den Junker vor, dass man das Phänomen stoppen könnte, wenn endlich Hafer oder Rogge statt Weizen angebaut wird. Weizen ist der Peraine nicht so lieb, wie die anderen Getreidesorten, so sagen sie. Sobald sich der Anbau ändern würde, verschwindet auch der Nebel für immer.
- Im Gasthaus geht das Gerücht um, dass der Nebel etwas mit der Dämonenpaktiererin zu tun hat, die vor einigen Jahren un Wirselgrunds Wachstube eingesperrt war.
- Ein kleiner Junge will angeblich eines Nachts, als er allein unterwegs war, gesehen haben, wie der Geist einer früheren Junkerin aus dem Feld geschwebt ist. Das durchscheinende Wesen hat ihn angeblich bis zum Magierturm verfolgt, sei dann aber durch einen Bannzauber zurückgewichen, den der Magier zu seinem Schutz vor den Turm gelegt hat.

- Schon seit Ewigkeiten trauen sich nicht mal Vögel in das Weizenfeld, obwohl die Vogelscheuche schon seit Jahrzehnten spurlos verschwunden ist. Sie soll einfach weggegangen sein …
- Auf einem Wegweiser in der Nähe des Weizenfeldes sitzt häufig das Vertrautentier der Hexe, ein großer Rabe. Zwar sind Krähen die heiligen Tiere des Boron, dennoch wissen einige Wirselgrunder, dass diese Vögel auch Vertrautentiere von Hexen sein können und möglichweise Unglücksboten sind oder sogar einen Fluch übertragen. Entsprechend wird nichts unternommen, um den Zorn des Raben auf sich zu ziehen.
- Manch ein Bewohner Wirselgrund ist so abergläubisch, dass er beim Vorbeigehen an dem Feld eine kleine Spende an übernatürliche Mächte verrichtet und ein paar Kreuzer hineinwirft.
- Der Magier *Darian Halmfold* (siehe Seite **96**) hält von all den abergläubischen Gerüchten gar nichts und weigert sich, seine Zeit damit zu verschwenden, sich das Feld genauer anzusehen.
- Angeblich soll es auch Tage geben, wo das Weizenfeld einer vorbeigehenden Wanderin Glück bringt und ein nützlicher Gegenstand direkt am Rande des Feldes gefunden wird.

Die Drachenhöhle (20)

»Mein ganzes Verlangen und Streben [Ziel, zeitlos, grenzenlos] gilt, den Blaustein [Vater, Seele, große Macht], mein Erbe [Krone, Heimat, Magie], zurückzuerlangen. Wie willst du [eitler Pfau, krächzender Rabe] mir dabei zu Diensten sein?«
—Drakantor, in seiner Höhle zu der als Dienstmagd getarnten Hexe Guinessa Schattenkrächz

Rundgang

Die Höhle, welche *Drakantor* als vorübergehendes Domizil gewählt hat, liegt versteckt inmitten der zerklüfteten Berglandschaft, unweit der alten Mine, in der die Zwerge einst den Blaubasalt abbauten. Von außen ist der Eingang zur Höhle kaum zu erkennen, verborgen zwischen schroffen Felsformationen und durch Illusionsmagie getarnt. Auch das Innere der Höhle ist mit Illusionen und trickreichen Fallen geschützt. Wer sich unbefugt nähert, sieht oft nicht, was tatsächlich vor ihm liegt: Trugbilder von Felswänden lassen Eingänge verschwinden, während falsche Abgründe Wege versperren, die eigentlich sicher sind. Wer einen unbedachten Schritt tut, kann böse überrascht werden – etwa durch einen schmalen Grat, der im nächsten Augenblick in einen bodenlosen Abgrund übergeht. Tückisch sind auch die Schattenwesen, die sich unvermittelt in den dunklen Gängen aus schwarzem Basalt auftun. Von einem Augenblick auf den nächsten formt sich aus der Felswand ein Schrat, kriecht aus der Schwärze eine Gruftassel hervor oder jagt das Geräusch eines Steinrutsches dem Eindringling Todesangst ein. Als Meister der Illusions- und Einflussmagie spielt Drakantor geschickt mit den ureigensten Ängsten der Eindringlinge, um sie noch vor dem ersten Aufeinandertreffen gefügig zu machen.

Schrate
Mächtige Wesen aus Erz oder Humus, die bis zu 8 Schritt groß sein können.

Gruftasseln
Menschengroße Käfer, die in dunklen Höhlen auf Beute lauern.

Schließlich weitet sich der Gang zu einer geräumigen Kaverne, dem Audienzsaal, in welcher Drakantor Bittsteller empfängt. Feuerschalen entzünden sich wie von selbst, sobald der goldgeschuppte Kaiserdrache seine Schwingen erhebt, und tauchen das Gestein in ein flackerndes, goldenes Licht. Der Boden ist uneben, von alten Einbrüchen und Geröll gezeichnet. Ein stechender Geruch von Schwefel und verbranntem Basalt erfüllt die Luft. Nun mag der Besucher sein Anliegen vorbringen – und er sollte seine Worte mit Bedacht wählen, vermag der Kaiserdrache doch mittels seiner Magie die wahren Absichten in aller Regel zu erkennen. Trotz seiner bald 300 Jahre ist Drakantor noch jung, ungestüm und gelegentlich aufbrausend. Von seinem rechtmäßigen Anspruch überzeugt, strahlen seine basaltblauen Augen Macht aus, doch in seinem Inneren lodert auch ein ungestillter Hunger nach Anerkennung. Noch kennt er nicht alle Feinheiten der Intrigen der Sterblichen, und oft glaubt er, dass Drohungen und magische Manipulation genügen, um seinen Willen durchzusetzen. Doch in einsamen Stunden nagt der Zweifel an ihm: Ist er wirklich der Herrscher über die Berge von Drakfold, wenn es niemanden gibt, der sich ihm unterwirft?

Von der zentralen Höhle aus sind zwei weitere Kammern angeschlossen. Die kleinere nutzt der Drache als Schlafgemach. Eine tiefe Mulde im vorderen Bereich, welche mit Goldmünzen, Zwergensilber und Kupferkram gefüllt ist, erlaubt eine angemessene, erquickende Erholung. Im hinteren Bereich hat der Drache zum Baden und Trinken ein natürliches Rinnsal aufgestaut, so dass sich ein ausreichend großes Becken gebildet hat. An der zur rechten liegenden Wand hat der Drache begonnen, polierte Rüstungsteile und silberne Schilde zu einer Art Spiegelwand zusammenzufügen, in der sich die Reflektionen von Wasser, Feuer und Basaltstein zu einem mesmerisierenden Mosaik der Elemente zusammenfügen.
Seinen provisorischen Hort hat der junge Kaiserdrache in der hintersten Kammer errichtet: Hier findet sich ein Sammelsurium aus erbeuteten Schätzen, wertvollen Geschenken und alten Schriftrollen, sorgsam gehäuft um eine Anhöhe aus behauenem Blaubasalt, welche entfernt an einen steinernen Thron erinnert. Demonstrativ hat der Kaiserdrache um den Thronsitz einige ramponierte Zwergenrüstungen drapiert. Zum Teil sind die Rüstungen durch den

Apep, der Ewige
Ein mächtiger Kaiserdrache, der als Markwart und Verbündeter der Menschen über die Drachensteine wacht.

mächtigen Flammenstrahl des Monsters regelrecht eingeschmolzen. Die unausgesprochene Drohung: Wer den Hort des »Schattens des Blauen Berges« ungefragt betritt, ist des Todes. Der wertvollste Gegenstand im Besitz Drakantors ist ein Andenken, das er von seinem Ziehvater, dem Kaiserdrachen Apep, erhalten hat. Es handelt sich um eine große Schriftrolle, in welcher seine Ahnenhistorie bis in das letzte Äon festgehalten ist. In magischen Lettern steht darüber der Leitspruch aller wahren Drachen geschrieben: »Dere zu behüten und zu beherrschen«.
Die Höhle ist weit entfernt von dem prunkvollen Hort, welcher einem Kaiserdrachen zustehen würde. Vielmehr ist es ein karger Unterschlupf, der Drakantor eine vorübergehende Zuflucht gewährt. Trotz der unzureichenden Größe hält er an seiner Zuflucht fest. In der Nähe des Zwergenmine spürt er die Kraft seines Ahnen, die ihm hier Schutz und Stärke verleiht. Doch sein Ziel ist klar: Die klägliche Höhle ist nicht seine Bestimmung. Er ist zurückgekehrt, um den Blaustein einzufordern, den Karfunkel seines Vaters, und sich das Erbe wiederanzueignen, das ihm von heimtückischen Menschen und rachsüchtigen Bartträgern geraubt wurde.

Besonderheiten

Die Seele eines Drachens ist in einem Karfunkelstein gebunden, der sich in dessen Kopf befindet. Der Karfunkel von Drakantors Vater wird in der Burg Blaustein in einem Würfel aufbewahrt. Dieser wurde für den damaligen Junker hergestellt, damit die Drachenseele für immer darin eingeschlossen bleibt. Drakantor war eines von drei Dracheneiern, die nach dem Tode Drakkins vom ersten Junker Blausteins aus dem Hort verschleppt und verkauft wurden. Keiner weiß, was mit den beiden anderen Eiern geschah. Als Drachling wurde Drakantor vom Kaiserdrachen Apep in den Drachensteinen unter die Fittiche genommen. So erhielt Drakantor eine hervorragende Unterweisung in die Einfluss-, Illusions- und Karfunkelmagie. Die größte Schwäche Drakantors ist seine unbändige Gier nach dem Blaustein, welche ihn unvorsichtig agieren lässt. Fast täglich fliegt der Drache in niedriger Höhe über die Burg Blaustein, um die Bewohner einzuschüchtern, dem Junker zu drohen und die Herausgabe des Blausteins zu erzwingen. Bei diesen Flügen ist der Drache durch Geschütze angreifbar, und auch der behelfsmäßige Hort ist noch längst nicht umfassend gegen listige Eindringlinge geschützt. Allerdings hat er bereits erste Allianzen mit Vasallen geschossen: Von dem Tatzelwurm, der in der Zwergenbinge haust, und den Baumdrachen, die in der undurchdringlichen Wildnis des Waldes bei Wirselgrund ihre Nester bezogen haben, ist er über dortige Vorkommnisse stets gut unterrichtet und erhält von ihnen glitzernde Geschenke als Schutzgeld. Den wahren Namen der Hexe *Guinessa Schattenkrächz* (siehe Seite **98**) hat er bereits bei ihrem ersten Besuch intuitiv erfahren und manipuliert diese, um den genauen Aufbewahrungsort des Blausteins für ihn in Erfahrung zu bringen. Die Verehrung durch den Köhlergehilfen *Brin E'thos* (siehe Seite **95**) schmeichelt ihm, und den kleinen Brocken Mindoriumerz, welchen dieser als Geschenk am Höhleneingang dargebracht hat, hat Drakantor wohlwollend angenommen.

Drakantors Hort enthält einige wertvolle und seltsame Artefakte:

- Münzen und Edelsteine im Wert von 3.456 Dukaten
- ein Miniaturmodell von Nahemas Turm aus einem merkwürdigen Material
- einen magischen Kraftgürtel
- drei Stein Mindorium
- ein magischer Spiegel, der auf jede Frage hin den Fragesteller anlügt
- ein Sack Feuerwerk
- ein Unsichtbarkeitsring
- ein Zauberhut, der dem Träger einen weißen, langen Bart wachsen lässt
- eine Statuette der Kaiserin aus Silber
- zwergische Waffen
- ein Dutzend Zauber- und Heiltränke
- zerkaute Reiterstiefel

Die hochelfische Ruine (21)

»Sanya bha, tala! Oh verzeiht, ich vergesse, dass nicht jeder von euch Isdira spricht. Seid gegrüßt, Rosenohren. Mein Name ist Dimeloë Silberwind.«
—Dimeloë Silberwind, neuzeitlich

Rundgang

Die Ruine im Wald war vor Jahrtausenden, in einem früheren Zeitalter, ein belebter Ort. Noch bevor Menschen im Kosch siedelten, waren die Hochelfen die Herrscher dieser Region. In diesem friedlichen Waldstück erbauten sie einen Sommerpalast, ein kleines Refugium, wo sie sich der Zerstreuung hingaben. Die Hochelfen schufen hier mit ihrer Magie wunderschöne Brunnen, Säulentore und einen Thron aus weißem Gestein. Sie sangen Lieder, spielten liebliche Musik mit ihren Handharfen und Flöten und tanzten im Schein des Mondes elegante Tänze.
Die Zeiten der Hochelfen sind aber schon lange vorüber. Jahrhunderte ist der Sommerpalast schon leer und wurde nicht mehr gepflegt, sodass die einstmals schönen Gebäudeteile schon längst zerfallen sind. Und doch ist noch ein kleiner Teil des Palastes erkennbar und erhalten. Umgeben ist der erhaltene Thronkomplex von einem kleinen Weiher. Vom Ufer aus ist die Anlage mit einer kleinen Brücke verbunden, die größtenteils von Pflanzen überwuchert ist. Ein elfischer Torbogen zeigt auf, wo sich die Brücke befindet und während man sie passiert, kann man aus dem Weiher zu seiner Linken eine verfallene Elfenstatue bemerken, die den Besucher einen Hauch der alten Pracht erahnen lässt.
Durch einen weiteren Torbogen schließlich gelangt man auf die kleine felsige Insel, auf welcher der Thronkomplex steht. Über den Besucher spannen sich riesige Säulen, die eine Art Kuppeldach bilden. Zwar weist das Bauwerk zahlreiche Lücken auf, aber man kann weiterhin erahnen, wie prachtvoll der Palast zu seiner Blütezeit gewesen sein muss. Die Architektur belegt, dass die Baumeister wahre Genies gewesen sein oder sich elfischer Magie bedient haben müssen, denn niemand könnte heutzutage ein solches Bauwerk entstehen lassen – nicht einmal die Zwerge. Inmitten der Szenerie kann der Besucher einen alten, aus weißem Stein gefertigten Thron entdecken. Er ist gut erhalten und nicht von Pflanzenwerk überwuchert. Lediglich nach einem Regenschauer bilden sich auf seinem Sitz ein paar Pfützen.

Sanya bha, tala!
Isdira (Elfisch): Ich grüße dich, Mensch.

Badoc
Die heutigen Elfen sind sehr naturverbunden. Sie leben in Harmonie mit der Welt und glauben, dass zu langer Kontakt mit der Welt der Menschen, aber auch mit der Lebensweise ihrer dekadenten Vorfahren, der Hochelfen, sie verändert. Elfen, die *badoc* werden, müssen ihre Sippen verlassen, damit dieser neue Zustand nicht auf andere Sippenmitglieder abfärbt.

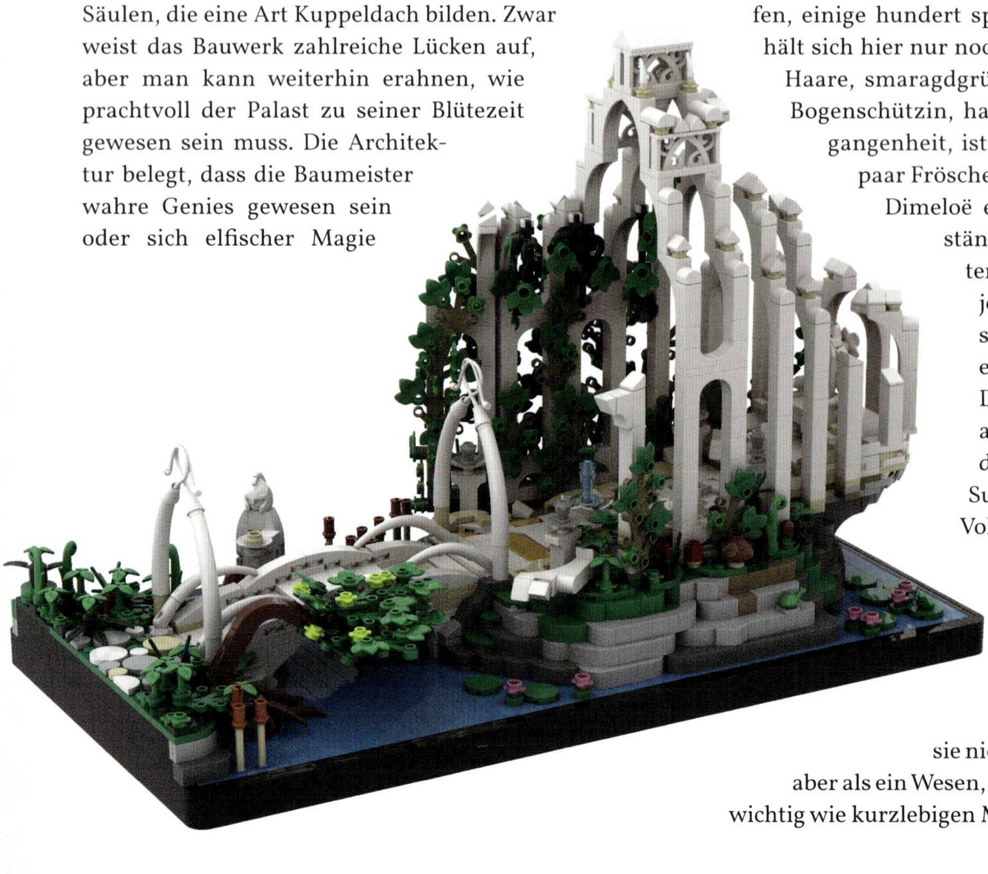

Bewohner

Vor Jahrtausenden lebten hier, zur Blütezeit der Hochelfen, einige hundert spitzohrige Bewohner, doch heute hält sich hier nur noch *Dimeloë Silberwind* (247, silberne Haare, smaragdgrüne Augen, Wanderin, exzellente Bogenschützin, hat Interesse an der elfischen Vergangenheit, ist fasziniert von Drachen) und ein paar Frösche auf.
Dimeloë erforscht in unregelmäßigen Abständen die Ruinen und hält sich meistens in der Nähe auf, ihr Lager hat sie jedoch auf der Lichtung einer Wiese etwa eine halbe Meile von dem ehemaligen Waldpalast errichtet. Die Ruine fasziniert die Elfe zwar, aber gleichzeitig fürchtet sie auch die Erkenntnisse, die sie bei ihrer Suche nach der Vergangenheit ihres Volkes gewinnen könnte. Als naturverbundene Bewohnerin der Auen traut sie sich nicht, in den Überbleibseln der alten Hochkultur zu schlafen, glaubt sie doch dadurch *badoc* werden zu können. Noch weiß sie nicht, wie lange sie hier bleiben wird, aber als ein Wesen, das nicht altert, ist ihr Zeit nicht so wichtig wie kurzlebigen Menschen.

Das Zeitalter der Hochelfen

In den grünen Wäldern der Salamandersteine traten vor Jahrtausenden die Vorfahren der heutigen Elfen aus einer Welt des Lichts nach Dere und begannen sich in den folgenden Jahrhunderten über den Kontinent auszubreiten. Als Hochelfen verehrten sie ihre alten Götter und erbauten gewaltige Städte. Doch sie erlagen den Verlockungen des mächtigen Drachen Pyrdacors, der sich von ihnen als Gottdrache verehren ließ. Als den Hochelfen sich schließlich die Wahrheit über Pyrdacors Ränke offenbarte, wendeten sie sich von ihm ab. Es kam zu einem gewaltigen Krieg. Götter und Alte Drachen, die Wächter Deres, verbündeten sich gegen den goldenen Drachen, der selbst vor einem Bündnis mit dem gefesselten namenlosen Gott nicht zurückschreckte, um seine Macht zu sichern. Weite Teile Aventuriens wurden verheert, die prächtigen Städte der Hochelfen gingen unter und Pyrdacors prächtiges Echsenreich verschwand sogar ganz vom Angesicht Deres.

Besonderheiten

Obwohl Dimeloë die Überbleibsel des Waldpalastes schon angefangen hat zu erforschen, sind ihr immer noch einige Geheimnisse entgangen. Die Elfenruine stammt aus hochelfischer Zeit und war früher ein kleiner Palast, so etwas wie eine Mischung aus elfischem Lustschloss, Tempel und Ferienort. Heute kann man nur noch die Ruine des zentralen Gebäudes ausmachen. Die abenteuerliche Auelfe hat die Elfenruine entdeckt, und da sie alles faszinierend findet, was ihre Vorfahren erschaffen haben, will sie einige Zeit hier verbringen, um die Ruine und die Baronie zu erforschen.

Nur wenige Bewohner Schwanbrücks haben von der Ruine gehört oder sie gesehen. Von der Elfe wissen ebenfalls nur wenige Dörfler, sieht man z. B. von dem Magier in seinem Turm ab. Allerdings kann es sein, dass Dimeloë dem Dorf einen Besuch abstattet, um die Bewohner wegen der Ruine zu befragen.

Auch Dimeloës geschärften Sinnen ist bisher ein Geheimversteck in der Nähe des Throns entgangen: Wenn man nacheinander auf drei verschiedene kleine Steine drückt, öffnet sich ein Geheimfach, in welchem sich ein Schutzring befindet. Zieht man diesen auf, so ist man eine Zeit lang gegen die meisten magischen Angriffe gefeit und kann so z. B. Dimeloës Zauberkräften, aber auch denen von Magiern, Hexen und sogar Drachen widerstehen.

Fundstücke in den Ruinen

Wer auch immer in den hochelfischen Ruinen nach Schätzen sucht, wird einige Fundstücke entdecken können:

- ein elfischer Dolch von erlesener Qualität
- drei Pfeilspitzen aus Mindorium
- ein verdreckter elfischer Ring im Magen eines Angbarschs
- eine silberne Flöte mit der einer Gravur auf Asdharia, der alten Elfensprache („Geliebte Valaria, mein Stern. Mögen die Götter uns immer beistehen.“)
- ein sauer schmeckender Unsichtbarkeitstrank
- ein bei Berührung Berührung zerfallendes Zauberbuch

Die Fischerhütte (22)

»Dieser Hafenmeisterin ist nicht zu trauen. Seit sie hier ist, ist alles schlechter geworden. Weniger Fische, weniger Einnahmen. Ist wie damals, als das große Feuer in Wirselgrund ausgebrochen ist. Da gingen auch merkwürdige Dinge vor sich, die nichts Gutes verheißen haben. Gefährliche Dinge. Unheimliche Gestalten am Fluss und in den Wäldern. Der Vater des Junkers hat es auch gespürt, irgendetwas wollte den Frieden stören. Aber was erzähl ich, ich bin alt, und wenn Efferd es will, beißt Morgen schon wieder ein Karpfen an.«
—Padora während eines Gesprächs mit Dörflern im Gasthaus zum Goldenen Kelch, neuzeitlich

Pardona
Pardona ist eine mysteriöse Gestalt, die unter den meisten Aventuriern als Legende angesehen wird. Es handelt sich dabei um eine durch Drachenmagie erschaffene Hochelfe, die dem Gott ohne Namen dient. Sie ist eine Schurkin von immenser Macht, deren Pläne den meisten Sterblichen unbekannt sind.

Rundgang

Nahe der Bodrin liegt eine kleine Fischerhütte. Umsäumt von einer kleinen Wiese und im Schatten eines Kastanienbaums stehen, wirkt das Fachwerkhaus direkt am Ufer des Flusses wie ein friedlicher Zufluchtsort. Die Fischerhütte dient sowohl als Wohnstätte als auch Ort, an dem die Fischerin Padora ihrer Arbeit nachgeht. Direkt an der Hütte befindet sich ein kleiner Steg zum Fluss, wo sie stets eine Angel ausgelegt hat. Oft sitzt hier die Fischerin selbst und wartet darauf, dass ein Fisch anbeißt.

Im Inneren der Fischerhütte dient das Erdgeschoss Padora als Wohnstätte. Da sie hier gelegentlich auch ihren Fang lagert, riecht es immer ein wenig nach Fisch, was Padora mittlerweile schon gar nicht mehr wahrnimmt, etwaige Gäste aber sehr wohl. Die Hütte ist so klein, dass ein Großteil des Zimmers von dem Bett der Fischerin, einem kleinen Schemel und Tisch, sowie den kargen Habseligkeiten eingenommen wird.

Im Dachstuhl wird meist noch ein Salzfass gelagert, dass sie für die Haltbarkeit ihrer Fische benutzt. Das Dach ist die Schwachstelle des Gebäudes, denn es wurde eine Mischung aus Lehm und Stroh verwendet, die nach einigen Regenfällen immer wieder erneuert werden muss. So findet man auch immer wieder kleine Pfützen in der Hütte oder es tropft bei einem Unwetter in das Gebäude hinein. Da aber gefühlt alles ständig feucht ist – was vor allem an der Nähe zur Bodrin liegt –, stört es Padora kaum.

Padoras Leben spielt sich aber nur selten in der Hütte selbst ab, sondern am Steg und am Fluss. Ein kleiner Weg führt in Richtung Wirselgrund, woher Padora auch stammt. Sie war aber nie für ein dauerhaftes Leben in Wirselgrund gemacht und lebt schon lange in ihrer etwas abgeschiedenen Hütte. Dennoch reist sie regelmäßig nach Wirselgrund, vor allem an den Markttagen, wo sie ihren Fisch verlauft und im *Gasthaus* (siehe Seite **40**) einkehrt.

Bewohner

Die Fischerhütte wird von *Padora Sindelsack* (57, graue Haare, blaue Augen, Pferdeschwanz, faltig, ist die Ruhe selbst) bewohnt. Die von den meisten Wirselgrundern *Alte Padora* gerufene Frau ist die meiste Zeit des Tages gerne allein und sitzt vor ihrer Hütte an der Bodrin, wirft ihre Angel aus und schaut, was Efferd ihr an den Haken hängt.

Mindestens einmal pro Woche reist Padora ins Dorf, um dort im Gasthaus ein paar Bier zu trinken. Padora gilt als gute Geschichtenerzählerin, die die übrigen Gäste unterhalten kann, auch wenn sie reichlich übertreibt. Am liebsten sind die Dörflern die Geschichten von seltsamen Wesen aus dem Fluss, ziegengestaltigen Ungeheuern aus den Wäldern oder die unheimlichen Geistergeschichten aus der Vergangenheit Wirselgrunds.

Einzig mit *Boltsa Rüberich* (siehe Seite **94**), der Hafenmeisterin, versteht sich Padora gar nicht. Seitdem der Flusshandel größer geworden ist, ist das Fischen deutlich schwerer geworden und es beißen nicht mehr so viele Fische an. Padora beschwert sich da-

rüber häufig bei ihrem besten Freund, dem Wirt *Ulfward Birnbier* (siehe Seite **102**).

Gelegentlich trifft sie im Wirtshaus auf den Magier *Darian Halmfold* (siehe Seite **96**) oder bringt ihm einen Fisch zu seinem Turm. Da Padora sehr abergläubisch ist, respektiert sie den Magier und fürchtet ihn sogar ein wenig. Dieser neckt die Fischerin häufig, indem er ihre Schauergeschichten korrigiert oder sie etwas spöttisch Pardona statt Padora nennt.

Manche Wirselgrunder munkeln hinter verschlossener Hand, dass Padora nicht nur von den paar Fischen lebt, die sie verkauft, sondern auch Beziehungen zu einer Schmugglerbande in den Wäldern hat.

Besonderheiten

Direkt an der Hütte wächst ein kleiner Kastanienbaum, der über eine auffällige Besonderheit verfügt: Gleich welche Jahreszeit herrscht, seine Blätter sind stets braun. Selbst im Winter fallen sie nicht ab, sondern das ganze Jahr über verliert er nur einzelne Blätter, die dann schnell – ganz in braun – wieder nachwachsen. Obwohl schon manche Dörfler hier Magie vermuten, konnten alle Zauberer bestätigen, dass der Baum keiner Zauberei ausgesetzt ist. Mittlerweile glauben die Wirselgrunder, dass es ein kleines Wunder der Göttin Tsa oder Peraine ist, immerhin wachsen auch in Wirselgrund viele Wirselkräuter und andere Pflanzen, die eher selten sind.

In ihrem Salzfass auf dem Boden versteckt Padora einen Teil ihrer Altersversicherung. Vor fast 30 Jahren fand sie im Magen eines Karpfens ein kleines Metallstück. Sie wusste nichts damit anzufangen, aber entschied sich, es aufgrund des seltsamen Aussehens aufzuheben. Tatsächlich konnte sie vor einigen Jahren dem Magier Darian Halmfold entlocken, dass es sich offenbar um ein Stück des wertvollen magischen Metalls Mindorium handeln musste. Dieses Metall wurde angeblich in einer zwergischen Mine entdeckt, was aber bislang nur eine Art Legende ist. Seitdem

bewahrt Padora ihren Schatz im Salzfass auf und will das Mindorium im kommenden Jahr verkaufen.

Padoras ganzer Stolz ist eine gefangene und präparierte Salzarele, eine Fischart, die normalerweise nicht im Kosch, sondern im Königreich Nostria vorkommt. Wer auch immer Padora einen Besuch abstattet, bekommt von ihr ihren Jahrhundertfang gezeigt.

Padora gibt sich selbst die Schuld an dem Entstehen des Flusshafens. Früher gab es zwei aufeinanderfolgende Brücken über die Bodrin, was die Flussschifffahrt mit größeren Kähnen unmöglich machte. Sie erwähnte bei Baumeister Narax, dass es nützlich wäre, würde die größere Brücke einfach aufklappen, wenn ein größerer Kahn vorbei will. Narax baute daraufhin eine moderne Brücke, die mit einem Kurbelmechanismus geöffnet werden kann, um Kähne hindurchzulassen

Die Hexenhütte (23)

»Nimm dich vor der Onse in Acht, Kleines! Sie sieht Dinge, die geschehen werden, doch nie die Guten. Und wie kann es sein, dass in ihrem Garten alles gedeiht, man sie jedoch nie bei der Gartenarbeit sieht?«
—Büttel Herwid, beim letzten Markttag zur Scholarin Alma Liebblum

Satuaria
Satuaria wird von allen Hexen als höchste Göttin geehrt und gilt als Mutter allen Lebens.

Rundgang

Folgt man von der Burg aus in südwestlicher Richtung einem schmalen, zugewucherten Pfad durch den dichten Wald, über moosbedeckte Steinen und knorrige Wurzeln, gelangt man zur verborgenen Hexenhütte. Sie scheint mit der Natur zu verschmelzen: Efeu rankt sich an den Holzwänden empor, wüchsige Schlingpflanzen umschlingen die Fensterläden, und hoch aufragendes Schilf wiegt sich um das verwitterte Dach. Die Umgebung strahlt eine urtümliche Kraft aus. Über einige natürliche Stufen aus moosüberwachsenen Wurzeln tritt man in den kleinen Vorgarten, wo zwei Enten im Tümpel nach Fröschen schnappen, Libellen über dem Wasser und Waldbienen in den Bäumen summen. Hinter einem Gatter weidet eine zufriedene Ziege im Schatten knorriger Bäume und junger Tannen. Inmitten des urtümlichen, doch gepflegten Gartens wachsen dicht an dicht Kohlköpfe, Buschbohnen und Ried. Weiterhin entdeckt man zahllose Heilkräuter, giftige Pilze, seltene Farne und geheimnisvolle Pflanzen, deren Namen allein die Hexe kennt. Ein großer Rabe mit bedrohlicher Aura hockt auf einem Ast. Mit aufmerksamem Blick beobachtet er alles, was sich dem Anwesen nähert. Die Hütte mitsamt dem umgebenden Garten befindet sich auf einem Plateau aus Fundamenten einer vergessenen Ruine. Halb eingewachsene, geborstene Mauerreste künden von einer längst vergangenen Zeit. Anscheinend sorgt der mineral- und nährstoffreiche Untergrund dafür, dass hier einige besonders seltene Pflanzen gedeihen können.

Betritt man das Innere, wird man gleich von einem Potpourri fremdartiger Düfte empfangen: Getrocknete Kräuter hängen von der Decke, Tinkturen in kleinen Tonkrügen reihen sich auf grob gezimmerten Regalen, und auf dem gemauerten Kaminfeuer blubbert in einem kleinen Kupferkessel ein mysteriöser Trank, der einen fauligen Geruch verströmt. Überall finden sich in heillosem Durcheinander verstreut allerlei Pulver, Kräuter und alchimistische Essenzen. Alle Behältnisse sind fein säuberlich beschriftet: Kupferrost steht neben dem Speichel vom Büttel *Herwid* (siehe Seite **95**), getrockneter Biberklöten neben einem Büschel Haar vom Wirtshausköter. Auf und um den Küchentisch finden sich Krüge, Geschirr und allerlei Gemüse aus dem Garten. Untätig lehnt an einer Wand der Besen der Hexe; doch auf ihren Befehl hin erwacht er zum Leben, um von selbst den Boden zu fegen oder unerwünschte Eindringlinge mit Hieben einzudecken. Noch erstaunlicher ist, dass sich im Zentrum der Hütte eine uralte Trauerweide erhebt! Offensichtlich muss das Gebäude seinerzeit um sie herum errichtet worden sein. Einige der Äste scheinen in den Dachstuhl wie Querstreben eingearbeitet zu sein. Das verleiht der windschiefen Hütte, deren Wände teils sehr improvisiert ausgebessert wurden, zusätzliche Stabilität; in windumtosten Nächten jedoch fängt der ganze Verschlag mit dem Baum an sanft zu wanken. Der mächtige Stamm der Trauerweide ist von Ornamenten durchzogen und ihre weit ausladende Krone überragt die Hütte und den umliegenden Garten, als wolle sie alle darin lebenden Organismen wie eine lebendige Schutzhülle umgeben. Vollkommen unbeeindruckt davon räkelt sich vor dem Kaminfeuer eine schwarze Katze und wartet darauf, gestreichelt zu werden. Neben der Feuerstelle liegt ein abgegriffenes Büchlein aufgeschlagen, die Seiten voller handgeschriebener Rezepte und rätselhafter Anmerkungen, die in unterschiedlichen Handschriften verfasst sind. *Trank der Fruchtbarkeit* steht auf dem geöffneten Kapitel und die Anweisungen beginnen mit der Warnung: »Niemals bei Neumond brauen, sonst drohen Mehrlinge!« In zierlichen, kaum lesbaren Zeilen folgt eine Auflistung son-

derbarer Zutaten: Benötigt werden – neben anderen Paraphernalien – das Bein einer Kröte aus dem Klebeichenbach, drei Tropfen Blut eines Neugeborenen (zur Not ersetzbar durch Hirschkalbsblut), eine abgezogene Schlangenhaut, zwei von Hand zerriebene Ilmenblätter und das Ei einer schwarzen Henne. Die Zubereitung erfordert präzises Vorgehen: Zuerst muss das Krötenbein zermahlen, dann sorgsam mit dem Blut und Hexenspeichel vermischt werden, bis die Masse eine zähflüssige Konsistenz annimmt. Zum Schluss wird das zerriebene Ilmenblatt mit der geheimen Formel »Satuarias Segen« hinzugegeben. Wenn ein fauliger Geruch aufsteigt, ist der Trank vollendet.

Bewohner

Garten und Hütte werden von der Rabenhexe *Guinessa Schattenkrächz* (32, platinblondes Haar mit einer schwarzen Strähne, hochmütig und stolz, blaue Augen, stechender Blick, auffällig lange Wimpern, stets stark geschminkt) und ihrer Tochter *Fionora* (15, perlgoldenes Haar, hochbegabt und ein herzerfrischendes Lachen, wird von den Dorfbewohnern, die ihren wahren Namen ebenfalls nicht kennen, nur „Kleen-Ons" gerufen) bewirtet. Da die Hexe sehr eitel ist, achtet sie darauf, nicht bei der Gartenarbeit gesehen zu werden. Das führt im Dorf zu allerlei Gerede. Hartnäckig hält sich auch das Gerücht, auf der alten Trauerweide liege ein Fluch: Warum sonst sollte die Hexe regelmäßig von unheilvollen Visionen heimgesucht werden? Die hochmütige Rabenhexe sieht sich als Heilerin und Trankbrauerin nicht ausreichend wertgeschätzt und strebt nach Höherem. Von dem allseits geachteten Magus *Darian Halmfold* (siehe Seite **96**), der erst vor 10 Jahren zugezogen ist, fühlt sie sich herausgefordert und provoziert diesen bei gelegentlichen Begegnungen im Dorf mit spöttischen Bemerkungen über seine abgetragene Robe. Zu ihrer Tochter hat sie eine komplizierte Beziehung: Sie liebt *Fionora* über alles, verfällt jedoch oftmals in die Rolle der strengen Lehrerin. Der große Rabe Krekel ist das Vertrautentier der Hexe und weicht nie von ihrer Seite. Der Rabe verfügt über Zauberkraft, kann mit der Hexe auf magische Art kommunizieren, warnt sie bei Gefahr und verteidigt sie im Kampf mit kräftigen Schnabelhieben. Zurecht fürchten die Menschen, den Zorn der stolzen Hexe auf sich zu ziehen, welche den Raben als Fluchboten auf ihren Hof schicken könnte, um die Ernte zu verderben oder einem Handwerker Pech an den Hals zu wünschen.

Besonderheiten

Bei den Ornamenten im Stamm der Trauerweide handelt es sich um magische geodische Schriftzeichen. Diese formen eine Schutzzone mit einem Radius von mehreren Schritten, innerhalb der Pflanzen besonders gut gedeihen. Die düsteren Visionen der Hexe rühren nicht von einem Fluch; vielmehr ist Guinessa Schattenkrächz eine begabte Seherin. Auch der Name ihrer Tochter Fionora Drachentochter, welche sie vor 16 Jahren in einer Hexennacht mit einem willenlosen Abenteurer zeugte, wurde ihr in einer Vision zuteil. Sie hält diese in Bildern fest, welche sie mit Farben aus Kohle und Erz in ihr Tagebuch zeichnet, welches sie unter ihrem Bett versteckt hält. Wehe dem, der es wagt, einen Blick hineinzuwerfen und dabei ertappt wird! Vor kurzem hat Guinessa von *Alma Liebblum* (siehe Seite **94**), der Schülerin des Weißmagiers erfahren, dass dieser Angst im Dunkeln hat und plant, den unerwünschten Fremdling bei nächster Gelegenheit vor allen Dorfbewohnern bloßzustellen. Das Auftreten des Kaiserdrachens sieht die Hexe als ihre große Chance: In ihrem Hochmut fühlt sie sich dazu berufen, mit *Drakantor* (siehe Seite **97**) zu verhandeln, um dadurch ihr Ansehen beim Junker und der Dorfbevölkerung zu mehren. Seiner Magie ist sie jedoch nicht gewachsen und kann somit leicht von ihm manipuliert werden.

Sternenfall

Plötzliche Veränderung von Sternbildern. Einige Sterne sind verloschen, andere sogar auf Aventurien gestürzt, was als eine Weltzeitenwende gedeutet wird.

Preisliste

Weissagung des Raben *	4 Silbertaler
Pech an den Hals wünschen (ein Fluch)	25 Dukaten
Trank der Heilung (Heiltrank)	30 Dukaten
Levthans Trank (Liebestrank)	40 Dukaten
Trank der Fruchtbarkeit	50 Dukaten

*) In Trance deutet die Hexe den Flug ihres Raben Krekel, um Ratsuchenden die Zukunft zu enthüllen

Das Köhlerlager (24)

»Hmm, Ihr zweifelt, dass meine Kohle heißer und länger brennt als alles, was Ihr jemals angefacht habt? Hier, nehmt einige Brocken und überzeugt Euch von der Qualität.«
—Köhler Jast Hintersass, zu einem Zwischenhändler beim letzten Markttag

Rundgang

In einiger Entfernung südwestlich zur Burg befindet sich derzeit das Köhlerlager inmitten des Waldes an einem kleinen Bachlauf, dem Klebeichenbach. Ein schmaler, holpriger Weg führt Richtung Wirselgrund zum Abtransport der fertigen Kohle. Als provisorische Behausung für den Köhler dient eine kleine Hütte, gefertigt aus Rundhölzern für die Wände und Holzscheiten für das Dach. Sie kann durch eine schmale Tür, die in erster Linie als Windschutz dient, betreten werden. An einem Wandhaken neben dem Eingang hängt eine Schaufel stets griffbereit. Die Hütte wurde um eine teilweise im Erdreich ausgehobene Grube auf einem kleinen Hügel errichtet. In ihrer Mitte befindet sich ein schmaler Ofen sowie eine recht bequem aussehende Schlafgelegenheit. Mehrere Baumstümpfe, junge Fichten und diverse Pflanzen auf dem Hügel sowie am Uferbereich des Wasserlaufs umringen die provisorische Behausung. Ein Stapel bereits zugeschnittener Baumstämme sowie ein aufgebocktes Holzstück samt Säge in unmittelbarer Nähe des Lagers zeugen von der Betriebsamkeit des Köhlers. Weißer Rauch drängt aus der Mitte des angefachten runden Kohlemeilers. Dessen äußere Beschichtung dient als Luftabschluss und hat sich mit der Zeit schwarz verfärbt, was sowohl auf die Hitzeentwicklung als auch den hohen Ascheanteil der zum Verkohlen verwendeten lehmigen Grasnaben zurückzuführen ist. Mehrere senkrechte Hölzer stabilisieren das Konstrukt. Über eine Leiter kann der Köhler den Meiler erklimmen, um nach dem Rechten zu schauen, denn von oben lässt sich die richtige Luftzufuhr besser kontrollieren. Einige grüne Tannenzweige auf der Außenhülle trotzen weiterhin der Hitze.
Ein weiterer Kohlemeiler aus jungen, schmalen Holzstämmen nahebei ist fast fertiggestellt. Am Beginn des Feldweges dient ein kleiner Verschlag mit Schrägdach der Aufbewahrung verkaufsfertiger Kohle. Zum Überbrücken des Klebeichenbachs nutzen der Köhler und sein Gehilfe einen schmalen Steg. Neben dem Pfad zur Köhlerhütte ist ein kleines Lagerfeuer angefacht, in einiger Entfernung dazu stehen mehrere fertig abgepackte Stoffsäcke mit Kohle scheinbar wahllos auf dem Boden verteilt.

Bewohner

Seit etwas mehr als einem Jahr hat der Köhler *Jast Hintersass* (52, Vollbart, dunkelbraune, verfilzte Haare, kohleverschmierte Haut, Knollennase, linker Zeigefinger verstümmelt, speckige Lederhose, abgetragenes Wams, mürrischer Blick) das Köhlerlager an diese Stelle verlegt, da der Wald um das alte Lager schon stark gerodet war. Jast ist gebürtiger Wirselgrunder und genießt hohe Achtung unter den Dorfbewohnern. Diesen ist bewusst, wie wichtig seine Arbeit für diverse Handwerke des Dorfes ist, insbesondere für die Schmiede und Glockengießerei. Auch in den kalten Koscher Wintern weiß man die Qualität seiner Kohle zu schätzen. Jast ist Meister seines Fachs und präpariert mithilfe von Säge und Axt die zum Verkohlen gedachten Holzstämme auf optimale Größe. Die Schaufel im Lager nutzt er zur luftdichten Abdeckung der Kohlemeiler und verlädt damit die fertige Kohle anschließend auf einen kleinen Einspänner. Da das kontrollierte Verkohlen stets überwacht werden muss, nächtigt er in der kleinen Hütte unweit des Meilers. Gerät das Holz in Brand oder ist die Luftzufuhr zu gering, muss er rasch einschreiten können. Trotz des großen Altersunterschieds hat er ein Auge auf die Schmiedin *Losiane Hangeisen* (siehe Seite **100**) geworfen und besucht sie häufiger, als es die Anlieferung der Kohle eigentlich erfordert. Jast kennt den umliegenden Wald mitsamt seiner Schmugglerbanden wie seine Westentasche. Zudem pflegt er einen gelegentlichen Austausch mit der Hexe *Guinessa Schattenkrächz* (siehe Seite **98**), welche in ihrer Waldhütte einige Meilen westlich des Lagers lebt. Er vertraut sich ihr in Sachen Heilkunde immer wieder an, auch wenn sie ihm bei der Verstümmelung seines kleinen Fingers durch einen verunglückten Axthieb nicht mehr helfen konnte.
Unterstützt wird der Köhler durch seinen exotisch anmutenden Gehilfen *Brin E'thos* (31, kohlrabenschwarze Augen, Glatze, komplett tätowierte Arme, athletisch, trägt weite Leinenhose mit grauer Wolltunika, spricht kaum, unheimliche Aus-

strahlung), der seine Schlafstätte bei einem Dorfbewohner in Wirselgrund hat. In kühleren Monaten übernachtet er dort, um morgens mit dem Einspänner zum Lager zu fahren und am Abend einen Teil der Holzkohle ins Dorf zu transportieren. In der wärmeren Jahreszeit kommt es gelegentlich vor, dass Brin auf einer Hängematte unweit des Kohlemeilers zwischen zwei mächtigen Bäumen nächtigt. Beim Fällen der Bäume, dem Aufbau eines neuen Kohlemeilers sowie dem Verladen der Ware ist der Gehilfe von großem Wert. Ohne ihn wäre die Arbeit auf Dauer für den Köhler kaum zu bewältigen. Von der eigentlichen Technik des Verkohlens hat Brin jedoch wenig Ahnung und zeigt zum Verdruss des Köhlers auch kein Interesse, sich dieses anzueignen. Der Gehilfe geht der Hexe nach Möglichkeit aus dem Weg. Er befürchtet, sie könnte seine Verehrung für den Kaiserdrachen *Drakantor* (siehe Seite **97**) erahnen und ihn mit einem Fluch belegen.

Besonderheiten

Das Wasser des Klebeichenbaches, an dem der Köhler sein Lager aufgeschlagen hat, fällt durch eine dunkle Färbung auf. Unter den abergläubischen Dorfbewohnern ranken sich unzählige Legenden um potenziell magische und heilende Effekte des Wassers. Es wird vermutet, dass der Bach aus einer Quelle auf einem Felsplateau oberhalb der Elfenruine entspringt. In der Tat wird der Stahl, der mit diesem Wasser gehärtet wurde, deutlich robuster. Auch die Kohle, welche damit abgelöscht wurde, brennt länger und heißer als herkömmliches Material. Einige Dorfbewohner munkeln daher, die vorzügliche Klangqualität der Wirselgrunder Glocken wäre indirekt auf die Beteiligung dieses Wassers zurückzuführen.

Den im Bau befindlichen Kohlemeiler nutzt Jast als Versteck und Zwischenlager für die Schmuggler- und Diebesware der Räuberbanden, mit denen er Handel treibt, da niemand auf die Idee käme, die eigenwillige Aufschichtung der Holzstämme abzudecken. Dem Gehilfen ist dies nicht verborgen geblieben und er nutzt dieses Wissen, um einen Anteil an den Gewinnen aus der Hehlerei zu beanspruchen.

Die Zwergenmine (25)

»Als jedoch sein Ende nahte, verfluchte der elende Drakkin die Zwerge von Drakfold – und riss mit seinem letzten Atemzug ganze Sippen mit sich in den Abgrund der Binge, wo sie bis heute ihr Unwesen treiben und Jagd machen auf alles, was lebt.«
—Baumeister Narax, erinnert jedes Jahr am Tag des Sieges an die gefallenen Angroschim

DRACHENZAHN
Einhändig geführte Waffe der Angroschim.

FELSSPALTER
Mächtige, zweihändig geführte Axt zwergischer Machart.

DRACHENTÖTER
Überlanger Spieß, der von zwei zwergischen Elitekämpfern zur Drachenjagd eingesetzt wird.

Rundgang

An der nördlichen Grenze des Junkertums Schwanbrück in den Ausläufern eines Tannenwaldes, am Rücken des Berges Schwingenfall gelegen, findet sich der Zugang zu der verlassenen Mine. Auch 300 Jahre nachdem diese aufgegeben werden musste, steht der einstmals stolze Windenturm noch. Die imposante Holzkonstruktion zeigt bereits deutliche Spuren des Verfalls und das Windenrad ist so verrostet, dass selbst der stärkste Zwerg es nicht mehr bedienen kann. Der Zugang zum unterirdischen Teil der Mine befindet sich in einer robusten Holzhütte, die immer noch Wind und Regen trotzt. Knarzend öffnet sich die grobe Holztür. Dicke Schichten von Staub liegen über der kargen Einrichtung, in der sich die Zwerge einst für ihren Dienst zurechtgemacht haben. Einfache Bänke, um Stiefel zu wechseln und Haken an den Wänden, um die Grubenlaterne aufzuhängen, künden von der Zeit, als hier der magieabweisende Kosch- und Blaubasalt und so manch andere Kostbarkeit des Gebirges Lore um Lore zu Tage gefördert wurde. Für Behaglichkeit sorgte eine Feuerstelle, die seit Jahrhunderten nicht mehr entfacht wurde. Geschützt durch eine einfache Luke führt eine äußerst schmale, scharf gebogene steinerne Wendeltreppe so steil in die Tiefe, dass einem beim Abstieg leicht schwindelig werden kann. Vorsicht ist zudem geboten, da kein Geländer vorhanden ist und die Stufen durch endlose Nutzung reichlich abgewetzt sind. Alle paar Schritt finden sich auf Kopfhöhe Halterungen für Fackeln in der Wand, die jedoch alle leer sind. Stößt man am Ende der Treppe die schwere Gittertür auf, steht man direkt unterhalb des Windenturms. Hier wurde die wertvolle Ladung aus den Loren in einen Korb verklappt, um dann mit der Winde nach oben gehievt zu werden. Sobald sich die Augen an die dunkle Umgebung gewöhnt haben, vermag man Einzelheiten der zwergischen Schaffenskunst zu erkennen. Mit Hammer, Stößel und endloser Geduld haben sich die emsigen Angroschim über die Jahrhunderte tief in den Felsen gegraben, sorgsam die Stollen ausgebaut und sich dabei die natürliche Statik des Massivs zu Nutze gemacht. Um den Transport der schwer beladenen Loren zu erleichtern, wurden Trassen aus Eichenplanken mit eingelassenen Schienen errichtet. Noch immer warten einige Loren auf großen eisernen Rädern darauf, dass die nächste Fuhre abtransportiert wird. Ebene um Ebene führen die Trassen durch die Stollen hinab und in zahllose Seitengänge hinein. An einigen Stellen kann man im Gestein ein helles Schimmern erkennen. Doch jede Hoffnung auf eine Goldader oder größere Mengen des begehrten magischen Metalls Mindorium ist vergebens: Von den ursprünglichen Schätzen des Berges haben die Zwerge nahezu alles abgetragen. Ein sanftes Gluckern lässt sich vernehmen. Gemütlich sucht sich ein Gebirgsbach seinen Weg durch die Mine; plötzlich jedoch stürzt er mehrere Ebenen hinab in die Tiefe. An dieser Stelle sind zwei schwere Armbrustgeschütze befestigt. Die Wände sind schwarz verkohlt und von gewaltigen Klauenhieben zerfurcht: Spuren vom siegreichen Kampf gegen den alten Kaiserdrachen. Anscheinend wurde Drakkin hier einst die tödliche Falle gestellt. Je weiter man in das Herz der Mine vordringt, umso stickiger und wärmer wird die Luft, umso unheimlicher wird die Atmosphäre. Aus un-

belichteten Seitengängen vermeint man immer wieder das Nahen von Schritten und das Scheppern von Metalwaffen zu hören, die an Felswänden entlang schleifen. Ein unerträglicher Gestank liegt in der Luft, der mit jedem Schritt schlimmer zu werden scheint. Gelingt es hartgesottenen Helden, ihre Selbstbeherrschung zu wahren, können sie dem bestialischen Gestank bis in einen Seitengang folgen. Dort liegen inmitten eines Berges von teilweise noch warmem Drachenkot drei melonen-große Eier.

Bewohner

Die Eier stammen von dem Tatzelwurmweibchen, dass sich in der verlassenen Mine niedergelassen hat. Die vier Schritt lange Echse zählt zu den Niederen Drachen und hat mit ihren fliegenden Verwandten wenig gemein. Sie hat keine Flügel, sondern bewegt sich stattdessen behände auf drei Beinpaaren. Sie speit kein Feuer, stößt dafür aber einen Gestank aus, der in Aventurien seinesgleichen sucht. Sollte einer der Eindringlinge einen glitzernden Gegenstand bei sich führen, greift sie erbarmungslos an, versucht diesen mit kraftvollen Klauenhieben und wuchtigen Schwanzschlägen zu Fall zu bringen und dann zuzubeißen. Sollten die Grubenforscher den Angriff überleben, entdecken sie in einer Nische den „Hort" des Tatzelwurms: 8 Silbertaler und einen glänzenden, doch wertlosen Stein. Zu ihrem Entsetzen müssen die »Drachentöter« weiterhin feststellen, dass sich der bestialische Geruch trotz aller Reinigungsmaßnahmen bis zu zwei Wochen lang hält.

Überall in der Binge kann man auf untote Zwergenskelette treffen. Während diese auf den oberen Ebenen zum Großteil bereits vernichtet wurden, steigt die Wahrscheinlichkeit einer Begegnung, je tiefer man hinabsteigt. Von Drakkin zum untoten Dasein verflucht, bekämpfen die Skelette alles Lebendige mit unbändigem Hass. Sie fliehen nicht und spüren keinen Schmerz. Schlimmer noch: Zierliche Waffen wie Dolche, Degen oder Pfeile schaden ihnen kaum. Je nach Ursprungskörper sind die Skelette zwischen 1,20 und 1,40 Schritt hoch und unterschiedlich gerüstet und bewaffnet – vom einfachen Drachenzahn über die klassische zwergische Streitaxt bis hin zum Felsspalter. Selbst eine Begegnung mit zwei Zwergenskeletten, die einen Drachentöter führen, ist möglich.

Weiterhin muss bei einem längeren Aufenthalt in der Mine mit giftigen Höhlenspinnen und Gruftasseln gerechnet werden. Beide Spezies sind perfekt an ihre Umgebung angepasst, können im Dunkeln sehen und versuchen, aus dem Hinterhalt anzugreifen.

Besonderheiten

Am Fuße des Wasserfalls begraben unter einem Berg Steine, mit denen Drakkin in den Tod gestürzt wurde, lassen sich noch Drachenknochen bergen. Voraussetzung dafür ist, dass es gelingt, schweres Gerät und entsprechende Ausrüstung in die unterste Ebene der Binge zu schaffen. Der Aufwand könnte sich allerdings lohnen: Ein einzelner Zahn oder eine gut erhaltene Schuppe des Kaiserdrachens können bis zu 1.500 Silbertaler wert sein.

Ursprünglich lag in einer der Kammer zur Seite des Wasserfalls auch die goldene, edelsteinbesetzte Krone, mit welcher Drakkin einst in die Falle gelockt wurde. Das Juwel wurde während der folgenden Schlacht in die Tiefe geschleudert und gilt seit 300 Jahren als verschollen. Tatsächlich wurde es jedoch vor kurzem von der trächtigen Tatzelwurm-Dame gefunden. Durch die Aufregung um ihre Eiablage hat sie jedoch vergessen, wo sie das funkelnde Teil verscharrt hat. Als Niederer Drache hat sich die Tatzelwurmin dem Kaiserdrachen *Drakantor* (siehe Seite **97**) unterworfen und wird ihn unterrichten, wenn sich in die Binge wieder lebendige Zwerge oder Schatzsucher verirren sollten. Der Fluch, welcher die Zwerge zum untoten Dasein zwingt, lässt sich nur brechen, indem der Karfunkel von Drakkin in die Hände seines rechtmäßigen Erben gelangt oder zerstört wird. Beides wird Balinor, der amtierende *Junker von Blaustein* (siehe Seite **94**), um jeden Preis zu verhindern suchen.

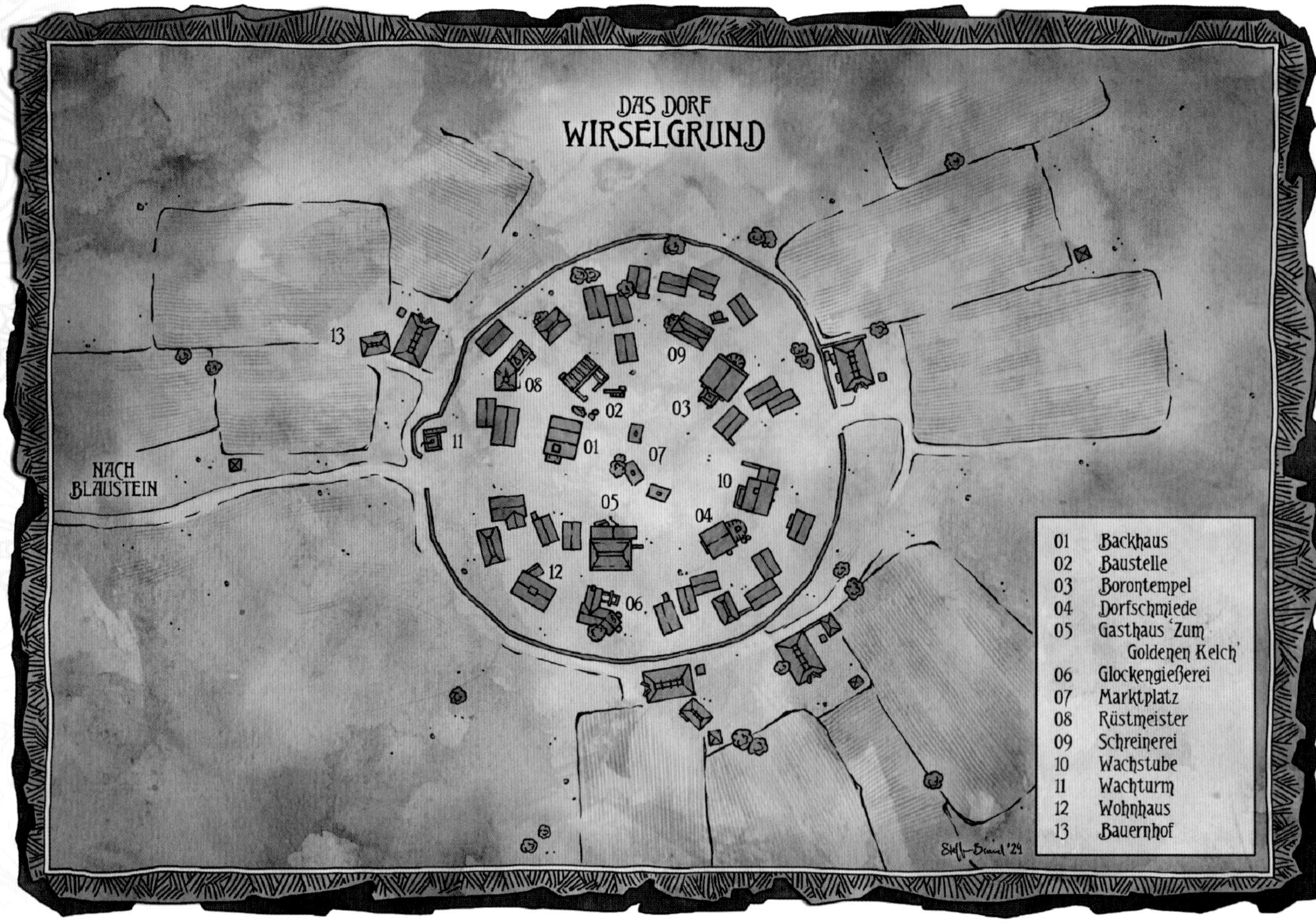
Das Dorf
Wirselgrund
Nach Blaustein
13
11
08
02
01
09
03
07
10
05
04
12
06
01 Backhaus
02 Baustelle
03 Borontempel
04 Dorfschmiede
05 Gasthaus 'Zum Goldenen Kelch'
06 Glockengießerei
07 Marktplatz
08 Rüstmeister
09 Schreinerei
10 Wachstube
11 Wachturm
12 Wohnhaus
13 Bauernhof

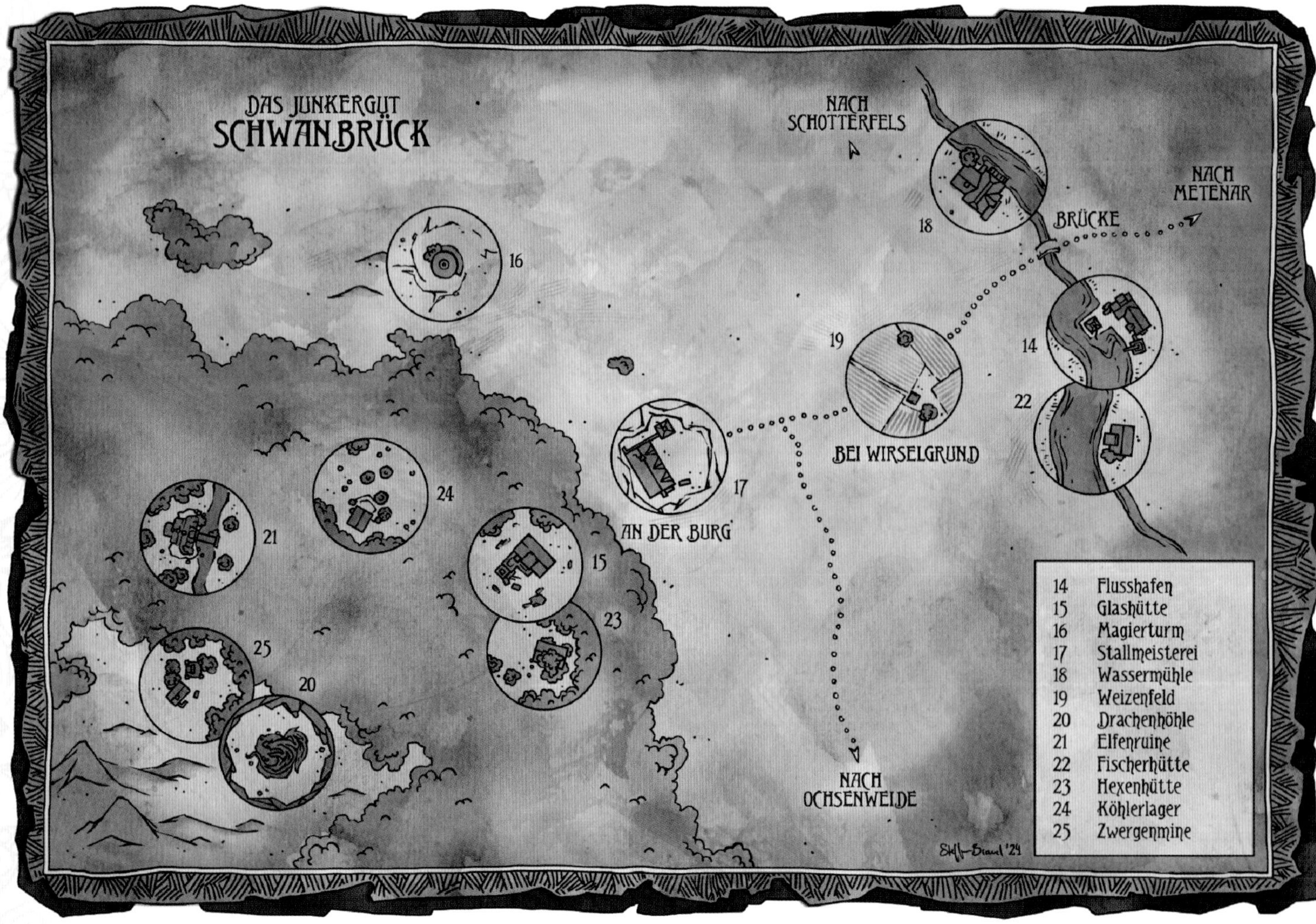
Das Junkergut
Schwanbrück
Nach Schotterfels
Nach Metenar
Brücke
Bei Wirselgrund
An der Burg
Nach Ochsenweide
16
18
19
14
22
17
24
21
15
23
25
20
14 Flusshafen
15 Glashütte
16 Magierturm
17 Stallmeisterei
18 Wassermühle
19 Weizenfeld
20 Drachenhöhle
21 Elfenruine
22 Fischerhütte
23 Hexenhütte
24 Köhlerlager
25 Zwergenmine

Burg Blaustein

Koschbasalt ist ein tiefgraues Vulkangestein mit regenbogenfarben schimmernden Einschlüssen, dessen Abbaugebiete nur in den Koschbergen zu finden sind. Gewaltige Vorkommen liegen in den Koscher Bergfreiheiten und damit in den Händen der Zwerge, doch auch in der Nähe von Albenhus wird das seltene Gestein abgebaut. Koschbasalt hat eine permanente antimagische Wirkung, die jegliche Zauberei, die durch ihn hindurch gewirkt wird, je nach Dicke des Materials abschwächt oder sogar vollständig aufhebt. Eine noch stärkere Wirkung hat lediglich der seltenere, ultramarin schimmernde Blaubasalt, der astrales Wirken regelrecht absorbiert.
Schon viele Zauberer und Gelehrte haben sich mit der Frage beschäftigt, warum das antimagische Gestein ausschließlich und gerade im Kosch liegt und wie seine besondere Wirkung zu erklären ist. Eine einheitliche und vor allem belegbare Antwort, die über Deutungsversuche unterschiedlicher Traditionen hinausgeht, existiert bis heute nicht.“

An dieser Stelle zeigen wir dir den Weg von der anfänglichen Grundburg über die verschiedenen Erweiterungen bis hin zum aktuellen Stand. Dabei werden die in den jeweiligen Abschnitten auch die Bewohner jener Zeit kurz beschrieben, im letzten Abschnitt die aktuelle Besetzung der Burg.
Für ein Koscher Junkergut ist Burg Blaustein ein beeindruckendes Bauwerk. Die Größe der Burg stellt den Sitz manches Barons in den Schatten und ist von der Konstruktion vielen vergleichbaren Bauwerken dank der zwergischen Genialität überlegen. Dabei ist zu beachten, dass Burg Blaustein über Jahrhunderte erweitert wurde und seine jetzige Form auch noch nicht das Ende sein dürfte.

Die Grundburg

»Ich kann mich noch daran erinnern, als ob es gestern gewesen wäre: Mein guter Freund Leosil, er war ein so tapferer Mann und hat uns Zwerge gerettet. Ohne ihn wären wir nur noch Asche gewesen, als Drakkin uns angriff. Und er verlor sein Zuhause. Es war mir eine Ehre, ihm helfen zu können, bei Angrosch!«
—Narax, der Baumeister Blausteins, neuzeitlich

Rundgang

Vor etwa 300 Jahren stand auf der Anhöhe, auf der sich Burg Blaustein heute befindet, nur eine kleine Hochmotte. Die Adligen des Koschs galten schon seit langer Zeit als ärmlich und auch der damalige Junker *Leosil von Schwanbrück* konnte sich nicht mehr leisten. Allerdings führte ein Glücksfall dazu, dass mit ihm der Bau einer echten Burg begann. Im Grunde war es kein Glück, sondern ein Unglück, was dafür sorgte, denn zu jener Zeit gelangte ein furchtbarer Kaiserdrache namens *Drakkin* nach Drakfold. Der Drache wurde für die Zwerge der Baronie, die sich insbesondere in einer Mine Funde von Blaustein und magischen Metallen erhofften, zu einer Bedrohung. Zusammen mit dem Junker und den letzten überlebenden Zwergen gelang es, den Drachen zu besiegen. Einer jener Zwerge war *Narax*, der heute als der Baumeister von Burg Blaustein bekannt ist. Er schwor dem Junker für dessen Beistand gegen den Drachen Treue und begann für ihn die durch den Drachen zerstörte Hochmotte durch eine feste Burg zu ersetzen.

So entstand die Grundburg von Blaustein. Die Burg konnte grundsätzlich nur durch ein hölzernes Torhaus betreten werden, dass über eine Zugbrücke verfügte. Gesichert war die Burg zudem von einem hölzernen Palisadenwall aus angespitzten Steineichen. Narax' Ressourcen waren damals noch begrenzt, sodass er keine Steinmauer erschuf, dennoch bestand er auf die recht feuerfesten Steineichen, falls nochmals ein Drache angreifen würde. Der Palisadenwall war zudem mit einem kleinen Wehrgang versehen, um etwaige Angreifer früh sehen und angreifen zu können.

Der Palisadenwall umgab jedoch nur die vordere Seite der Burg, der Rest von Blaustein wurde durch die Mauern der Gebäude eingegrenzt und war selbst für einen geübten Kletterer kaum zu überwinden.

Im Innenhof befand sich, wie auch heute, ein Brunnen, der für die Versorgung der Burg mit Wasser zuständig war. Der Brunnen war ein Überbleibsel der Hochmotte, musste aber aufgrund von Zerstörungen neu gebaut werden.

Eine Besonderheit der Grundburg stellten die beiden Bäume im Innenhof da. Sie überstanden den Feueratem des Drachen, als er die Hochmotte niederbrannte. Der Junker sah es als Zeichen Ingerimms und Rondras, dass diese beiden Bäume der Vernichtung entgingen, und bat Narax darum, sie nicht zu fällen.

Im untersten Stockwerk des Hauptgebäudes lag der Gesindetrakt. Dort war alles vorhanden, was man zum Kochen brauchte: ein Lager für Gemüse und andere Zutaten, eine Kochstelle und ein Ofen. Von hier aus führte auch ein geheimer Zugang nach draußen, sodass man die Burg im Notfall Richtung der Berge verlassen konnte.

Im 1. Obergeschoss befand sich der Junkerraum. Hier hielt der Junker Rat und empfang Gäste. Neben Stühlen und einem Tisch stach besonders der Kamin hervor. Am bemerkenswertesten waren jedoch die bunten Wandmalereien, die den gesamten Raum zierten. Sie wurden direkt auf den Stein gemalt und zeigten vor allem florale Muster und Zeichnungen. Zur damaligen Zeit waren solche Zeichnungen nicht nur beliebt, der Hausherr galt auch als mit der Göttin Tsa verbunden und wollte ihrer Verehrung Rechnung tragen, indem er den Raum nicht im tristen Grau der zwergischen Architektur untergehen lassen wollte. Noch heute sind die Wandmalereien erhalten und werden alle paar Jahrzehnte restauriert.

Eine Treppe führte ins 2. Obergeschoss. Hier wurde das herrschaftliche Schlafzimmer des Junkergeschlechts untergebracht. Es nimmt bis heute einen großen Teil des Raums ein. Im Winter war das Schlafzimmer durch den unten heißenden Kamin gut gewärmt. Als Luxus baute Narax damals in dem Obergeschoss auch noch ein Abort ein.

Bewohner

Viele Bewohner gab es zur Zeit der ersten Bauphase nicht. Der amtierende Junker *Leosil* bewohnte vorher die Hochmotte, zog

dann aber nach Fertigstellung der Burg dort ein. Das Gesinde und die Handvoll Wachen lebten im nahegelegenen Wirselgrund, erst ein paar Jahre später zog Leosils Ehefrau *Zilda von Alriksfurt* ein, die er während einer Garetienreise kennengelernt hatte.

Einzig Narax war ein dauerhafter Bewohner, was aber vor allem an der langen Bauzeit lag. Seit diesem Zeitpunkt soll der Zwerg immer wieder dort in der Burg übernachten, wo es gerade passt, was nicht unbedingt bedeutet, dass er einen eigenen Raum besitzt. Man sagt, er schlafe sogar lieber auf dem felsigen Boden oder zwischen den Bäumen im Innenhof.

Besonderheiten

An der Burg wachsen zwischen den Spalten des Berges und der Steine auffällig viele Pflanzen. Neben dem üblichen Wirselkraut, das in der Gegend wohl allerorten anzutreffen ist, sind auch viele weitere Pflanzen anzutreffen. Manch ein Tsageweihter soll gespürt haben, dass Burg Blaustein nicht nur ein ingerimmgefälliges Projekt ist, sondern auch Tsa die ständigen Veränderungen gut gefallen und sie so ihren Segen auf die Burg gelegt hat. Das Wachsen zahlreicher Pflanzen soll dafür ein Zeichen sein. Obwohl durch die zahlreichen Bauarbeiten immer wieder auch Pflanzen entfernt werden mussten, tauchen sie an anderer Stelle wieder auf.

Elida ist als einzige aufgefallen, dass die bunten Wandmalereien im Junkerraum möglicherweise eine tiefere Bedeutung haben. Gut verborgen in den floralen Mustern kann sie einen Drachenkopf erkennen und hat auch den Karfunkel bemerkt, der in einer Szene zu sehen ist. Tatsächlich hat der erste Junker von Burg Blaustein die Geschichte des Kampfes mit Drakkin und das Geheimnis um den Verbleib seines Karfunkels hier verewigt.

Baustufe	Jahr	Auftraggeber
Motte	vor 300 Jahren	?
Grundburg	vor 300 Jahren	Leosil von Schwanbrück
Bergfried	vor 250 Jahren	Ulina von Schwanbrück
Vorburg	vor 150 Jahren	Alfbert von Schwanbrück
Saalbau	vor 100 Jahren	Serilia von Schwanbrück
Hurde	vor 25 Jahren	Thimorn von Schwanbrück
Münzturm, Torhaus, Schildwerk	aktuelle Planung	Balinor von Schwanbrück
?	wird die Zukunft zeigen	?

Der Bergfried

»Die Herrin Ulina ist mir in guter Erinnerung. Sie war klug, planend und vorsichtig. Zudem hielt sie ihr Wort, koste es, was es wolle. Sogar Bäume ließ sie versetzen, auch wenn es wirklich ein waghalsiges und kostspieliges Unternehmen war. Ihr Mann war das Gegenteil, aber sehr gutaussehend. Sie passten hervorragend zusammen.«
—Narax, der Baumeister Blausteins, neuzeitlich

Rundgang

50 Jahre nach der Entstehung von Burg Blaustein beauftragte *Ulina von Schwanbrück*, die neue Junkerin des Lehens, Narax mit dem Bau eines Bergfriedes. Obwohl die Koscher Adligen als nicht besonders vermögend galten, war die Junkerin eine geschickte Geschäftsfrau und konnte sowohl Koschbasalt als auch einige gefundene Mindorium-Stücke auf ihrem Land zu Geld machen, um so den Bau zu finanzieren.
Narax suchte sich geeignete Handwerker und konnte den Bau vorantreiben. Nachdem er den Bergfried vollendet hatte, musste er sich eingestehen, dass er mit der Konstruktion nicht vollends zufrieden war. Etwa 100 Jahre später ließ der den Bergfried nochmals erneuern und verstärkte die Wände.

In den frühen Jahren von Burg Blaustein konnte Narax noch nicht absehen, wie groß und prächtig die Burg wirklich werden würde, und so entschied er sich bei der ersten Erweiterungsphase um den Bergfried, diesen möglichst eng ans Hauptgebäude zu setzen.
Infolgedessen kam es zu einigen baulichen Veränderungen. Zunächst mussten die beiden Bäume neben dem Hauptgebäude weichen, aber auch die Palisade wurde erweitert und ein Teil der Dachkonstruktion des Hautgebäudes wurde abgetragen, sodass es einen hölzernen, überdachten Verbindungsweg zwischen Bergfried und Hauptgebäude gab.
Das unterste Geschoss dient bis heute als Zisterne. Ein Eimer konnte an einer Kurbel im Stockwerk darüber hinuntergelassen werden und so Wasser aus den Tiefen des Berges heraufbefördern. Die Zisterne konnte somit den Bewohnern, die sich im Bergfried verschanzen mussten, eine sichere Versorgung mit Trinkwasser gewähren. Ansonsten lagerten hier in Säcken noch Vorräte.
Ein Stockwerk über der Zisterne lag der Kurbelraum, mit dem man das Seil und den Wassereimer in die Tiefe hinablassen konnte.
Das dritte Geschoss diente als Übernachtungsmöglichkeit für die Burgwachen, die im Bergfried Dienst taten, es konnte auch als Gefängniszelle genutzt werden, wenn es sein musste.
Auf der obersten überdachten Plattform wurden Schießscharten eingebaut, die dazu genutzt wurden, Feinde anzugreifen, wenn sie sich Burg Blaustein näherten.

Bewohner

Ulina von Schwanbrück zeigte in ihrer Jugend ihr hesindegefälliges Wissen und ihren phexischen Verstand. Als sie das Erbe ihres Vaters antrat, wollte sie mit der Hilfe von Narax ihrer Burg einen wehrhaften Bergfried spendieren, denn sie sah durchaus ein, dass die restliche Burg gewisse Schwachstellen hatte und einem Angriff eines größeren Verbundes von Kämpfern nicht lange standhalten würde. Durch geschickte Verhandlungen mit Fernhändlern in Angbar und Ferdok, sowie dem glücklichen Fund von Mindorium gelang es ihr, gewissen Reichtum zu erzielen, um den Bau voranzutreiben.
Sie heiratete erst spät den weniger von Hesinde gesegneten, dafür rahjagleich aussehenden Edlen *Ulfons von Koschtal*. Ihr Gemahl ist in Wirselgrund noch heute bekannt und wird von Männern als Vorbild eines gepflegten Äußeren betrachtet, oder für eine charmante Art, auch wenn man dafür nicht besonders helle sein muss.

Besonderheiten

Die beiden Bäume, die kurz vor dem Bau der Grundburg fast dem Flammenatem des Drachen Drakkin zum Opfer gefallen waren und die der damalige Junker nicht fällen lassen wollte, standen dem Bauunternehmen des Bergfrieds im Weg. Während Narax als einfachste Möglichkeit das Fällen der Bäume vorschlug, wollte die Junkerin dem Wunsch ihres Großvaters entsprechen und die Tanne und Fichte nicht anrühren. Nach langer Überlegung entschloss sie sich, einen denkbar kostspieligen Weg einzuschlagen:

Waffen und Rüstungen der Burgwachen

Obwohl der Adel des Koschs als „arm wie eine Tempelmaus“ gilt, so hat Balinor immerhin 10 Burgwachen auf Burg Blaustein untergebracht, die er mit guten Waffen und Rüstungen ausgestattet hat.
Der **Koscher Kurzbogen** wurde ursprünglich als reine Jagdwaffe entwickelt, hat sich aber im Kosch über die Jahrhunderte weit verbreitet und ist wegen seiner kompakten Größe auch bei den Zwergen der Region beliebt.
Als Standardwaffe dient die mächtige **Hellebarde**, mit der man sowohl gut Rüstungen aus Metall als auch Drachenschuppen knacken kann und zumindest zu einem menschlichen Gegner auch Distanz waren kann.
Statt eines Schwertes tragen die Burgwachen den günstigeren **Säbel** oder ein **Kurzschwert**.
Als Rüstung hingegen nutzen sie hingegen vorbildlich ein **Kettenhemd**, dass ihnen von der Schmiedin des Dorfes in mühevoller Kleinarbeit angefertigt wurde.

Die Bäume sollten umgepflanzt werden. Auch wenn jeder ihr von diesem törichten Vorhaben abriet, gelang des tatsächlich mit Hilfe der Tsa- und Perainekirche, die beiden Bäume unversehrt zu entfernen und abseits der Burg wieder einzupflanzen.

Obwohl Burg Blaustein nur schwer einzunehmen war, musste die Junkerin im hohen Alter von 70 sich eines Angriffs eines Raubritters erwehren. Tatsächlich gelang es dem Ritter mit seinem Gefolge, die Palisaden zu überwinden und in die Burg einzudringen, aber die Junkerin und ihre Leute konnten sich im Bergfried tagelang verschanzen, bis der Ritter durch die Soldaten des Barons vertrieben werden konnte. Der Legende nach war das Halten des Bergfrieds der Göttin Tsa zu verdanken, die wohlwollend auf die Junkerin blickte, da diese die beiden Bäume nicht fällen wollte, sondern kostspielig versetzte.

Anreden

Adlige und andere Würdenträger werden vom gemeinen Volk mit einem Titel angesprochen:

Kaiser/in	Euer Kaiserliche Majestät
Fürst/in	Euer Durchlaucht
Graf/Gräfin	Euer Hochwohlgeboren
Baron/in	Euer Hochgeboren
Edle/r, Junker/in	Euer Wohlgeboren
Ritter/in	Euer Wohlgeboren oder Hoher Herr/Hohe Dame
Priester/in	Euer Gnaden
Magus/Maga	Hochgelehrte/r Herr/Dame

Die Vorburg

»Wenn ich daran denke, wie es uns gelungen ist, die Vorburg zu errichten … mir fehlen noch heute die Worte. Ohne die Macht der Magie wäre es nicht gelungen, niemals. Man kann Steine versetzen, aber ganze Berge, das ist nicht das Werk von zwei Händen, sondern von geodischen Zauberern. Aber es ist uns gelungen.«
—Narax, der Baumeister Blausteins, neuzeitlich

Rundgang

Die nächste Erweiterung von Burg Blaustein erfolgte vor 150 Jahren. Zwar ging es dem damaligen Junker *Alfbert* finanziell nicht sonderlich gut, er war jedoch getrieben davon, der Welt ein Monument zu hinterlassen. Er wollte seine Burg zu der größten Festung des ganzen Koschs machen und verschuldete sich für dieses Projekt sogar. Narax kam ihm zwar aus Freundschaft entgegen, aber die Vorstellungen des Junkers waren kaum umsetzbar: Zu gewaltig waren seine Vorstellungen von einer Vorburg und der Platz kaum ausreichend.

Narax musste dieses Mal nicht nur auf sein Können als Baumeister zurückgreifen, sondern auch auf die magischen Fähigkeiten eines zwergischen Zauberers, eines Geoden. Mit seiner Hilfe wurde ein Elementarwesen des Erzes beschworen, das den Berg auf Burg Blaustein über Wochen hinweg veränderte, sodass mehr Platz für das Bauvorhaben entstand. Schlussendlich gelang es Narax, die Vorburg zu errichten, ein Meisterwerk seiner eigenen Arbeit. Der Junker verstarb etwa eine Woche vor der Fertigstellung an einer kurzen, aber tödlichen Krankheit.

Eine der größten Auffälligkeiten der Vorburg war die Veränderung des Palisadenwalls. Zur Seite des Bergfrieds wurden die hölzernen Palisaden entfernt und eine steinerne Mauer errichtet, ganz so, wie sich dies Narax bereits in der ersten Bauphase von Blaustein gewünscht hatte. Die Steinmauer endete jedoch dort, wo die neue Vorburg begann, und ging wieder in einen Palisadenwall aus Steineichen über.

Der Zugang zur eigentlichen Burg wurde von einem steinernen Tor mit Fallgitter eingenommen, das nur über die Vorburg erreicht werden konnte.

Das frühere Eingangstor wurde mit Hilfe des Elementarwesens versetzt und befand sich nun nicht mehr vor dem Hauptgebäude, sondern dahinter. Stattdessen erhob sich dort ein Wachturm aus Holz, der die Wehrhaftigkeit der Burg verstärkte. Über die Schießscharten im ersten Stock könnten Angreifer der Burg beschossen werden.

Neben dem Wachturm wurde eine Wachstube errichtet, die ein kleines Zimmer mit Bett enthielt und für eine Burgwache oder den Anführer der Wächter als Schlafmöglichkeit diente. Im unteren Geschoss der Wachstube war ein kleines Waffen- und Rüstungslager untergebracht, das auch dazu diente, kleinere Reparaturen vorzunehmen.

Neben dem Bergfried wurde der Berg durch die erzerne Elementarmagie näher an die Burg herangezogen. Narax hatte dies erbeten, falls in der nächsten Zeit ein weiterer Anbau anstehen sollte, und der Geode stimmte zu. Auf dem kleinen Felsenplateau wuchsen neben zahlreichen Wirselkräutern nun auch die immer noch unversehrten beiden Bäume aus der Zeit der Zerstörung der Hochmotte: die Tanne und die Fichte.

Bewohner

Alfbert von Schwanbrück gilt in der Geschichte Drakfolds als ein größenwahnsinniger Adliger, der, obwohl er nicht viel Geld besaß, seine Burg vergrößern wollte. Narax erinnert sich an Alfbert noch zu gut, denn der Baumeister wurde nicht nur umschmeichelt, sondern auch bedroht und in die Enge getrieben. Es ist nur Narax unerschütterlicher Loyalität zur Familie von Schwanbrück zu verdanken, dass es damals nicht zu einer Eskalation kam. Alfbert war aber nicht immer unfreundlich, sondern verstand es durchaus, den Ehrgeiz des Baumeisters zu erwecken und ihn nicht vollends zu verschrecken. Zudem war Narax daran interessiert, wie die Burg mit der Hilfe geodischer Magie erweitert werden konnte.

Alfbert hinterließ keine Kinder, verstarb er doch bei einem Ausflug nach Koschtal. Seine umsichtige Schwester *Dortel* übernahm die Burg und erfüllte die Vorburg mit Leben.

Zusätzlich sollte an dieser Stelle der Erzgeode *Olombosch Sohn des Kubolosch* erwähnt werden, ein Freund Narax', der für das Beschwören des Elementarwesens verantwortlich

war. Seit jenen Tagen hat man den Zwerg nicht mehr gesehen, der sich in die Nähe der alten Zwergenmine zurückgezogen haben soll.

Besonderheiten

Man erzählt sich, dass Alfbert die Erweiterung seiner Burg mit dem Leben bezahlte. Nun ist bekannt, dass er durch einen Hinterhalt von Wegelagerern nahe Koschtal getötet wurde, doch dafür soll der Fluch von Blaustein verantwortlich sein. Dem Geoden, der bei der Errichtung der Vorburg half, wurde versprochen, dass Alfbert ihm ein magisches Schwert überlassen sollte, das dieser einst auf einer Reise durch Drakfold fand. Es handelte sich um eine zwergische Arbeit, die von einem Vorfahren des Geoden erschaffen wurde. Als dieser aber das Versprechen brach, soll er den Zorn des Geoden auf sich geladen haben, der ihn einige Zeit später bei der Reise nach Koschtal durch angeworbene Halunken überfallen ließ. Narax schweigt bis heute zu der Geschichte – die Wahrheit ist, dass er nicht genau weiß, was damals wirklich geschah.

Geoden, die zwergischen Druiden

Aus dem Angram, der alten zwergischen Sprache, lässt sich das Wort Geode am ehesten mit „Kundiger der Erde“ übersetzen. Diese zwergische Zaubertradition ist bei allen vier großen Zwergenvölkern bekannt und sie nennen sich selbst Seelenhirten. Von den Menschen werden sie oft als Zwergendruiden bezeichnet, was im Grunde nicht falsch ist, ähneln sich beide Traditionen doch in vielen Punkten, insbesondere darin, dass beide meisterliche Elementaristen hervorbringen. Jeder Geode hat sich einem der sechs Elemente Feuer, Wasser, Erz, Luft, Humus oder Eis verschreiben,

Geoden sind sehr selten, da nur sehr wenige Zwerge mit dem Funken der Magie geboren werden. Es scheint so, als ob Zwerge einfach eine Art natürlichen Widerstand gegen Zauberei aufweisen, der sich auch in der Seltenheit von Magiebegabung bei ihrer Spezies äußert. Laut den Legenden der Zwerge hängt das magische Erbe mit dem Tod des Zwillingsbruders eines Geoden zusammen. Ob diese Legende stimmt, ist bei vielen menschlichen Gelehrten umstritten.

Elementare

Elementare sind Teil eines der sechs Elemente. Damit gehen auch bestimmte Charaktereigenschaften einher. So gelten Erzelementare als sehr träge und ruhig, während Luftelementare wechselhaft und quirlig sind. Während Elementargeister eher den Verstand eines intelligenteren Tieres haben, sind Dschinne verständige und eigensinnige Wesen.

Der Saalbau

»Vielleicht mein persönliches Meisterwerk: der Saalbau. Sicherlich neben den Grundfesten der Burg mein schönstes Werk.«
—Narax, der Baumeister Blausteins, neuzeitlich

Rundgang

Die dritte Erweiterung von Burg Blaustein wurde vor ca. 100 Jahren in Auftrag gegeben. Die amtierende Junkerin *Serilia von Schwanbrück* hatte eine Vorliebe für die luxuriöseren Burgen des Königreichs Garetien und wollte Burg Blaustein entsprechend verschönern. Sie schlug Narax vor, einen Saalbau zu errichten, in dem es bequemer ist zu leben, wo man Gäste besser empfangen konnte und der mit einigen modernen Techniken, etwa einem Kachelofen und Zubern, ausgestattet war.

Narax nutzte für das riesige Saalbau-Gebäude das Felsenplateau neben dem Bergfried, das er einst für eine größere Erweiterung vorgesehen hatte.

Eine Besonderheit stellte der Zugang zum Saalbau dar: Über den Innenhof wurde eine überdachte Außentreppe errichtet, die in einem Zwischenstockwerk zwischen dem Empfangssaal und dem Junkersaal endete. Von dort aus führten ein paar Treppenstufen nach oben und nach unten – der Besucher des Saalbaus muss sich nun entscheiden, in welchen Saal er gehen mochte.

Das oberste Geschoss enthielt den Empfangsaal. Dieser war befüllt mit einem großen Tisch, Stühlen, einem prächtigen Holzthron für die Herrscherin von Blaustein, einem gemütlichen Kamin und Wandmalereien, die an diejenigen erinnerten, die auch schon im Junkerraum der Grundburg enthalten waren. An den Wänden befanden sich Wappenschilder derer von Schwanbrück und der wichtigsten Rittersgeschlechter, die ihnen als Vasallen dienten. Nach garetischem Vorbild war der Empfangssaal mit langgezogenen, doppelten Fenstern und Vorhängen ausgestattet. Anders als z. B. im Bergfried fiel dadurch viel Licht in den Saal, was ihn zu einem der feudalsten und schönsten Räume von ganz Blaustein machte.

Auf einem Verbindungsweg zum Bergfried wurde eine kleine Kapelle errichtet, die einen Schrein enthielt. In seiner ursprünglichen Fassung wurde hier Rondra verehrt, aber die Gottheit wechselte im Laufe der Jahre häufiger und auch Firun, Praios und Peraine wurde hier gehuldigt (aktuell befindet sich ein Ingerimmschrein in der kleinen Kapelle).

Ging man die die Treppe hinunter statt hinauf, gelangte man ins mittlere Geschoss. Hier befand sich das neue Schlafzimmer der Junkerin. Neben einem großen Bett gab es hier auch einen Badezuber, um sich von einem anstrengenden Tag zu erholen, einen modernen Kachelofen, der im Winter den Saal vorbildlich erwärmte, und einen Zugang zu einem weiteren Abort. Wichtige Schätze, Kleider und andere Habseligkeiten konnten in einer großen Truhe aufbewahrt werden. Auch das Junkerschlafzimmer verfügte über Glasfenster, wie sie ansonsten eher in Garetien üblich sind.

Das unterste Stockwerk erreichte man nicht über die überdachte Treppe, sondern über einen gesonderten Eingang. Hier befand sich der neue Gesindetrakt für die Bediensteten der Burg. Um sich auszuruhen, konnten die Diener ein Bett nutzen. Außerdem standen Regale mit Zutaten für Mahlzeiten, Käse und Weinfässer bereit – einiges davon für die Mahlzeiten der Junkerin, anderes wiederum auch für die Bediensteten. Der Saal besaß sogar einen eigenen Abort und einen kleinen Zuber, um sich waschen zu können.

Bewohner

Zu dieser Bauphase bewohnte Junkerin *Serilia von Schwanbrück* Burg Blaustein. Sie war eine gebildete Frau, die nichts so sehr hasste wie Abgeschiedenheit und Hinterwäldlertum. Sie war in ihrer Jugend als reisende Abenteurerin unterwegs und brachte von ihren Reisen ins Königreich Garetien die Idee mit, die Burg zu erneuern und ihr einen luxuriöseren Anstrich zu verleihen. In ihrem Saalbau hielt sie einige Feste ab und man sagte ihr einige Liebschaften nach. Tatsächlich erfuhr

man nie, wer der Vater ihres Kindes war, was in Adelskreisen für einen kleinen Skandal sorgte. Sie verstarb unverheiratet, war bei ihren Untertanen aber genauso beliebt wie ihr volksnaher Sohn.
Der erste Kaplan Burg Blausteins war ein Weggefährte Serilias: Der Rondrageweihte *Leomir von Kasternach* stammte aus dem fernen Herzogtum Weiden und war ein Bär von Mann, der in den Wäldern Drakfolds so manches Ungeheuer erschlagen haben soll.

Besonderheiten

Um Platz für den Saalbau zu schaffen, mussten die beiden legendären Bäume erneut weichen. Auch Junkerin Serilia von Schwanbrück hielt sich an die Tradition, die Tanne und die Fichte nicht zu fällen, sondern sie erneut zu verlegen. Narax, der mittlerweile Erfahrung damit hatte, konnte erneut mit geeigneten Konstruktionen und der Hilfe der Peraine- und Tsakirche die beiden Bäume unbeschadet an einen neuen Ort einpflanzen.

Erlesene Speisen

Seit den Zeiten Serilias und des Saalbaus wird in Blaustein beim Empfang wichtiger Gäste gefeiert. Dabei kommen u.a. folgende Speisen auf den Tisch:

- in Butter geschwenkte Koschammernzungen
- Goldene Koschklöße
- einfacher Eintopf Albuminer Allerlei
- gebratener Angbarsch
- Ambossschweinschnitzel
- Zwölfgötterspeise
- Hollerbeeren-Marmeladenkuchen
- Rosinenschnecken
- Teigzöpfe
- Birnbier
- Alt-Angbarer Starkbier
- Raschtulswaller Wein

Die Hurde

»Dank der Aufzeichnungen der berühmten Baumeister Tinman und Tanon, zweier Menschen, gelang es mir, Burg Blaustein zu einem Meisterwerk zu formen. Dazu gehört auch die Hurde, die die Burgwachen vor Beschuss und Drachenodem schützt. Ich habe Steineiche verwendet, damit die Hurde nicht in Flammen ausgeht.«
—Narax, der Baumeister Blausteins, neuzeitlich

Rundgang

Die vierte Erweiterung von Burg Blaustein wurde von *Ector von Schwanbrück*, dem Vater des heutigen Junkers Balinor, in Auftrag gegeben, der aber die Fertigstellung nicht mehr erlebte. Die Erweiterung wird auch als »Hurde-Erweiterung« bezeichnet, weil diese Veränderung ihr auffälligstes Merkmal ist, wenngleich nicht das Einzige, was Narax der Burg hinzugefügt hat. Zum Schutz vor Angriffen wurde um den Bergfried und den Saalbau eine Hurde errichtet, ein hölzerner, überdachter Wehrgang. Hierdurch ist es möglich, Angreifer zu beschießen, die Bogen- und Armbrustschützen sind hingegen durch das Dach besser geschützt als bei einem normalen Wehrgang.

Ein Ausblick

In einigen Wochen wird sich Balinor mit Narax und Maline besprechen, denn der Junker hat weitere große Vorhaben geplant. Er hat sich einiges Geld von anderen Adligen und Banken geliehen, um nacheinander einen Münzturm, eine Palisade mit Torhaus und ein Schildwerk zu errichten. Im Münzturm plant er sogar die Herstellung von Kreuzern für die Baronie Drakfold, wofür er jedoch noch eine Erlaubnis bekommen muss. Sein Vorhaben kann auf der bergigen Anhöhe jedoch nur gelingen, wenn Narax abermals die Unterstützung geodischer Zauberkräfte erhält. Bis dahin kann zumindest die Palisade nicht umgesetzt werden.
Narax ist gewillt zusammen mit Maline dieses unglaubliche Vorhaben umzusetzen. Er wird sein Bestes geben und hat bereits die Ideen von Maline aufgegriffen, die noch weiter denkt. Dieses Mal will Narax nicht viele Jahre verstreichen lassen, bis die nächsten Projekte angegangen werden und mit Balinor hat er offenbar einen ingerimmgefälligen und entschlossenen Bauherren gefunden.

Auch die Dächer des alten Hauptgebäudes und des steinen Zugangstores wurden leicht verändert und feuerfester gemacht, um auch einem Angriff mit Brandpfeilen – oder Drachenodem – besser standzuhalten.
Zudem erzählt man sich, dass auch zu allen Seiten der Fels massiver geworden ist. Narax schweigt dazu jedoch, aber viele Wirselgrunder gehen davon aus, dass sein Freund, der Geode auch hiermit etwas zu tun hat.

Bewohner

Der derzeitige Herr des Junkerguts und von Burg Blaustein ist *Balinor von Schwanbrück* (25 Jahre, braune Haare, graugrüne Augen, gepflegter Bart, liebt seine Frau aufrichtig, will seine Untertanen beschützen, ingerimm- und rondragläubig). Der noch junge Junker erbte das Lehen von seinem Vater, als dieser während einer Reise nach Gareth in den Hinterhalt einiger Räuber geriet und sein Leben verlor. Seine Schwester war bereits mit einem Edlen aus dem Herzogtum Nordmarken vermählt, und so bezog Balinor die Burg und setze die Traditionen seiner Familie fort. Bei seinen Untertanen gilt er als gerecht und freundlich, sehr den Dörflern zugewandt, manchmal aber auch als ein wenig abgehoben, da ihn vor allem die Erweiterung seiner Burg am Herzen liegt.

Verheiratet ist er mit *Thalessia von Schwanbrück-Schotterfels* (22 Jahre, blonde Haare, blaue Augen, würde gerne in eine Stadt ziehen, liebt ihren Mann, Kinder und das Reiten, hat große Angst vor Drachen, sieht ihre Zofe, trotz Standesunterschied, als gute Freundin an). Die Junkerin sehnt sich zwar nach dem Leben in einer großen Stadt, kann aber ihrer Leidenschaft, dem Reiten, fast ungestört in Drakfold nachgehen. Zwar wurde die Ehe mit Balinor arrangiert, aber beide Partner lieben sich mittlerweile und sind ein harmonisches Paar. Viele Wirselgrunder sind deshalb auch glücklich, weil das Junkerpaar von harten Strafen und zu hohen Steuern absieht, sondern stattdessen mit Gerechtigkeit und Milde zu regieren versucht.

Für die Verteidigung der Burg sind nicht nur 10 ausgewählte Burgwachen zuständig, die in der Regel nicht viel zu tun haben (sieht man von dem Zeitpunkt ab, als der Drache Drakantor in der Baronie erschien), sondern insbesondere eine alte Freundin des Junkers, die Ritterin *Celissa von Wirselgrund* (32, schwarze Haare, braune Augen, 1,86 Schritt, Pagenschnitt, athletisch, ehrenhaft, dient Balinor treu, will den Drachen erlegen, ist gegenüber reisenden Helden skeptisch). Sie führt die Burgwachen an und hält sie mit regelmäßigen Übungen kampfbereit, begleitet Junker und Junkerin bei Ausflügen in die Wildnis und nutzt ihre freie Zeit selbst für rondragefällige Questen ins Umland der Burg. Seit der Ankunft des Kaiserdrachen sucht sie eine Möglichkeit, der Bestie eine Falle zu stellen.

Als oberste Geweihte und Kaplanin dient auf Burg Blaustein die Ingerimmgeweihte *Ziberta Scherenschleifer* (42, braunes Haar mit roten Strähnen, braune Augen, 1,85 Schritt, muskulös, große Hände, kommt aus armen Verhältnissen, nun in besserer Position etwas arrogant, sieht die zwergischen Handwerker als etwas größenwahnsinnig an und will mehr die menschlichen Handwerker fördern). Die resolute Frau steht den zwergischen Bewohnern des Junkerguts und vor allem aus ihrer Sicht größenwahnsinnigen Erweiterungen der Burg skeptisch gegenüber. Viel mehr möchte sie die bodenständigen Handwerkskünste fördern und ist damit häufig in Diskussionen mit Balinor und seinem zwergischen Baumeister verwickelt.

Jener Baumeister, *Narax Sohn des Kurax* (einige Jahrhunderte alt, hat in der stillgelegten Zwergenmine gearbeitet, hat die Burg in all den Jahrhunderten immer wieder erweitert) ist der Erschaffer von Burg Blaustein. Vor etwa 300 Jahren ließ er für einen Vorfahren Balinors die Grundburg entstehen und dient dessen Nachfahren auch weiterhin als Architekt. Er ist für jede weitere Erweiterung verantwortlich gewesen und kennt daher die gesamte Entstehungsgeschichte der Burg. Mittlerweile ist er selbst für einen Zwergen schon in einem fortgeschrittenen Alter und hat sich eine menschliche Baumeisterin als seine Erbin ausgesucht. Doch noch ist er mit seiner Arbeit und seinen Plänen nicht fertig. Vielleicht setzt er sich in 80 oder 100 Jahren zur Ruhe.

Die gute Seele der Burg ist die Zofe *Elida Baumelring* (19 Jahre, braune Haare, grüne Augen, 1,58 Schritt, wird kaum beachtet, aber aufmerksam und klug). Zwar wird sie kaum von jemanden wirklich beachtet, sieht man von ihrer Freundin Thalessia ab, aber so hört und sieht sie vieles, was anderen verborgen bleibt, und kann mit kleinen Gefälligkeiten die Stimmung der Burgbewohner heben. Im Dorf ist sie zudem sehr beliebt und gerne gesehen.

Besonderheiten

Balinor plant aktuell mit Narax und dessen menschlicher Nachfolgerin weitere Projekte: Bald schon will er einen Münzturm errichten lassen. Doch damit nicht genug: Auch eine größere Palisade samt Torhaus und ein weiterer geheimnisvoller Anbau, der »Schildwerk« genannt wird, stehen auf der Liste. Und dieses Mal soll es keine Jahrhunderte dauern, bis alles errichtet ist.

Junker und Junkerinnen von Schwanbrück

Zeit	Junker/in
vor 300 Jahren	Leosil von Schwanbrück
vor 278 Jahren	Krenor von Schwanbrück
…	…
vor 250 Jahren	Ulina von Schwanbrück
vor 214 Jahren	Feodora von Schwanbrück
…	…
vor 150 Jahren	Alfbert von Schwanbrück
vor 127 Jahren	Morella von Schwanbrück
vor 100 Jahren	Serilia von Schwanbrück
vor 25 Jahren	Thimorn von Schwanbrück
Aktuell	Balinor von Schwanbrück

Personen

Auf den nachfolgenden Seiten werden alle Personen beschrieben, die eine wichtige Rolle in Wirselgrund, Burg Blaustein und der näheren Umgebung einnehmen. Es wird nicht jeder Bewohner beschrieben, aber alle, die in der Vorstellung der Gebäude erwähnt wurden.
Einige Personen haben Geheimnisse. Diese werden erst nach diesem Abschnitt aufgelistet, sodass du nicht gespoilert wirst. Wenn du die Geheimnisse lesen möchtest, so führt dich eine kleine Nummer von der Person auf die Seite, auf der du nachschlagen kannst.
Alle Beschreibungen sind alphabetisch sortiert, einige Personen haben wir in Gruppen zusammengefasst, z. B die Hochfelders, die Dinkelkorns und die Glasbläsers.

Abelmir Crumbinger, der Glockengiesser

Abelmir ist zwar ein hervorragender Gießmeister, aber Geschäftsbücher zu führen liegt ihm nicht. Als er seine Heimat verließ, versäumte er es, offene Rechnungen zu begleichen, sondern brach, dem Ruf seines Freundes folgend, einfach auf. Nachdem er sich im Kosch niedergelassen hatte, war der Umstand völlig verdrängt. Vor einiger Zeit haben seine Gläubiger nun einen Schuldeneintreiber damit beauftragt, ihren Forderungen Nachdruck zu verleihen. Der ehemalige Zahnreißer und heutige Kopfgeldjäger *Dottore Horastreu Goldzahn* (53, grauer Bart, eloquenter Redner, liebt scharfen Senf) aus Grangor und sein aus Thorwal stammender Gehilfe *Thorstor* (35, rot-weiß-gestreifte Hose, ehemaliger Pirat, hat Angst vor Gewitter) haben sich dieser Aufgabe angenommen. Sie haben Abelmirs Spur bereits bis in die Stadt Nadoret in der gleichnamigen, benachbarten Baronie verfolgt. Von dort ist es nicht mehr weit bis in die Baronie Drakfold und damit auch ins Junkergut Schwanbrück. Abelmir rechnet nicht mit einer Verfolgung. Seine Schulden belaufen sich auf stolze 2.500 Silbertaler, die er ohne einen weiteren Auftrag nicht sofort zahlen könnte. Die Helden können hier vermittelnd eingreifen und so verhindern, das Abelmir festgesetzt wird.

Alma Liebblum, die Scholarin

Der magiebegabten Alma begegnete Darian vor einigen Jahren auf einer seiner Exkursionen. Seitdem wird sie von ihm ausgebildet. Sie ist sehr wissbegierig und begeistert sich für magische Geschöpfe aller Art. Von klein auf hat sie den Erzählungen über die legendären Valpodinger begeistert gelauscht und möchte dereinst diese Geschöpfe finden. Bei einem ihrer ersten Zauber ging etwas fürchterlich daneben, seitdem erscheint bei jedem zweiten ihrer Zauber ein lästiger Mindergeist in Form eines Windbeutels, der ihr das Haar zerzaust. Auf einer Exkursion zu einem der sagenumwobenen, schwarzen Türme, die im Kosch zu finden sind, geriet sie unbemerkt in den Besitz eines schwarzmagischen Buches, das sich mit der Erschaffung von Chimären befasst. Das Buch stammt von *Algorton*, einem berüchtigten Schwarzmagier. Alma studiert die abgründigen, teilweise gefährlichen Theorien nun im Geheimen während der Nachtstunden.

Valpodinger
Kleine, niedliche Chimären. Sie sollen im Kosch zu finden sein.

Mindergeister
Kleine Elementarwesen, die oft an Orten von astraler Macht auftreten.

Algorton
Ein Schwarzmagier, der vor 400 Jahren im Kosch lebte. Er hinterließ viele schwarze Türme aus magieabweisendem Koschbasalt, die scheinbar keinen Zugang haben.

Balinor von Schwanbrück, der Junker

Seit Jahrhunderten herrschen die Junker und Junkerinnen von Schwanbrück über das kleine Lehen inmitten des Koschs. Wie auch seine Vorfahren genießt *Balinor von Schwanbrück* (25 Jahre, braune Haare, grau-grüne Augen, gepflegter Bart, liebt seine Frau aufrichtig, will seine Untertanen beschützen, ingerimm- und rondragläubig) einen Ruf als freundlicher und gerechter Herr, der sehr um das Wohlergehen seiner Untergebenen besorgt ist. Mit dem zwergischen Baumeister *Narax Sohn des Kurax* (siehe Seite **101**) verbindet ihn die Liebe zu imposanten Bauten und wie schon seine Ahnen versucht er Burg Blaustein immer wieder zu erweitern. Das Auftauchen des Drachen *Drakantor* (siehe Seite **97**) hat ihn jedoch vorsichtig werden lassen, denn er befürchtet, dass er das Untier irgendwie vertreiben muss, will er den Frieden in Schwanbrück bewahren.
Balinors größte Schwäche gilt dem guten Essen. Kaum ein Tag vergeht, an dem er sich nicht in die Backstube von *Cadrima Apfelbach* (siehe Seite **96**) verirrt und dort ein paar Leckereien mitnimmt. Nur dank seiner Kampfübungen und Ausritte blieb er von einem Bäuchlein verschont.
Dank seiner Weitsicht gelang es ihm in den letzten Jahren, den Wohlstand in Schwanbrück zu mehren, doch Balinor ist sich bewusst, dass die Bedrohung durch den Drachen und andere Gefahren in der Baronie seine Pläne sehr schnell zunichtemachen können. So setzt er alles daran, seinen Untertanen ein guter Lehnsherr zu sein und eine Möglichkeit zu finden, den Drachen abzuwehren.

Boltsa Rüberich, die Hafenmeisterin

Ihre Brandverletzung erlitt die Leiterin des Wirselgrunder Flusshafens einst in der Schlacht zu Auersbrück gegen den dämonischen Feuervogel Alagrimm. Wie so manche Veteranin wurde dabei auch *Boltsa* an Leib und Seele verwundet.

Viele Jahre war sie als Schifferin auf dem Großen Fluss unterwegs. Als *Junker Balinor* jemanden suchte, der die Leitung des Flusshafens übernehmen sollte, kehrte sie in ihren Heimatort zurück.

Doch in Wirselgrund fühlt sie sich nicht mehr heimisch: Wegen ihrer schroffen Art und ihrer Gesichtsverletzung misstrauen ihr manche Einwohner. Übelwollende Zeitgenossen behaupten sogar, dass sie ihr Auge dem namenlosen Gott des Bösen geopfert habe. Zum Glück geben weder ihr Dienstherr noch die Geweihten etwas auf dieses Gerücht.

Im *Gasthaus zum Goldenen Kelch* ist sie Stammgast und oft Auslöserin von Prügeleien mit Durchreisenden. Mitunter streitet sie auch lautstark mit *Padora Sindelsack*, vor allem wenn beide schon kräftig Birnenbier getrunken haben.

Trotzdem ist es noch nie vorgekommen, dass *Boltsa* zur Waffe gegriffen hat: Sie weiß genau, dass man seine Klinge nicht leichtfertig zieht. Falls sie je ihren Sabel benutzen sollte, wird Blut fließen.

Bosper aus Angbar, der Dieb

Der Taschendieb war zur falschen Zeit am falschen Ort. Im Gasthaus zum Goldenen Kelch hatte der umherreisende Taugenichts auf einige Gäste einen verdächtigen Eindruck gemacht und wurde vom Weibel kurzerhand weggesperrt, ohne dass er auch nur einen Beutel schneiden konnte. Die Büttel witterten ihre Chance und beschuldigten Bosper nun eines Einbruchs in die Asservatenkammer, wo er angeblich über 200 Silbertaler gestohlen haben soll. Der Taschendieb ahnt, dass er als Bauernopfer für etwas herhalten soll, was er nie begangen hat, und plant daher seinen Ausbruch. Rasch erfand er die Lüge, sein Bruder aus Angbar sei ohnehin auf dem Weg nach Wirselgrund und könne die Kaution selbstverständlich zahlen.

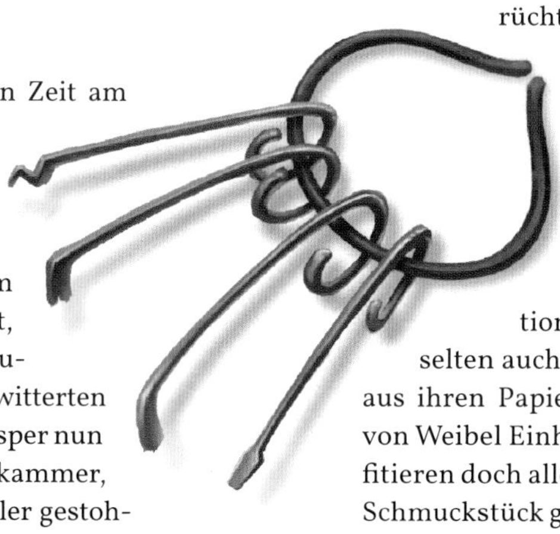

So will Bosper Zeit gewinnen, um Herwid Zwirnbusch von seiner Sache zu überzeugen. Er hat ihr bereits entlocken können, dass die Büttel regelmäßig Geld aus der Asservatenkammer stehlen. Bosper überlegt, mit diesem Wissen die anderen Büttel zu konfrontieren, um sie entweder zu erpressen oder – und davon geht er aus – um von ihnen eine ordentliche Abreibung zu bekommen. Der unschuldige Taschendieb, verprügelt in der eigenen Zelle, würde bei Herwid sicher genug Mitleid erregen, so sein Gedanke, damit sie ihn freilassen würde.

Boronadus, der Borongeweihte

Bis vor einem Jahr hatte Boronadus, der eigentlich aus dem Horasreich stammt und vor seiner Weihe *Urras Ruffo* hieß, als Geweihter in Angbar gelebt. Insgeheim hatte er gehofft, irgendwann den kaum genutzten alten Borontempel in der dortigen Altstadt wieder zu einer aktiven Verehrungsstätte für den Totengott zu machen. Die Reise nach Wirselgrund zur Bestattung des verstorbenen Rondrageweihten sollte eigentlich nur ein paar Tage dauern. Doch in seiner ersten Nacht in Wirselgrund hatte Boronadus einen Traum: Ein Rabe landete auf einem hölzernen Schwert, das in einem frischen Grab steckte. Eine Ratte erschien und wollte sich in das Grab wühlen, doch der Rabe ergriff die Ratte und hackte sie zu Tode. Boronadus deutete diesen Traum als Zeichen Bishdariels, des Traumboten Borons. Gab es im Dorf einen Gesandten des Namenlosen Gottes, als dessen Tier die Ratte gilt?

Boronadus beschloss zu bleiben, auch wenn er keinen offiziellen Auftrag der Boronkirche hatte. Auch der Entschluss, den Tempel umzuweihen, lag außerhalb seiner Befugnis. Er hofft, den namenlosen Umtrieben auf die Spur zu kommen, bevor jemand seine Verfehlungen den Kirchenobersten in Punin meldet. Eine Heldengruppe, die ihm beim Aufspüren des Geweihten des Namenlosen hilft, sieht er als Antwort auf seine Gebete.

Die Büttel von Wirselgrund

Die Büttel treten trotz kleinerer Streitereien geschlossen auf und stehen füreinander ein. Man nimmt sich gegenseitig in Schutz, wenn etwa über den Weibel geschimpft wird, wenn sich jemand über Linje lustig macht oder üble Gerüchte über Kerling verbreitet. Streitereien werden nur in der Wachstube ausgetragen. Der Zusammenhalt der Büttel rührt nicht nur von der langen Zeit, die sie miteinander verbringen. Sie decken sich auch, um ihre guten Nebeneinkünfte nicht zu gefährden: Regelmäßig nehmen sie sich kleine Beträge aus der als Tresor umfunktionierten Asservatenkammer oder erpressen selten auch mal Dorfbewohner mit pikanten Inhalten aus ihren Papieren. Auch wenn das System maßgeblich von Weibel Einhard aufgebaut und betrieben wird, so profitieren doch alle Büttel davon: Gerrad hat kürzlich erst ein Schmuckstück geklaut und Linje blättert regelmäßig durch Papiere, um belastende Informationen über Rondrabert (siehe Seite **101**) oder Boronadus (siehe Seite **95**) zu finden. Lediglich Herwid Zwirnbusch plagen Gewissensbisse: Sie überlegt schon länger, dem Junker alles zu beichten, insbesondere seit der Dieb *Bosper* (siehe Seite **95**) als Bauernopfer herhalten musste. Aber sie hat jedoch Angst, was ihren Kameraden dann blühen würde.

Brin E'thos, der Köhlergehilfe

Der Südaventurier wurde vor vielen Jahren vom Junker *Balinor von Steinbrück* (siehe Seite **94**) aus der Sklaverei freigekauft und dem Köhler als Gehilfen zugeteilt. Er kennt die Machenschaften des Köhlers in Bezug auf die Schmuggelware und verlangt gelegentlich einen Anteil für sein Schweigen. Dies erzürnt den Köhler, dennoch weiß er seine Unterstützung bei der Arbeit zu würdigen und könnte ihn, wenn überhaupt, nur unter einem anderen, erfundenen Vorwand beim Junker anschwärzen. *Brin* ist kein Anhänger der Zwölfgötter, sondern verehrt Drachen. Um Drakantor zu huldigen, hat er sich einen Altar in einer verborgenen Nische eines Seitenstollens der nahegelegenen Zwergenmine (siehe Seite **80**) eingerichtet, der mit Tierknochen geschmückt und von Kerzen beleuchtet ist. Der schwer zugängliche Einlass ist sehr schmal und über Kopfhöhe gelegen. Der Zugang ist somit nur athletischen Personen möglich, die eine entsprechende Klettereinlage vollbringen können. Brin hat dort zwei kleine Brocken Mindorium gefunden und in einer dunklen Felsspalte versteckt. Auch wenn Brin E'thos schon viele Jahre im Dorf lebt, machen die meisten Bewohner aufgrund seiner unheimlichen Aura einen weiten Bogen um ihn.

Cadrima Apfelbach, die Bäckerin

Die freundliche, fleißige Hügelzwergin lebt schon lange genug in Wirselgrund, um die Eltern des heutigen Junkers als junge Menschen gekannt zu haben. Ebenso lange kennt sie den zwergischen Baumeister *Narax Sohn des Kurax*, der lange Zeit vergeblich um sie geworben hat. Doch Cadrima will erst in 40 oder 60 Jahren überlegen, mit wem sie die Linie ihrer Familie fortsetzen will. Ein weitgereister Held wie der fesche Graf von Ferdok, *Gorwin Sohn des Gorbosch*, sollte es schon sein.

In dem überschaubaren, doch geschäftigen Ort gefällt es ihr so gut, dass sie ihren Plan, die Bäckerei nach einer Menschengeneration einem Gesellen zu übergeben, noch nicht verwirklicht hat. Derzeit sucht sie nach einem talentierten und fleißigen, neuen Lehrling, hat unter den Heranwachsenden im Dorf aber noch keinen ausgemacht.

Zu ihren engen Freundinnen gehört *Lanzana Hochfelder*. Sie und die Hügelzwergin verbindet ihr starker Glaube an Travia, die Göttin des Heims und der Familie. Die »Gänsemutter«, und nicht den bei ihrem Volk vorwiegend verehrten Angrosch, sieht *Cadrima* als Spenderin des ernährenden Herdfeuers und Beschützerin des Bäckerhandwerks.

Celissa von Wirselgrund, die Ritterin

Für die Sicherheit auf Burg Blaustein und das umliegende Land ist die Ritterin *Celissa von Wirselgrund* (32, schwarze Haare, braune Augen, 1,86 Schritt, Pagenschnitt, athletisch, ehrenhaft, dient Balinor treu, will den Drachen erlegen, ist gegenüber reisenden Helden skeptisch) zuständig. Sie dient fromm den Geboten der Götter Praios und Rondra und ist wohl die beste Kämpferin des Junkerguts. Der Familie von Schwanbrück dient sie loyal und hat sich schon überlegt, wie sie den Drachen am besten in eine Falle locken und dann in einem Kampf bezwingen kann.

Zu ihren besten Freunden zählt der Rüstmeister *Mythreljan von Ochsenweide* (siehe Seite **101**) und die Stallmeisterin *Tsagunde Hangemann* (siehe Seite **101**). Mythreljan hat ihren Respekt wegen seiner Heldentaten erlangt, als er noch ein reisender Abenteurer war, während Tsagunde die Pflege von Celissas Streitross *Prinzessin Mada* übernommen hat.

Cordo Gardelsaum, der Schmiedegehilfe

Losianes junger Gehilfe ist stets mit Feuereifer bei der Sache und darum bemüht, sie mit seinem Fleiß zu beeindrucken. Was die Schmiedin nicht weiß, ist, dass der pubertierende Cordo sich unsterblich in sie verliebt hat. Er versucht so oft es geht auf dem Boden von Losianes Schlafzimmer zu übernachten, und behauptet daher, sein (eigentlich sehr netter) Vater würde wegen seiner Schusseligkeit immer furchtbar mit ihm schimpfen. Außerdem hat er Blumensträuße vor Losianes Haustür platziert – was diese allerdings als vermeintliche Liebesbekundung der Schankmagd Misira interpretierte. Diese Liebesverwicklungen schonend zu klären, bedarf einer echten Heldengruppe!

Dimeloë Silberwind, die Auelfe

Kaum jemand würde vermuten, wie alt *Dimeloë Silberwind* bereits ist, verbirgt sich hinter ihrem freundlichen Lächeln und ihren geheimnisvollen grünen Augen doch ein Leben, das bereits dreimal so lange währt wie das eines Menschen. Anders als viele der Zwerge von Schwanbrück lebt sie nicht bereits seit vielen Jahren in diesem Landstrich, sondern erst seit etwa zwei Monaten. Dimeloë entstammt einer auelfischen Sippe aus dem Süden und bereiste viele Jahre als Wanderin Aventurien. Sie erforschte die selbst für sie rätselhafte Vergangenheit ihres Volkes und stieß dabei auf eine hochelfische Ruine in Schwanbrück. Sie beschloss zu verweilen, da sie einerseits mehr über die Bedeutung der Ruine herausfinden wollte, andererseits einen Drachen, der hier lebt, sprechen will. Sie nimmt an, dass das Ungeheuer älter ist als sie selbst (was stimmt, aber der Kaiserdrache ist nicht *viel* älter als sie), und dass es viele Fragen gibt, die der Drache ihr deshalb über die Geschichte ihrer Vorfahren erzählen kann.

Darian Halmfold, der Magier

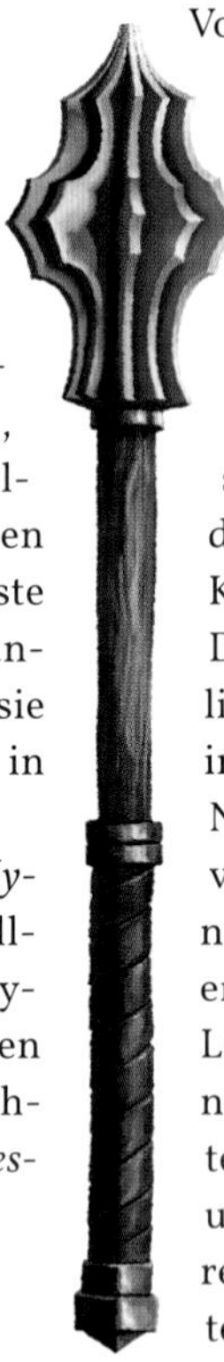

Vor gut zehn Jahren setzte sich Darian in Wirselgrund zur Ruhe und ließ von Narax Sohn des Kurax seinen Wohnturm errichten. Als ein Schüler eines legendären Magiers ist Darian ein profunder Kenner der Antimagie. Während eines schrecklichen Krieges vor über 20 Jahren kämpfte er an vorderster Front gegen einen Bund von Schwarzmagiern sowie ihren genialen wie skrupellosen Anführer. So auch in der größten Schlacht seinerzeit, von der die Narbe auf seinem Gesicht zeugt, die vom Hieb eines dämonischen Wesens herrührt. Im Kampf gegen das Böse wurde Darian zudem Opfer eines Dunkelheitszaubers, der bei ihm tiefe Spuren hinterließ: Seitdem hat der Magier panische Angstzustände im Dunkeln, weswegen in seiner Kammer während der Nacht Licht brennt. Dieser Umstand führt im Dorf zu vielen Gerüchten. Doch er hat vorgesorgt: Sollte er keine natürliche Lichtquelle mehr zur Hand haben, kann er mithilfe seines Amuletts einen Zauber auslösen, der Licht erzeugt. Das Skelett im Keller ist humanoid, doch nicht das eines Menschen, sondern eines kaum bekannten Affenmenschen (Bei Affenmenschen handelt es sich um die aventurische Version des Neandertalers). Während seiner Abenteuer stieß er auf das Gerippe. In größter Not kann Darian den Keller dank eines potenten elfischen Zaubers *durch* den Fels verlassen!

Die Dinkelkorns, Bauernfamilie

Hinter den seltsamen Vorfällen der letzten Wochen stecken keine Mäuse und auch keine übernatürlichen Wesenheiten. Stattdessen war Bauerstochter *Nelda Dinkelkorn* dafür verantwortlich. Seit Jahren hat sie mitangesehen, wie ihr Vater *Endel* in seinen Schmerz und der harten Arbeit versunken ist, ohne das Leben genießen zu können. Sie hofft, dass eine neue Frau an seiner Seite ihm neuen Lebensmut schenken könnte. Nelda hat auch schon zwei Kandidatinnen ins Auge gefasst: Die junge Schmiedin *Losiane Hangeisen* (siehe Seite **100**) und die Marktfrau *Waidgund Wiesbauer*. Doch leider ergaben sich viel zu wenige Gelegenheiten, bei denen ihr Vater mit den beiden Frauen ins Gespräch kommen könnte.

Also beschloss sie, diese Gelegenheiten selbst herbeizuführen: Des Nachts schlich sie unbemerkt in die Tenne und verbog die Sense. Das Wagenrad beschädigte sie durch gezielte Schläge mit einem Stein. Wie man den Pferden ein Hufeisen abnimmt, hat sie oft genug bei der Schmiedin gesehen. Und die Käsevorräte hat sie kurzerhand an die Schweine verfüttert.

Leider hat ihr Plan bisher keinen Erfolg gehabt. Im Gegenteil: Endel hat sich noch mehr zurückgezogen. Bei den notwendig gewordenen Besuchen im Dorf wechselte er kaum mehr Worte mit den Frauen als nötig.

Sollte es Altbauer *Geppert Dinkelkorn* gelingen, eine Gruppe Helden zu finden, die sich der Sache annehmen, gerät Nelda in Panik: Sie hat Angst, dass ihre Verkupplungsversuche auffliegen. Sobald die Helden der Wahrheit zu nahekommen, wird sie fliehen, aus Scham, ihrem Vater in die Augen sehen zu müssen. Sie wird versuchen, sich in der alten *hochelfische Ruine* (siehe Seite **72**) zu verstecken, die sie früher manchmal mit ihrer Mutter besucht hat. Erst wenn es den Helden gelingt, das Mädchen zu finden, wird Endel einsehen, was für ein Narr er war, und seiner Tochter versprechen, fortan wieder mehr im Hier und Jetzt zu leben, anstatt in der Vergangenheit zu verharren.

Drakantor, der junge Kaiserdrache

Der junge Kaiserdrache *Drakantor*, perlgoldene Schuppen, basaltblaue Augen), im Volksmund ehrfurchtsvoll »Der Schatten des Blauen Berges« genannt, ist machtbewusst und listig. Zwei majestätische Hörner zieren seine Stirn. Auch Nacken und Rückenkamm sowie seine mächtigen Schwingen und den Schwanz zieren imposante Stachel. Perlgoldene Schuppen formen einen nahezu undurchdringlichen Panzer. Lediglich am Hals sowie der Unterseite von Bauch und Schwanz finden sich silberne Schuppen, wo seine natürliche Rüstung noch nicht vollständig ausgeprägt ist. Mit seinem Flammenstrahl, den gewaltigen Klauen und mächtigen Zaubern könnte er Wirselgrund dem Erdboden gleichmachen und die Burg schleifen. Doch Drakantor ist sich bewusst, dass seine Macht noch nicht auf dem Höhepunkt ist, und scheut die offene Konfrontation. Stattdessen setzt er auf Einschüchterung, Verhandlungen und Manipulation. Unter den abergläubischen Dorfbewohnern schürt er das Gerücht, er sei die Reinkarnation des unsterblichen Drachenkönigs Drakkin. Mehr als alles in der Welt begehrt er den Blaustein, den Karfunkel seines Ahnen, der ihm eine ungeahnte Machtfülle verheißt.

Eberon Ysilier, der Zecher

Dass Eberon dem Alkohol verfallen ist, hat einen traurigen Grund: Als Sohn eines menschlichen Vaters und einer elfischen Mutter ist er ein Halbelf, was man an seinen leicht spitzen Ohren erahnen kann. Als solcher war er stets ein Außenseiter: Die Auelfen-Sippe seiner Mutter verstieß ihn, da sein menschlicher Missklang das gemeinsame Lied der Elfensippe (das sogenannte »Salasandra«) störte. Die Familie seines Vaters nahm ihn zunächst freundlich auf, doch den abergläubischen Nachbarn war er nicht geheuer: Eberon sprach zu anderen Kindern, ohne die Lippen zu bewegen, schwamm deutlich länger als jeder Mensch es vermochte im Dorfweiher, ohne Luft holen zu müssen, und unterhielt sich mit Eichhörnchen und Vögeln, die manchmal zu Dutzenden auf ihm hockten.

Verstoßen und allein schloss er sich einer Abenteurergruppe an, bei der er sich endlich akzeptiert und gebraucht fühlte. Leider kamen seine Gefährten (und auch seine große Liebe, eine Streunerin namens *Aletta*) im Kampf gegen Oger ums Leben. Eberon verlor seinen rechten Unterarm – und seinen Lebensmut. Er gab sich dem Alkohol hin und fühlt sich nutzlos. Vielleicht würde es seinem Leben wieder einen Sinn geben, wenn er einer Heldengruppe beim Aufdecken einer namenlosen Verschwörung (siehe Seite **107**) helfen könnte?

Einhard Eisenschlag, der Weibel

Weibel Einhard ist in Wirselgrund nicht sehr beliebt: Er gilt als faul, unfähig und kratzbürstig. Dass sich hinter dieser korpulenten Erscheinung ein einst fähiger und geschickter Kämpfer verbirgt, ahnen die wenigsten. Außer Junker Balinor von Schwanbrück weiß niemand, dass Einhard früher die Leibgarde der Baronin von Nadoret befehligte. Doch als er in ihre Ränkeschmiede verwickelt wurde, ließ ihn die Baronin als Bauernopfer fallen und er zog ernüchtert nach Wirselgrund. Dort stieg er dank seines Könnens in wenigen Jahren zum Weibel auf – fühlte sich aber zunehmend unterfordert und gelangweilt.

Seinen Frust darüber lässt er einerseits an seinen Bütteln aus, andererseits setzt seine Langeweile auch eine kriminelle Energie frei, die er bei der Baronin einst verachtete. Es war seine Idee, die Asservatenkammer zum dörflichen Tresor umzufunktionieren und sich daran ständig zu bereichern. Ihm sind dafür alle Mittel recht: Diebstahl, Erpressung und gegenüber unsicherer Büttel auch Einschüchterung und Drohungen.

Einhard hat sich dadurch einen bescheidenen Wohlstand aufgebaut, mit dem er eines Tages Wirselgrund verlassen möchte. Daher geht ihm das ständige Drängen des Rüstmeisters, endlich etwas gegen den Drachen zu unternehmen, auf die Nerven. Der Weibel will kein Risiko eingehen – oder gar seinen eingerosteten Schwertarm offenbaren.

Elida Baumelring, die Zofe

Für die aus einer armen Familie stammende *Elida Baumelring* war es ein Glücksfall, dass Junkerin *Thalessia von Schwanbrück-Schotterfels* (siehe Seite **101**) noch eine Zofe benötigte, als sie auf Burg Blaustein zog. Die intelligente junge Frau freundete sich schnell mit Thalessia an, und auch wenn sie ansonsten von den Burgbewohnern wenig beachtet wird, ist sie bei den Dörflern beliebt und hat für jeden ein offenes Ohr.

Besonders mit den jungen Leuten aus Wirselgrund ist sie gut befreundet. So häufig sie kann, besucht sie *Alma Liebblum* (siehe Seite **94**) im Magierturm und bringt ihr aus dem Backhaus süßes Backwerk mit. Am Rande des Waldes ist ihr schon häufiger *Fionora Drachentochter* (siehe Seite **98**) begegnet, die ihr erst ein wenig Angst einjagte, aber die sie mittlerweile liebgewonnen hat. Obwohl sie nur Freunde sind, macht ihr der junge Gardist *Gerrad* (siehe Seite **95**) ständig Komplimente. Nur *Rondrabert Blaubock* (siehe Seite **101**), der Müller, jagt ihr immer wieder Angst ein, obwohl Elida nicht weiß, weshalb.

Fionora Drachentochter, die Hexenschülerin

Mit ihrem offenen, gewinnenden Wesen ist die 15-jährige *Fionora Drachentochter* das pure Gegenstück zur hochmütigen Mutter. Mühelos wickelt sie jeden Dorfbewohner um den Finger. Da diese ihren wahren Namen ebenfalls nicht kennen, wird Fionora von allen nur »Kleen-Ons« gerufen. Sie liebt die Gartenarbeit, hat einen grünen Daumen und stellt einen ganz vorzüglichen Waldbienenhonig her. Für die Zauber der Schwesternschaft der Rabenhexen kann sich Fionora zum Leidwesen ihrer Mutter jedoch gar nicht begeistern. Darüber hinaus kann sie sich beim besten Willen nicht vorstellen, jemals ein Lebewesen zu verfluchen. Hin und wieder trifft sich Fionora heimlich im Wald mit der drei Jahre älteren *Alma Liebblum*. Ihre Mutter hat ihr zwar den Umgang mit der Schülerin des Magiers verboten; diese hat allerdings Zugang zur Bibliothek ihres Meisters, und die Geheimnisse der Elfenmagie interessieren die angehende Hexerin über alle Maßen. Fionora ist neugierig, lernwillig und wissensdurstig. Vor allem brennt sie darauf zu erfahren, wer ihr Vater war und warum im Magierturm auch nachts ein Licht brennt. Muss der Magus denn nie schlafen?

Guinessa Schattenkrächz, die Rabenhexe

Seit Menschengedenken lebt im Wald von Wirselgrund eine Hexe, welche ihr Wissen um die geheime Kunst des Zaubertrankbrauens an ihre Tochter weitergibt: *Guinessa* ist hier aufgewachsen und kennt viele Geheimnisse der Wirselgrunder, die bei ihr um Rat ersuchen. Die Dörfler rufen sie von jeher nur »Onse«. Ihren wahren Namen, Guinessa Schattenkrächz, kennt niemand außer ihrer Tochter Fionora. Ihr platinblond gefärbtes Haar mit der schwarzen Strähne verleihen ihr eine unheimliche Erscheinung. Diese wird verstärkt durch den mächtigen Raben, der oft auf ihrer Schulter hockt. Am Markttag kommt sie mit ihrer Tochter in das Dorf, um ihre Tinkturen anzubieten und den Bewohnern die Zukunft vorherzusagen. Obwohl sie den Handwerkern und Bauersleuten von oben herab begegnet, machen ihre heilenden Tinkturen und seherischen Fähigkeiten sie unersetzlich. Trotz ihrer Macht hat sie Schwächen: Sie fürchtet die Höhe, besitzt keine Flugsalbe und neigt zu Hochmut. Ihre größte Schwäche jedoch ist ihre Angst, dass man ihren wahren Namen erfahren und somit Macht über sie gewinnen könnte.

Die zwergischen Glasbläser

Fobosch Sohn des Dugobalosch ist nicht streitsüchtig, aber stur. Daher begann er, die Arbeiten des Glockengießers zu hintertreiben. Seine schlechte Sehkraft behindert ihn dabei, und so blieb es bislang bei kleinen Sabotageakten, doch gleicht

der Streit einem Schwelbrand. Fobosch sucht zudem händeringend nach Aussöhnung mit seinem Zwilling. Kaum absehbar ist jedoch seine Reaktion, wenn er herausfindet, dass er seine fast verlorene Sehkraft Isegram verdankt.

Isegram Sohn des Dugobalosch hatte einst den Schmelzofen mit Fett bestrichen und so eine Stichflamme verursacht. Diese Tat bereut er inzwischen zutiefst. Er hat auch das Geld entwendet, um reisende Abenteurer zu bezahlen. Diese sollen ihm Gesteinsproben aus der Zwergenmine oder von anderen Orten für seine Experimente mit Farbglas beschaffen.

Thurescha Tochter der Bargrimma verzichtet nur ungern auf Annehmlichkeiten und hat beim letzten Stadtbesuch eine größere Summe Geld aus zwielichtiger Quelle geliehen. Sie beobachtet die Gesellin *Stine Appelbaurer* argwöhnisch und versucht, ihr den Diebstahl nachzuweisen. Stine wiederum befürchtet, dass Isegram der Täter ist, will den väterlichen Freund aber nicht verraten. Gesellin *Rodwidda Bachstelzner* lästert auf dem Marktplatz gern über den Pfusch des Glockengießers, wodurch sie die Aufmerksamkeit des Büttels *Plötzbogen* (siehe Seite **95**) erregen will.

Der zu Unrecht in Schimpf und Schande vom Hof gejagte Geselle *Thore Gartner* (Mitte 30, strähnige Haare, ungepflegter Bart, zu allem entschlossen) sinnt derweil auf Rache und sucht nach Wegen seinem alten Arbeitgeber zu schaden.

Familie Hochfelder, Bauersleute

Lanzana und *Myros Hochfelder* sind Freibauern, wie man sie in der Baronie Drakfold häufig treffen kann: der Herdgöttin Travia zugetan und von der Ackerbaugöttin Peraine mit Fleiß ausgestattet, kommen sie mit ihrer Feldwirtschaft und Heimarbeit gerade so über die Runden. In dem kleinen Dorf Wirselgrund haben sie ein Haus und ein kleines Stück Land gepachtet. Sie leben von dem Wenigen, was ihr Acker erbringt, *Lanzanas* Lohnarbeit auf Feldern und im Wald für wohlhabendere Einwohner, und *Myros*' Heimarbeit als Handbesenbinder. Sie sind arme, aber dennoch zufriedene und gastfreundliche Menschen, und von den meisten anderen im Dorf wohlgelitten – immerhin leben sie im Kosch, dem für sie schönsten und friedlichsten Platz in der Welt.

Jast Hintersass, der Köhler

Der Köhler ist trotz seines mürrischen Erscheinens ein freundlicher Kauz, spricht mit tiefer Stimme und hat stets Kohlespuren im Gesicht. Er wechselt seine Kleidung selten, so dass er häufig von einem intensiven Rauchgeruch umgeben ist. Vor vielen Jahren verstarb seine Frau bei einem tragischen Unfall, bei dem selbst die Heilkünste der Hexe versagten. Einige Monate danach verließ der gemeinsame Sohn, getrieben von der Trauer um die verstorbene Mutter, das Dorf, um sich der Stadtgarde in der Stadt *Angbar* anzuschließen. Seitdem zieht es den Köhler nur noch wegen der Geschäfte oder der hübschen Schmiedin in das Dorf.

Jast steht in engem Kontakt mit den ansässigen Räuber- und Schmugglerbanden und treibt regen Handel mit diesen. Im Gegenzug wird ihm Sicherheit im Wald und auf den Zufahrtswegen garantiert. Vor allem der Spezialist der hiesigen Glockengießerei (siehe Seite **42**) ist ein guter Abnehmer der Kohlen, wohl wissend um deren exzellenter Brennqualität zur Erhitzung der Glockenbronze. Im Rahmen des Handels hat Jast zufällig Kenntnis vom dunklen Geheimnis des Gießermeisters erhalten und deckt diesen bei allzu neugierigen Fragen zwielichtiger, umherziehender Fremder.

Kerling Kornmahler, der Büttel

Kerling, ein Waise aus Nadoret, war schon früher ein Einzelgänger, der ohne klare Ziele im Leben täglich seinen Dienst leistete. Sein Leben veränderte sich schlagartig, als die Stadtwache vor zwanzig Jahren eine Dämonenpaktiererin (Eine Person, die ein Bündnis mit einem Erzdämon angeht. Sie verpfändet ihre Seele, erhält dafür aber besondere Kräfte und übernatürliche Fähigkeiten.) aufgriff und einsperrte. Sie verwickelte den Büttel in lange Gespräche über die Götter, Geister und Dämonen und brachte sein Weltbild ins Wanken. Nachdem sie von den Bannstrahlern, einem Orden fanatischer Anhänger des Gottes Praios, mitgenommen wurde, blieb Kerling völlig orientierungslos zurück. Als er durch Zufall an einen Brief geriet, in dem ein Anhänger des Namenlosen sein Glaubensbekenntnis niederschrieb, stieß es bei Kerling auf fruchtbaren Boden. Sein neuer Glaube wurde bald schon auf die Probe gestellt, als kurz darauf die Müllerin Saphira ihre Aussteuer in der Asservatenkammer der Wachstube verstauen wollte. In ihrer „Unehrlichkeit“ sah ein Zeichen des Namenlosen. Im Wahn tötete er die Müllerin und nahm ihr Geld. Als sich ihm der Namenlose nicht wie erhofft offenbarte, tötete er auch eine auf der Mühle brütende Störchin, das heilige Tier der Göttin Peraine. Doch es geschah nichts.

Kerling zog sich immer mehr zurück, schon seinen Dienst im unbeliebten Wachturm und litt fortan unter verstörenden Alpträumen. Im Traum durchlebt er weitere Morde und seinen eigenen, qualvollen Tod durch den Rachegeist der Müllerin. Aus Angst hat er den Wachturm daher mit (nutzlosen) Schutzzeichen versehen.

Koschba Schäffler, der Schreiner

Im Dorf als Gierhalz und Lästermaul bekannt, hat der Schreiner Wirselgrunds kaum Freunde. Er kennt jeden Klatsch und Tratsch, sogar weitbesser als die Wirtsleute und die Schankmagd. In letzter Zeit wirkt er jedoch abwesend und seltsam.

Losiane Hangeisen, die Schmiedin

Die junge Schmiedin kam auf Empfehlung ihrer Meisterin, *Faduhenna Gladenbrock*, von Angbar nach Wirselgrund. Insgeheim machte sich Losiane große Sorgen, ob sie dem Anspruch der Dörfler genügen und Teil der Gemeinschaft werden würde. Im Großen und Ganzen gelang ihr das gut, doch einer der Dörfler hegt einen geheimen Groll gegen sie: Ihr Nachbar, der Tagelöhner *Maule Steinhag* (schiefe Nase, krätige Oberarme, vielfach geflickte Kleidung), hat nicht verwunden, dass sein Freund Ambros aus seiner Schmiede vertrieben wurde und sich schließlich zu Tode soff. Auch die Unsitte, dass Losiane bei der Arbeit laut zotige Lieder grölt, geht ihm gegen den Strich. Daher plant er, Losiane aus dem Dorf zu vergraulen. Seit einigen Wochen spielt er ihr nachts Streiche, entwendet Werkzeuge, zerstört die Schmiedeeinrichtung. Dabei achtet er darauf, dass seine Aktivitäten wie die Heimsuchung des Geistes von Ambros gedeutet werden können, und streut entsprechende Gerüchte. Eine von Losiane angeheuerte Heldengruppe kann ihm dadurch (und durch nächtliche Bewachung der Schmiede) leicht auf die Schliche kommen.

Losiane ist heimlich in *Misira Greibner*, die Schankmagd aus dem *Gasthaus zum Goldenen Kelch* (siehe Seite **44**), verliebt, und begibt sich deshalb regelmäßig in die Schankstube, in der Hoffnung, dass die schöne Schankmagd auf sie aufmerksam wird. Sie weiß nicht, dass Misira bereits heimlich mit Ritterin *Celissa von Wirselgrund* (siehe Seite **96**) liiert ist.

Maline Balkenwerck, die designierte Baumeisterin

Die junge Baumeisterin stammt ursprünglich aus einem kleinen Dorf in der Grafschaft Schlund. Als Tochter einer Steinmetzfamilie wurde ihr die Liebe zur Baukunst praktisch in die Wiege gelegt. Auch mit dem Volk der Zwerge kam sie in ihrer Heimat bereits früh in Kontakt. Ihre Ausbildung erhielt das talentierte Mädchen an der Meisterschule von Zirkel und Lot in Angbar, bei ebenfalls zwergischen Lehrmeistern. Im Anschluss an ihre Abschlussprüfung verbrachte sie zunächst ein Jahr in der Zunft der Steinmetze und Baumeister in der Kaiserstadt Gareth, ehe der gute Ruf von *Narax Sohn des Kurax* sie auf die Burg Blaustein lockte. Narax hat Maline sogar versprochen, sie dereinst in das zwergische Geheimnis des Gussmauerwerks, dem sogenannten *Batangr* einzuweihen. In der Zwischenzeit lässt sie ihr eigenes Haus im Alt-Angbarer Fachwerkstil errichten. Maline träumt davon, eines Tages eine Reise über den Raschtulswall in die Lande der Tulamiden zu unternehmen, um die unvergleichliche Architektur und Baukunst solch altehrwürdiger Städte wie Fasar, Rashdul oder Khunchom zu bestaunen und davon zu lernen. Auch die dämonische Baukunst in Yol-Ghurmak fasziniert sie insgeheim, aber das würde sie natürlich niemals offen zugeben.

Misira Greibner, die Schankmagd

Es gibt einen guten Grund, warum Misira bisher alle Annäherungsversuche der jungen Dörfler abgewiesen hat: Ihr Herz gehört bereits Ritterin *Celissa von Wirselgrund* (siehe Seite **96**), mit der sie seit dem letzten Fest der eingebrachten Früchte liiert ist. Beide sind sich einig, die Beziehung noch geheim zu halten: Die Ritterin, weil es sich für ihren Stand eigentlich nicht ziemt, sich mit einer Schankmagd gemein zu machen. Misira hingegen befürchtet, dass sich das Bekanntwerden der Beziehung auf ihr Trinkgeld auswirken könnte. Denn ihr größter Wunsch ist es, sich irgendwann eine eigene kleine Hütte mit einem Stück Land leisten zu können und dort mit ihrer geliebten Celissa zu leben.

Ihr angespartes Kapital (immerhin gut 50 Dukaten) verwahrt sie in einer Nische zwischen den Sparren des Dachgebälks. Immer wenn sie die Gästezimmer säubert, steigt sie über die stabile Truhe auf den Dachboden, um ihre Ersparnisse zu verstauen. Bisher hat noch niemand ihr Versteck entdeckt. Falls das doch einmal passieren sollte, wäre Misira sicherlich jeder Heldengruppe, die ihr Geld zurückbringt, sehr dankbar.

Dass sich die Schmiedin *Losiane Hangeisen* (siehe Seite **100**) in Misira verliebt hat und immer mehr Abende im Gasthaus verbringt, ist der Schankmagd noch nicht aufgefallen: Sie hält Losiane für eine nette Gästin, die einfach gerne einen Humpen Bier genießt.

Mythreljan von Ochsenweide, der Rüstmeister

Mythreljan stammt ursprünglich nicht aus dem Kosch, sondern aus dem benachbarten Königreich Garetien. Dort besuchte er eine kleine Kriegerschule, auf der er das Waffenhandwerk lernte, ehe er in die Welt hinauszog, und Abenteurer wurde. Während dieser Zeit war er tatsächlich am Tod des Purpurwurms Japghur beteiligt, ein Ereignis, das ihn bis heute prägt. Daher drängt er seinen guten Freund Junker Balinor in regelmäßigen Abständen dazu, endlich etwas gegen den Kaiserdrachen Drakantor zu unternehmen, »bevor der Wurm ausgewachsen ist«. Er ist ein durch und durch redlicher und aufrichtiger Charakter, der nichts zu verbergen hat, allerdings sehr hitzköpfig sein kann. Er regt sich dann lautstark auf, und wer immer in seiner Nähe ist, bekommt seinen Jähzorn zu spüren.

Mythreljanss Vorliebe für die unterschiedlichsten Waffen rührt daher, dass er unweit des Kaiserlich Garethischen Museums für Waffenkunde, im Volksmund auch schlicht »Kaiser Retos Waffenkammer« genannt, aufgewachsen ist. Er hat das Museum in der Pfalz Goldenstein sicherlich dutzende Male besucht und schwärmt noch heute von den Ausstellungsstücken. Insbesondere Belagerungswaffen und dergleichen haben es ihm angetan.

Narax Sohn des Kurax, der zwergische Baumeister

Obwohl er im Grunde keine Funktion auf der Burg erfüllt, ist der zwergische Baumeister *Narax Sohn des Kurax* von dort nicht wegzudenken. Er ist seit Jahrhunderten für die Erweiterungen der Burg verantwortlich und ein Freund der Familie von Schwanbrück. Narax hat mit mehreren Generationen der von Schwanbrücks zusammengearbeitet und er vertraut auch dem jetzigen Junker. Dennoch spürt der Zwerg langsam, dass es an der Zeit ist, sein Fachwissen weiterzugeben, damit es nicht verloren geht. Er mag noch Jahrhunderte als Baumeister arbeiten können und hat schon so manches Werk über Baukunst verfasst, aber er lehrt die talentierte menschliche Baumeisterin *Maline Balkenwerck* (siehe Seite **100**) in den praktischen Aspekten seiner Arbeit.

Padora Sindelsack, die Fischerin

Abseits des Dorfes Wirselgrund lebt die *Fischerin Padora Sindelsack*. Schon aufgrund ihres Namens wird sie von einigen Dörflern immer wieder aufgezogen und ist deshalb selten guter Laune. Die »Alte Pardona«, wie sie oft genannt wird – vor allem von Magister Darian Halmfold, der die Fischerin gerne wegen ihrer Namensähnlichkeit zu der Erzschurkin Pardona aufzieht –, verbringt einen Großteil ihrer Zeit am Fluss und fängt mit ihrer Angel Fische. Ein Netz setzt sie wegen ihres Aberglaubens nicht ein, glaubt sie doch, dass der launige Gott Efferd dies als Betrug des Fischerhandwerks betrachten würde. Mit *Ulfward Birnbier* (siehe Seite **102**), dem Wirt des Goldenen Kelchs, verbindet sie eine Freundschaft, einigen Gerüchten zufolge ist sie aber eine Schmugglerin oder steht mit einigen Halunken im Bunde.

> **Batangr**
>
> *Batangr* ist die aventurische Adaption von Beton. Er ist in etwa zu vergleichen mit dem römischen Opus caementitium.

Rondrabert Blaubock, der Müller

Als Einzelkind wuchs er nach dem frühen Tod seiner Mutter von seiner Großmutter überbehütet auf. Seinen Haushalt lässt sich der durch sein Handwerk und seine genügsame Art wohlhabende Mann von Töchtern aus dem Dorf führen. Doch keine scheint sich als Ehefrau zu eignen.

Rondrabert ist ein grundehrlicher Mann, doch wie viele Vertreter seines Berufsstandes leidet auch er unter den Vorurteilen gegenüber jenen, die außerhalb des Dorfs leben und arbeiten. So wird ihm nachgesagt, dass er Korn für sich behalte und zu wenig Mehl herausgebe.

Thalessia von Schwanbrück-Schotterfels, die Junkerin

Als die Adelsgeschlechter derer von Schwanbrück und derer von Schotterfels beschlossen, dass *Thalessia* und *Balinor* (siehe Seite **94**) heiraten sollten, war die Junkerin zunächst alles andere als begeistert. Sie wollte sich selbst ihren Ehemann aussuchen, doch musste sie sich eingestehen, dass Balinor eine gute Partie war, und anfängliche Ablehnung wurde bald durch Liebe und Vertrauen ersetzt. Zwar sehnt sich die Gemahlin des Junkers nach dem Leben in einer größeren Stadt, doch kann sie in Schwanbrück ungestört ihrer Leidenschaft, dem Reiten nachgehen. Erst nach dem Erscheinen von *Drakantor* (siehe Seite **97**) verzichtet sie auf lange Ausritte, hat sich immer mehr in Burg Blaustein zurückgezogen und teilt ihre Angst nur mit ihrer besten Freundin, der Zofe *Elida* (siehe Seite **97**).

Tsagunde Hangemann, die Stallmeisterin

Tsagunde Hangemann hat bisher nie in einem Stall gearbeitet und versteht sich dennoch intuitiv mit den ihr anvertrauten Vierbeinern. Dies erklärt sich durch die, wenn auch schwach ausgebildete, magische Begabung der Stallmeisterin.

Den fast schon aufdringlichen Avancen des Bauern begegnet sie unbeholfen und bemerkt sie kaum. Die Junkerin beobachtet derweil amüsiert das Treiben und würde ihrer Stallmeisterin gerne Hilfe zukommen lassen. Es bräuchte nur jemanden, der den beiden Seelen einen kleinen Stoß zu ihrem gemeinsamen Glück versetzt.

Ulfward und Renja Birnbier, die Wirtsleute

Als Ulfward vor 15 Jahren das Gasthaus von seinem kranken Vater Bosper übernahm, teilte dieser ihm auch das geheime Rezept seines beliebten Birnbräu-Biers mit. Doch kaum waren sein Vater verstorben und die letzten Birnbräu-Reserven aufgebraucht, als Ulfward mit Schrecken feststellte, dass er als Braumeister ein Versager war: Alle seine Versuche, aus Birnen, Gerstenmalz, Hopfen, Hefe und Honig etwas Schmackhaftes zu brauen, schlugen fehl. In seiner Verzweiflung reiste er (unter dem Vorwand, sich um unerledigte Angelegenheiten seines Vaters zu kümmern) nach Ferdok, wo er ein vergleichbares Bier fand. Seitdem lässt er sich jeden Monat ein paar Fässer des Biers an den Flusshafen liefern, die er nachts heimlich in sein Wohnhaus schafft. Außer der Hafenmeisterin *Boltsa Rüberich* weiß niemand von dem Schwindel – aus Scham hat er nicht einmal seiner Frau davon erzählt, sondern behauptet stets, er müsse sich im Keller des Wohnhauses einschließen, um neues Birnbräu herzustellen!

Natürlich hat Renja das nächtliche Fehlen ihres Gatten bemerkt, ahnt aber nichts von den heimlichen Bierlieferungen. Stattdessen verdächtigt sie ihn, ein Verhältnis mit der Fischerin *Padora Sindelsack* (siehe Seite **101**) zu haben, von der sie weiß, dass ihr Mann seit Jugendtagen mit ihr befreundet ist.

Ziberta Scherenschleifer, die Ingerimmgeweihte

Als Kaplanin für das Seelenheil der Burgbewohner ist die Ingerimmgeweihte *Ziberta Scherenschleifer* verantwortlich. Sie stammt nicht aus Schwanbrück, sondern aus der Nachbarbaronie Metenar. Ihre Familie war arm, sodass man froh war, dass sie als Novizin von einem Geweihten aufgenommen wurde. Sie steht vor allem für die Handwerker von Dorf Wirselgrund ein, während sie *Narax* (siehe Seite **101**), den zwergischen Baumeister und andere zwergische Handwerker für größenwahnsinnig hält und ihnen ablehnend gegenübersteht.

Geheimisse

In diesem Abschnitt findest du zahlreiche Geheimnisse rund um Burg Blaustein und Wirselgrund. Wenn ein Geheimnis direkt mit einer Person verbunden ist, findet du ein kleines Zahlensymbol, das dir die Seite der Personenbeschreibung angibt.

Balinors Geheimnisse

Vor 6 Jahren war Balinor heimlich mit der Ritterin *Celissa* (siehe Seite **96**) liiert. Seine Eltern wussten nichts von diesem Verhältnis und arrangierten mit der Adelsfamilie Schotterfels die Hochzeit mit seiner jetzigen Gemahlin *Thalessia* (siehe Seite **101**). Balinor und Celissa gaben ihre Beziehung auf, auch wenn es beiden schwerfiel. Während Balinor mit Thalessia glücklich wurde, bandelte die Ritterin unstandesgemäß mit der Schankmagd *Misira Greibner* (siehe Seite **100**) an. Zwar sind Balinor und Celissa schon Jahre getrennt, aber dennoch sind sie in Freundschaft miteinander verbunden. Manchmal überkommen sie die Erinnerung an frühere Zeiten und beide versuchen die Gefühle zueinander zu unterdrücken, denn sie wollen nicht, dass ihre neuen Partnerinnen darunter leiden.

Durch seinen Vater und *Narax* (siehe Seite **101**) kennt Balinor das Geheimnis um den Blaustein (siehe Seite **108**). Er ist sich der Gefahr bewusst, die der Karfunkel im Inneren der Truhe mit sich bringt, und hat bei Rondra geschworen, dass er das zaubermächtige Artefakt beschützen wird, damit es nicht in falsche Hände gerät. Zwar kann der Karfunkel nicht einfach vernichtet werden, aber solange er sich in der Blaubasalt-Truhe befindet, kann niemand damit etwas Böses anrichten. Balinor vermutet, dass der junge Kaiserdrache, der in der Region aufgetaucht ist, hinter dem Karfunkel her ist – und nun sucht Balinor tapfere Helden, die den Drachen erlegen oder zumindest vertreiben.

Boltsas Geheimnisse

Der Flusshandel in Wirselgrund gedeiht bei weitem nicht so gut, wie es der zuversichtliche Junker gerne hätte: Größere Schiffe legen gar nicht im Hafen an, um Waren zu verkaufen, sondern lieber direkt in der größeren Grafenstadt Koschtal. Und die im Ort hergestellten Erzeugnisse sind weder bemerkenswert noch so zahlreich, dass sich ihr Verkauf anderswo für Flusshändler lohnte.

Narax Sohn des Kurax, der den Hafenausbau plante, hat *Boltsa* »nahegelegt«, dies vor dem Junker zu verbergen, indem sie größere Umsatzzahlen bei gleich hohen Einnahmen aus Hafengebühren angibt. Irgendwann muss dieser Schwindel auffliegen – und die Hafenmeisterin will dafür nicht den Hals hinhalten. Gut möglich, dass sie von durchreisenden Abenteurern ein Täuschungsmanöver inszenieren lässt, um die doppelte Buchführung auf Dauer zu verbergen.

Der Konflikt zwischen *Padora Sindelsack* und *Boltsa Rüberich* geht über Ärger wegen des schlechteren Fischfangs hinaus: Der ordentlich geführte Flusshafen schadet dem Schmuggel entlang der Bodrin, der mit der kaum überwachten, alten Anlegestelle viel leichter war. Es ist möglich, dass *Padora* ihren zwielichtigen »Bekannten« einen Hinweis gibt, wenn eine wertvolle Ladung im Hafen eintrifft.

Cadrimas Geheimnisse

Cadrima pflegt ein freundschaftliches Verhältnis zu *Rondrabert Blaubock*, Wirselgrunds Müller, der ihr so manches Geheimnis anvertraut. So weiß sie auch von dem Geist *Saphira Ulfarans* und *Rondraberts* Verdacht, dass einer der Wächter die Müllergesellin umgebracht hat.

Die Hügelzwergin hat im Lauf der Jahrzehnte so viel schmückenden Zierrat an ihre Deckenbalken gehängt, dass sie selbst nicht mehr genau weiß, woher und von wem sie welches Stück bekam. Daher ist ihr unbekannt, dass sich zwischen dem bunten Tand auch einige wertvolle Gegenstände verbergen – etwa eine tönerne Pfeife in Vogelform, mit der man Tiere besänftigen kann, ein Einhornfigürchen aus Walrosszahn mit Saphiren als Augen und ein gegossener Silbertaler aus Gratenfels, für den Sammler das Vielfache seines Nennwerts bezahlen würden.

Celissas Geheimnisse

Celissas bestgehütetes Geheimnis ist ihre Herkunft. Zwar gilt sie als das Kind zweier Kleinadliger, aber die Wahrheit ist, dass ihre Eltern zwei arme Bauern waren, die in einem Krieg ums Leben kamen. Der wandernde Ritter *Odilfried von Nadoret*, der zusammen mit seiner Knappin durch die Lande zog, nahm die Waise als Dienerin auf. Während eines Kampfes mit einem Tatzelwurm kam die Knappin ums Leben und der Ritter wurde tödlich verletzt. Er gab Celissa seinen Segen, die Rolle seiner Knappin einzunehmen, auch wenn sie nicht adlig war. So führt Celissa seitdem ein Leben als Ritterin, ohne je den Ritterschlag erhalten zu haben.

Vor einigen Jahren unterhielt Celissa eine geheime Beziehung zu *Balinor* (siehe Seite **94**). Sie rettete ihm bei einem Kampf gegen Orks das Leben und sie verliebten sich ineinander. Celissa schwor ihm, dass sie ihm treu dienen würde, und hielt sich seither an ihr Versprechen. Beide trennten sich, als Balinor für die Ehe mit Thalessia von Schotterfels vorgesehen war. Celissa war darüber sehr betrübt, doch sie sah ihre zerbrochene Beziehung als Ausgleich für ihre gestohlene Identität und die Lüge, mit der sie leben musste. Einige Zeit später verliebte sie sich jedoch neu und lebt in einer anderen geheimen Beziehung, dieses Mal mit der Schankmagd *Misira Greibner* (siehe Seite **100**). Seitdem ist Celissa sich unsicher, ob sie ihr ihre nichtadlige Herkunft gestehen oder weiterhin mit einer Lüge leben soll.

Dimeloës Geheimnisse

Dimeloë hat nicht ganz freiwillig ihre Sippe verlassen. Ihre Neugier und ihr Interesse an den Hochelfen stieß bei den übrigen naturverbundenen Sippenmitgliedern auf Ablehnung und auf misstrauische Blicke. Sie befürchteten, dass Dimeloë auf dem Weg war, *badoc* zu werden. Da sie diese Wesensveränderung als Krankheit betrachteten, baten sie Dimeloë, die Sippe zu verlassen. Seitdem streunt die Auelfe bereits seit etwa 100 Jahren durch Aventurien und fühlt sich oftmals den ebenso neugierigen Menschen mehr verbunden als ihrer Sippe. Dennoch sehnt sie sich nach Hause, wenngleich sie weiß, dass dieser Wunsch ihr verwehrt bleiben wird.

Neben der Neugier, die Ruine des Sommerpalastes zu erforschen, trieb Dimeloë auch ihre Faszination für Drachen sie nach Schwanbrück. Den jungen Kaiserdrachen *Drakantor* (siehe Seite **97**) hat sie schon des Öfteren über das kleine Wäldchen fliegen sehen und seine Sehnsucht nach einem Schatz gespürt, der in Burg Blaustein verwahrt wird. Da Elfen nur ihren Bogen als persönlichen Besitz kennen, hat auch Dimeloë kein größeres Verständnis dafür, warum die Burgbewohner dem Drachen nicht den Schatz, der offenbar so wichtig für ihn ist, überlassen wollen. Auch wenn sie den Menschen nicht schaden will: Für einen Austausch von Wissen würde sie Drakantor wohl helfen, den Blaustein zu erbeuten …

Elidas Geheimnisse

Elida wird von den meisten Bewohnern der Burg kaum beachtet und ist für sie fast unsichtbar. Auch ist sie leichtfüßig, und als sie gerade im Burghof stand, konnte sie ein Gespräch zwischen der Ritterin Celissa und dem Junker belauschen. Beide redeten über die Vergangenheit und so erfuhr Elida von der Beziehung zwischen den beiden. Schockiert wusste sie nicht, was sie tun sollte, und wandte sich an den Borongeweihten Boronadus (siehe Seite **95**). Dieser riet ihr zum Schweigen, denn das Vergangene spielte für das Jetzt keine Rolle. Dennoch ist Elida schon lange im Zweifel, ob sie ihrer Freundin Thalessia nicht verraten sollte, dass ihr Ehemann und die Ritterin ein Verhältnis hatten, bevor sie beide heirateten.

Obwohl sie die Zusammenhänge noch nicht kennt, ist Elida dem namenlosen Komplott im Dorf auf der Spur. In der Nähe der Baustelle hat sie eine abgerissene Buchseite entdeckt, in der seltsame bedrohliche Texte stehen, und das Symbol des Namenlosen prangte auf der Seite.

Ihre zaghaften Nachforschungen unter den Dörflern und bei den langlebigen Zwergen haben ergeben, dass das alte Haus von Alrike Birselhof vor vielen Jahren abbrannte und etwa zur gleichen Zeit auch die Müllerin aus der Mühle verschwand. Elida vermutet, dass möglicherweise der jetzige Müller etwas damit zu tun haben könnte. Bislang hat sie ihren Freunden gegenüber nur Andeutungen gemacht, weil sie noch keine stichhaltigen Beweise vorlegen kann.

Kerling Kornmahler (siehe Seite **100**) ist Elidas ständige Nachfragerei und die Nachforschungen im Fall des Hausbrandes und der toten Müllerin schon aufgefallen. Noch hält er sie nicht für eine akute Bedrohung, da sie die Zusammenhänge noch nicht herausgefunden hat, aber er beobachtet sie und plant, sie zum Schweigen zu bringen, wenn es sein muss.

Hochfelder Geheimnisse

Gänzlich glücklich ist Familie Hochfelder nicht: Die traviafürchtige *Lanzana* erhofft sich ein drittes Kind, ist bislang aber noch nicht von der Göttin Tsa gesegnet. Dafür gibt sie *Myros* die Schuld, der in letzter Zeit viel zu oft mit der – aus *Lanzanas* Sicht – zügellosen Schmiedin *Losiane Hangeisen* (siehe *Dorfschmiede (4)*) spricht. Sie hat ihn des Ehebetts verwiesen, weshalb er so manchen Abend im *Gasthaus zum Goldenen Kelch (5)* beendet.

Dabei beruht dieser Zwist auf einem Missverständnis: Um die Feldarbeit zu erleichtern, hat *Myros* bei *Losiane* einen Wendepflug mit geschmiedeter Pflugschar bestellt, der den bisherigen hölzernen ersetzen soll. Da die armen Hochfelders nicht die zum Kauf nötigen 150 Silbertaler besitzen, geht *Myros* häufig in die Schmiede, um kleine Aufträge für *Losiane* zu erledigen, um so nach und nach ihr Handwerk abzubezahlen. Da er diese teure Bestellung leichtfertig gemacht hat und nicht zuvor mit seiner Frau sprach, hat er ein schlechtes Gewissen und will *Lanzana* den wahren Grund seiner Besuche nicht verraten.

In der hohlen Gänsefigur des Traviaschreins spart *Lanzana* heimlich alle größeren Münzen, die sie durch Handlangerdienste einnimmt oder aus der Familienkasse abzweigen kann. Damit will sie einmal das Lehrgeld für die kluge Wolfharda bezahlen – aber ein redegewandter Schurke könnte es ihr auch abschwatzen, um es angeblich im großen Tsatempel zu Ogertod in der Baronie Rohalssteg zu opfern, damit die junge Göttin ihr ein weiteres, gesundes Kind schenkt.

Koschbas Geheimnisse

Koschba Schäffler erlebt seit einiger Zeit sehr eindringliche Träume. In diesen erscheinen ihm Bilder von merkwürdigen Konstruktionen. Nicht immer versteht er deren Funktion oder kann sich an jedes Detail erinnern. Dennoch hält er sie für wichtig genug, um sie aufzuzeichnen. Was, beziehungsweise wer genau hinter diesen Träumen steckt, ob sie vor einer drohenden Gefahr warnen, diese Gefahr selbst sind oder Mittel, um einer solchen Gefahr zu begegnen, weiß der Meister selbst nicht so recht. Der friedlose Geist eines zwergischen Mechanicus, eine Botschaft seiner Frau, ja auch drachische oder düstere Einflüsse schwirren Koschba Schäffler als Erklärungen durch den Kopf. Das Verhalten des Schreinermeisters wird dabei möglicherweise so sonderbar, dass Dorfbewohner ihn verdächtigen, seinen kleinen Finger dem Namenlosen geopfert zu haben. Auch für Nachforschende ist Koschba zunächst ein möglicher Verdächtiger, dessen Harmlosigkeit sich erst mit der Zeit offenbart.

Ingunde sieht ihr zukünftiges Familienglück eng mit der Aussicht, Meisterin der Werkstatt zu werden, verknüpft. Sollte ihre Erbschaft in Frage stehen, könnte die junge Frau aus schierer Verzweiflung ihrem Meister oder potentiellen Erben nach dem Leben trachten. So könnte ein außereheliches Kind der Frau Schäfflers ins Dorf gelangen und nach Anerkennung durch den Vater verlangen.

Fröhlichs Neugier, aber auch sein Ungeschick und seine Leichtgläubigkeit können ihn in vielerlei Gefahren bringen, aus welchen er gerettet werden muss. Ebenso kann er einen wichtigen Zufallsfund gemacht haben, welcher Suchenden weiterhilft, wenn sie bei Nachforschungen auf der Stelle treten.

Hinter den leeren Fallen mag ein besonders schlauer Fuchs, ein Waldbewohner oder auch ein Feenwesen stecken. Mithin ist also nicht die Konstruktion der Vogelfänger das Problem, sondern es gilt, den Urheber zu finden und ihn von seinem Tun abzubringen.

Narax' Geheimnisse

Narax kennt das Geheimnis des Blausteins in der Burg. Er war vor einigen Jahrhunderten einer der zwergischen Minenarbeiter, die den Drachen Drakkin bezwangen und den Karfunkel des Drachen in dem Blaubasalt-Konstrukt einschlossen. Das Auftauchen des jungen Kaiserdrachen *Drakantor* (siehe Seite **97**) erfüllt Narax mit Furcht, weiß er doch, welche schrecklichen Taten ein solcher Drache anzurichten weiß.

Auch wenn Zwerge Jahrhunderte (bisweilen Jahrtausende) alt werden, so sind sie nicht unsterblich. Narax spürt mittlerweile immer mehr die Last des Alters und seine Augen werden immer schlechter. Noch ist er zu eitel, um sich Augengläser anfertigen zu lassen, aber weise genug, um sich über einen Nachfolger Gedanken zu machen. Da er keine Kinder hat und auch kein anderer Zwerg in der nahen Umgebung seines Erbes würdig ist, hat er sich nach einem Menschen umgesehen und in *Maline Balkenwerck* (siehe Seite **100**) eine erstklassige Schülerin gefunden. Diese Entscheidung hat ihn aber bei den anderen Zwergen des Junkerguts in Ungnade fallen lassen, da sie nicht verstehen können, wieso er einer Menschenfrau den Vorzug vor einem Zwerg gibt.

Padoras Geheimnisse

Die Gerüchte, dass Padora mit einer Schmugglerbande zusammenarbeitet, sind falsch. Tatsächlich gibt es eine Schmugglerbande, doch diese hält Kontakt zu Padoras Erzfeindin, der Hafenmeisterin *Boltsa* (siehe Seite **94**).

Dort wo sich heute die Baustelle (siehe Seite **34**) im Dorf befindet, lebte eine Dörflerin namens *Alrike Birselhof*. Padora beobachtete Alrike häufiger, wie sie sich mit dem Büttel *Kerling Kornmahler* (siehe Seite **100**) in der Nähe der Bodrin traf. Zwar konnte sie nicht verstehen, was die beiden besprachen, aber kurze Zeit später brannte Alrikes Haus und sie verstarb in den Flammen.

Was nicht einmal Padora weiß: Alrike und Kerling dienten dem Namenlosen, doch Kerling glaubte, dass Alrike ihn verraten würde, weshalb er sie ermordete. Padora kann deshalb als Informantin dienen, wenn jemand den Brand oder die Hinweise auf namenlose Umtriebe im Dorf untersucht.

Rondraberts Geheimnisse

Rondrabert weiß, wer das Mühlengespenst ist, und hat keine Angst. Er meidet über sein Tagwerk hinausgehenden Kontakt zu den meisten Einwohnern auch deshalb, weil er fürchtet, dass jemand *Saphira* sehen und einen Praiospriester holen könnte, um sie auszutreiben.

Er glaubte nie, dass ein Unfall ihre Todesursache war, sondern hegte früh einen Verdacht gegen einen der Stadtwächter. Als er erfuhr, dass *Saphiras* Erspartes verschwunden, jener Büttel aber überraschend zu Geld gekommen war, erkannte er die Wahrheit. Gegen ihren Mörder traut er sich nicht vorzugehen – denn wer würde ihm, dem einsilbigen Müller, schon Glauben schenken?

Die einst auf der Mühle brütende Störchin wurde nicht von einem beliebigen Wilderer getötet: Ein Anhänger des Gotts ohne Namen, der unerkannt im Dorf lebt, hat das heilige Tier in eine Falle gelockt und es seinem finsteren Herrn geopfert. Nur etwas Blut, Federn und einen Armbrustbolzen hat derjenige als falschen Hinweis auf das vermeintliche Schicksal des Vogels zurückgelassen.

Thalessias Geheimnisse

Als eine der wenigen Bewohner Schwanbrücks gelangte Thalessia bei einem ihrer Ausritte zu der hochelfischen Ruine (siehe Seite **72**) und erkundete sie ein wenig. *Dimeloë Silberwind* (siehe Seite **96**) beobachtete, getarnt durch einen Unsichtbarkeitszauber, den Mensch argwöhnisch, als sie aber einsah, dass die Junkerin keine nennenswerte Gefahr darstellte, kam sie – immer noch unsichtbar – näher und erklärte Thalessia, dass der Ort nicht für sie bestimmt sei und sie darüber schweigen sollte. Eingeschüchtert von dem »unsichtbaren Geist« tat Thalessia, wie ihr befohlen, seitdem wälzt sie jedoch auf Burg Blaustein einige Bücher über die Geschichte des Ortes und elfische Hinterlassenschaften. Zu gerne würde sie wieder dorthin, oder eine Gruppe Abenteurer losschicken, die die Ruine erforschen sollen.

Bei einem ihrer Reitausflüge im Umland der Burg entdeckte Thalessia unbemerkt ein Liebespaar im Gras. Sie erkannte sowohl die Ritterin *Celissa von Wirselgrund* (siehe Seite **96**) als auch (mit Verwunderung) die Schankmagd *Misira Greibner* (siehe Seite **100**). Obwohl ein Verhältnis zwischen einer Ritterin und einer Schankmagd sich nicht geziemt, konnte Thalessia bemerken, wie sehr sich die beiden liebten, und beschloss, niemanden etwas von deren Beziehung zu sagen.

Möglicherweise würde die Junkerin anders reagieren, wenn sie wüsste, dass Celissa vor Thalessias Hochzeit mit Balinor ein Verhältnis mit ihrem Mann hatte. Zwar ist die Junkerin nicht übermäßig eifersüchtig, doch dass die Ritterin eine Liebesbeziehung mit ihrem Mann hatte und ihm nun als Leibwächterin dient, würde sie nicht ohne weiteres akzeptieren.

Zibertas Geheimnisse

Ziberta hat heimlich *Balinor* (siehe Seite **94**) und *Narax* (siehe Seite **101**) über den Blaustein reden hören und hat eine grobe Vorstellung davor, dass sich in der Blaubasalt-Kiste ein wertvolles Artefakt befinden muss. Da sie Zwerge für größenwahnsinnig in ihrer Schaffenskraft hält, hat sie überlegt, ob sie das Artefakt nicht besser vernichten soll, bevor damit irgendein magischer Unsinn getrieben wird. Noch hat sie sich nicht dazu entschlossen, den Besitz des Junkers anzurühren, ihr ist es aber auch noch nicht gelungen, den Mechanismus zum Öffnen der Kiste zu entschlüsseln.

Wegen des Zwiespalts ist sie des Öfteren beim stillen Beten zu sehen, wo sie sich eine Antwort von ihrem Gott Ingerimm erhofft.

Den zwergischen Glasbläsern um *Fobosch Sohn des Dugobalosch* (siehe Seite **98**) steht die Geweihte besonders skeptisch gegenüber. Glas erachtet sie nicht als von Ingerimm auserwähltes Element, sondern als neumodischen Unsinn, der sich nie durchsetzen wird. Aus ihrer Sicht schadet die Glasbläserei dem Junkergut und könnte vielleicht sogar zu einem Waldbrand führen. So versucht Ziberta immer wieder dem Junker ins Ohr zu flüstern, dass er die Zwerge doch besser in eine Nachbarbaronie schicken soll, oder redet im Wirtshaus mit anderen Gästen über die Gefahr, die von dem Handwerk des Glasblasens ausgeht.

Der Fluchttunnel

Das Wissen um den Fluchttunnel wäre in den falschen Händen eine große Gefahr für die Burg. Gerade *Xerane Moosbacher* wäre brennend daran interessiert. Der Zugang zum Fluchttunnel mag sich jedoch auch als letzte Rettung in großer Gefahr erweisen. Sei es, weil bei einer Belagerung der Burg eine wichtige Nachricht herein- oder herausgeschleust werden muss, z. B., weil bei einem Kampf in den Stallungen jemand unverhofft in den Boden einbricht, weil morsche Balken oder loses Steinwerk nachgeben.

Der Kater Rohalstag vermag durch eine kleine Öffnung in den Fluchttunnel zu gelangen, jagt dort Mäuse und nutzt die Gänge für Ausflüge in die Burganlage.

Bei der Erstürmung des Bluatturms durch Orks während der Magierkriege erschlug ein Ritter mit seinem letzten Atemzug einen riesigen Kriegsoger und rettete so die Wirselgrunder. Diese Heldentat ist in Vergessenheit geraten, doch lässt sich das Geschehene aus der Tempelchronik des Borontempels (siehe Seite **36**) rekonstruieren.

Die Verschwörung des Namenlosen

Schon seit vielen Jahren gibt es in Wirselgrund ein Komplott, das bis heute unentdeckt geblieben ist. Vor etwa zwanzig Jahren ergab es sich, dass das Weltbild des Büttels Kerling Kornmahler ins Wanken geriet. Er war bis dahin nie ein besonders gläubiger Mann, doch seine Weltanschauung wurde durch die Möglichkeiten verändert, welche Macht und Reichtum ihm die Anbetung des Namenlosen einbringen. Heimlich suchte er nach weiteren Dörflern, die seine Bestrebungen teilten, einen Zirkel aufzubauen, um den finsteren Gott anzubeten, er fand jedoch nur in der Handwerkerin Alrike eine Verbündete. Beide trauten sich nicht, sich dem Namenlosen zu weihen, aber sie studierten ein Buch, welches dessen Verheißung beschrieb. Schlussendlich endete alles in einer Tragödie, indem Kerling die Müllerin Saphira ermordete, ebenso seine Mitwisserin Alrike, und er sogar ihr Haus anzündete.

Heute ist Kerling nur noch darauf bedacht, nicht aufzufallen und alle Spuren zu beseitigen. Zu seinem Leidwesen ist ihm durch Zufall die Zofe Elida auf der Spur. Wenn sie oder etwaige Helden mehr über seine Vergangenheit herausfinden, sieht er sich gezwungen zu handeln.

Die stumme Saphira, das Gespenst

Als *Rondrabert* noch ein Jüngling war, hatte sein Vater eine tüchtige Gesellin, *Saphira Ulfaran* mit Namen. Der Heranwachsende und die wenig ältere Müllergesellin mochten sich sehr. Doch eines Morgens fand *Rondrabert* sie ertrunken im Mühlgraben, »dabei war sie eine gute Schwimmerin«. Seither kehrt die als ruheloser Geist an die Mühle gefesselte Seele in jeder Neumondnacht zurück und geht um. Sie erscheint als durchscheinende, nebelgraue Gestalt einer jungen Frau mit Mittelscheitel und langem Zopf in der Zunftkleidung einer Müllerin. Sie hat die Hände vor den Mund gelegt und kann keinen Laut von sich geben.

Murmel, der Feldhamsterbiestinger

Am nördlichen Rand des Weizenfeldes gibt es eine kleine Erdhöhle, in der ein Feldhamster lebt. Bei dem Hamster handelt es sich aber nicht um ein normales Tier, sondern um ein Feenwesen, einen sogenannten Biestinger. *Murmel* ist ziemlich ängstlich und versucht sich vor Menschen zu verstecken.

Der kleine Feldhamster lebt schon seit vielen Jahrhunderten in dem fruchtbaren Feld von Bauer Dinkelkorn. Unterhalb des Felds liegt die Feenwelt, aus der er ursprünglich stammt, doch dort wächst kein Weizen, und das Getreide ist seine Lieblingsspeise. Aus diesem Grund hat er sein Zuhause in einer Erdmulde in der Mitte des Feldes bezogen. Von Menschen hält er sich üblicherweise fern, da er weiß, dass sie Feldhamster als Schädlinge betrachten und ihn jagen. Die einzige Person, mit der er sich angefreundet hat, ist *Alma Liebblum*, die Schülerin des Magiers *Darian Halmfold* (siehe Seite **96**). Ihr gelang es als einziger, ihn mit einem Telekinese-Zauber zu fangen, und er offenbarte sich ihr als Biestinger. Alma ließ Murmel wieder frei und freundete sich mit ihm an, seitdem bringt sie ihm regelmäßig einige Walnüsse.

Seit einiger Zeit spürt Murmel jedoch den dämonischen Odem, der aus dem Rohalschen Gefäß strömt, und überlegt, was er dagegen tun kann. Er hat Alma davon noch nicht berichtet, da er sie nicht in Gefahr bringen will, und überlegt deshalb, ob er mutigen Fremden einen Hinweis geben soll, damit sie die Bedrohung untersuchen.

Neben den vielen Gerüchten rund um das verfluchte Feld birgt der Boden, auf dem der Weizen wächst, tatsächlich einige wahre Geheimnisse.

Murmel spürt schon seit einiger Zeit eine bedrohliche Macht, die auch für einige der angsteinflößenden Ereignisse verantwortlich ist.

Irgendwo in der Mitte des Felds liegt, begraben von einem halben Spann Erde, ein Rohalsches Gefäß. Dieses urnenartige Objekt ist nicht ganz dicht und verströmt bei bestimmten Sternenkonstellationen einen dämonischen Odem über das Feld. Der Odem sorgt dafür, dass Menschen flüsternde Stimmen hören oder sich beobachtet fühlen. Noch geht keine größere Gefahr von dem Gefäß aus. Sollte jedoch jemand den Verschluss öffnen, so wird ein bedrohlicher Dämon namens *Nemanar* befreit, der großes Unheil über das Dorf bringen wird.

Wasser des Klebeichenbaches

In der Tat besitzt das Wasser des Klebeichenbaches besondere Kräfte, da die Quelle des Baches in einer Feenglobule oberhalb des Felsplateaus entspringt. Durch einen schmalen Riss schlängelt sich das Wasser eine Felswand hinab und bildet im Bereich des Fundamentes der alten Elfenruine ein größeres Rinnsal.

Rohalsches Gefäss

Rohal der Weise war vor etwa 500 Jahren der Herrscher des Mittelreichs. Seine Herrschaft war von Frieden und Gelehrtheit geprägt. Rohal war zudem ein mächtiger Magier und lebte über 100 Jahre lang. Man sagte ihm sogar nach, dass er ein Halbgott gewesen sei. Während seiner Regentschaft erschuf er viele der sogenannten Rohalschen Gefäße: Urnen, in denen er machtvolle Dämonen einsperrte, damit sie kein Unheil anrichten konnte.

Biestinger

Bei Biestingern handelt es sich um Feenwesen, die in der Gestalt von Tieren in Aventurien leben. Sie sind intelligent, meistens sprachbegabt und zumeist friedliche Wesen, die allenfalls neugierig oder zu Späßen aufgelegt sind.

Der Blaustein

Der sagenhafte Blaustein, der auch der Burg ihren Namen gab, ist ein gut gehütetes Geheimnis von Narax und der Junkersfamilie. Als vor etwa 300 Jahren der bösartige Kaiserdrache Drakkin besiegt wurde, wurde dessen Karfunkel in einer Truhe aus Blaubasalt eingelagert, um die Macht des Seelensteins einzusperren. Die auch Blaustein genannte Truhe befindet sich irgendwo in der Burg des Junkers eingeschlossen und wird durch geodische Zaubermacht geschützt, sodass sie kaum zu öffnen ist.

Dennoch mögen Diebe, insbesondere im Auftrag des jungen Kaiserdrachen Drakantor, ein Auge auf die Truhe geworfen haben und könnten versuchen, den Inhalt zu entwenden.

Glossar

Affenmensch: aventurisches Pendant zum Neandertaler, kommt selten vor, lebt aber in kleinen Sippen in verschiedenen Gebirgen
Al'Anfa: a) ein Imperium im Süden Aventuriens; b) Hauptstadt des gleichnamigen Imperiums
Albenhus: eine Stadt im Herzogtum Nordmarken
Albernia: ein Fürstentum, Provinz des Mittelreiches
Aldifreid von Trallop: ein Heiliger des Ingerimm, Schutzpatron der Instrumentbauer
Ambosszwerg: ein Angehöriger eines wehrhaften Zwergenvolkes
Andergast: a) Königreich im Nordwesten Aventuriens; b) Hauptstadt des gleichnamigen Königreichs, liegt oft mit dem Königreich Nostria im Krieg
Angbar: Hauptstadt des Fürstentums Kosch
Angbarer Bier: eine gute Biersorte
Angbarer See: großer See bei Angbar
Angrosch: Hauptgott der Zwerge, bei Menschen als Ingerimm bekannt
Angroschim: zwergisches Wort für Zwerge
Aranien: ein großes, wohlhabendes Reich in den Tulamidenlanden
Arbalone: ein Torsionsgeschütz
Auelf: ein Angehöriger eines Elfenvolkes, was vor allem an Seen, Flüssen und Auen lebt; recht weit verbreitet, vor allem im Königreich Garetien und dem Horasreich
Aventurien: der wichtigste Kontinent der Welt Dere
Badoc: elfisches Wort für geistige Verunreinigung
Bannstrahler: ein fanatischer Orden des Praios, der die Welt von Magie befreien will
Bärenfang: eine Baronie in den Hügellanden
Baron/in: der Titel eines Hochadligen
Baumdrache: eine niedere Drachenart
Bergkönigreich: ein (teils unterirdisches) Königreich, in dem Zwerge leben
Biestinger: kleine, tiergestaltige Feen
Bishdariel: ein Diener Borons, sendet Träume
Blaubasalt: eine antimagische Gesteinsart
Blaue Keuche: üble Krankheit, sehr ansteckend
Blaustein: eine Kiste aus Blaubasalt in Burg Blaustein
Borbarad: mächtigster aller Schwarzmagier, Bruder Rohals, eroberte Teile des Mittelreiches, genannt „Der Dämonenmeister"
Bornland: ein Land im Nordosten Aventuriens, sehr waldreich
Boron: der Gott des Schlafes, Todes und des Vergessens
Boronanger: aventurisches Wort für Friedhof
Bosparan: eine alte, untergegangene Stadt im heutigen Horasreich
Bosparanischen Reich: ein altes, mächtiges, aber untergegangenes Reich, umfasste viele Teile Aventuriens
Bosparans Fall: Zeitrechnung in den meisten Ländern
Bromlolix: Zwergisch für "leeres Steinchen"
Burg Blaustein: eine mächtige Burg im Junkergut Schwanbrück
Chimäre: ein Mischwesen, erschaffen durch schwarze Magie
Dämonenmeister: ein Name für Borbarad, den mächtigsten aller Schwarzmagier
Dämonenpaktierer: eine Person, die einen Pakt mit einem Erzdämon geschlossen hat, Frevler wider die Zwölfgötter
Dere: die Welt, auf der Aventurien, Uthuria, das Riesen- und Güldenland liegen
Drachentöter: a) eine zwergische, Lanzen-ähnliche Waffe; b) ein Ehrentitel für jemanden, der einen Drachen getötet hat
Drachenzahn: eine zwergische Waffe, ein Dolch
Drakfold: eine Baronie in den Hügellanden
Druide: Naturzauberer
Echsenmensch: auch Achaz genannt, ein humanoides Wesen, lebt vor allem in südlichen Sümpfen und auch Maraskan
Edle/r: der Titel eines Niederadligen
Efeuer: eine Kletterpflanze, die ein brennendes Sekret absondert
Efferd: der Gott der Stürme, des Wasser und des Windes
Elementar: ein magisches Wesen, welches aus einem der sechs aventurischen Elemente Feuer, Wasser, Luft, Humus, Erz oder Eis besteht
Elf: eine magisch begabte, humanoide Spezies
Erzdämon: jenseitige Wesen, Gegner der Götter, siehe Seite 13
Erzmagier: Titel eines mächtigen Magiers
Erzzwerg: Angehöriger eines konservativen Zwergenvolkes
Fasar: eine große, alte Stadt in den Tulamidenlanden
Fee: ein magisches Wesen aus einer anderen Welt
Felsspalter: zwergische Waffe, Zweihandaxt
Ferdoker Garde: eine berühmte Reitereinheit, die ausschließlich aus Frauen besteht
Ferdoker Warmblüter: eine Pferderasse
Feste Koschgau: eine Feste in der Baronie Koschgau, in der unheilvolle Artefakte aufbewahrt werden
Firnelf: Elfen, die in der eisigen Region im Norde Aventuriens leben
Firun: der Gott des Eises, der Jagd und der Natur
Firunsföhre: ein Baum, eine Kieferart
Fjarninger: ein Barbarenvolk, dass im Norden Aventuriens lebt
Fürst/in: der Titel eines Hochadligen
Gareth: größte Stadt Aventuriens, Hauptstadt des Königreiches Garetien und des Mittelreiches
Garether Erbfolgekriege: ein Krieg im Mittelreich, um einen neue Kaiser zu bestimmen
Garnelblau: ein Färbstoff
Geode: zwergische Druiden, beherrschen Elementarmagie
Geschuppte: allgemeine Bezeichnung für Drachen und Echsenmenschen
Ghul: leichenfressendes Scheusal
Goblin: eine humanoide Spezies, kleiner als ein Mensch, rotbefellt
Goldenstein: eine Pfalz der Kaiserin
Golf von Tuzak: ein Golf, gelegen an der Küste Maraskans
Golgari: ein Diener Borons, er führt die Seelen der Toten über das Nirgendmeer
Gott ohne Namen: ein böser Gott, der Widersacher aller anderen Götter und Erzdämonen
Graf/Gräfin: der Titel eines Hochadligen
Gratenfels: eine Stadt in den Nordmarken
Greif: ein übernatürliches Wesen, ein Diener des Praios'.
Greifenpass: ein Pass zischen dem Kosch und den Nordmarken
Greingsschlucht: der Ort eines Drachenhorts
Greve: eine Art Beamter im Kosch
Griffonensphäre: eine Kugel, ein Reichsinsignium
Großer Fluss: ein Fluss, der sich durch den Osten des Mittelreiches schlängelt, sehr groß
Grubenwurm: eine niedere Drachenart
Güldener: eine Bezeichnung für den Gott ohne Namen
Güldenland: mysteriöser Kontinent im Osten, getrennt von Aventurien durch ein großes Meer
Havena: Hauptstadt des Fürstentums Albernia
Helles Ferdoker: sehr leckeres Bier
Hesinde: Göttin des Kunsthandwerkes, der Magie und des Wissens
Hexe: eine Naturzauberin; verfügt über ein Vertrautentier
Hochelf: Angehöriger der früheren Hochkultur der Elfen, mittlerweile untergegangen
Hochkönig: König aller Zwerge
Horasreich: ein Reich in Aventurien, etwas moderner als das Mittelreich
Hornisse: ein Pfeile verschießendes Geschütz
Hügellande: eine Grafschaft im Fürstentum Kosch
Hügelzwerg: ein gemütliches Zwergenvolk
Ifirn: Göttin des Winters, die milde Tochter des Firun
Ingerimm: der Gott des Feuers, des Handwerks und der Schmiedekunst
Isdira: die Sprache der Elfen
Junker/in: der Titel eines Niederadligen
Kaiserdrache: eine mächtige Drachenart
Kaiserlich-Garetische Informations-Agentur: Abkürzung KGIA, Geheimdienst des Mittelreiches
Kaiserlose Zeit: ein Zeitraum im Mittelreich, in der es keinen Kaiser gab
Kalifat: das Land der Novadis
Khôm: die größte Wüste Aventuriens
Khunchom: eine Stadt in den Tulamidenlanden
Kor: der Gott des Krieges und der Sölnder, Sohn Rondras

Kosch: ein Fürstentum, Provinz des Mittelreiches
Koschammer: ein kleiner Vogel
Koschbasalt: antimagisches Gestein
Koschberge: Berge, gelegen zwischen Kosch und Nordmarken
Koscher Reynheytsgebothe: ein Gebot, wie man Bier braut
Koschgau: eine Baronie in den den Hügellanden
Krakenseerose: ein dämonische Pflanze
Krötenhexe: eine Hexe mit einer Kröte als Vertrautentier
Lex Zwergia: ein Gesetzbuch, das Gesetze zwischen Menschen und Zwerge regelt
Madas Gabe: eine andere Bezeichnung für Magie, benannt nach Mada, der Mondgöttin
Magier: ein gelehrter Zauberer, unterschieden in Schwarz-, Grau- und Weißmagier
Magierkriege: ein Krieg vor etwa 500 Jahren, in denen sich Magier bekämpften
Maraskan: eine Insel im Osten Aventuriens, bekannt für giftiges Getier, Meuchler und seltsame Sekten
Metenar: eine Baronie in den Hügellanden
Mindergeist: kleines Elementarwesen
Mindorium: ein wertvolles, magisches Metall
Minotaurus: ein Mischwesen, vor allem auf den Zyklopeninseln verbreitet
Mittelreich: das größte Reich der Menschen, das zahlreiche Provinzen umfasst
Myranor: ein anderer Name für das Güldenland
Mythrael: eon Diener Rondras, eine Art Engel
Nahema: eine der mächtigsten Magierinnen Aventuriens
Namenloser: eine geläufige Bezeichnung für den Gott ohne Namen
Nostria: a) ein Königreich im Nordwesten Aventuriens; b) Hauptstadt des gleichnamigen Königreiches, liegt häufig mit dem Königreich Andergast im Krieg
Novadi: meistens Tulamiden, glauben an den Eingott Rastullah
Oger: ein großes humanoides Wesen, frisst gerne Menschen und andere Humanoide, stinkt
Ogerschlacht: eine große Schlacht im Mittelreich, wo das Heer und tapfere Helden etwa 1.000 Ogern gegenüberstanden
Ork: humanoide Spezies, robust, behaart
Orkland: die Heimat der Orks
Pailos: eine Stangenwaffe von den Zyklopeninseln, ähnlich einem langen Speer
Pardona: eine unsterbliche, bösartige Elfe
Peraine: die Göttin des Ackerbaus, der Heilung und der Viehzucht
Phex: der Gott der Diebe, des Glücks und des Handels
Praios: der Gott der Gerechtigkeit, des Magiebanns und der Wahrheit
Priesterkaiser: frühere, religiös-fanatische Herrscher des Mittelreiches
Purpurwurm: eine Drachenart, besonders zaubermächtig
Rabbatzmann: ein Koscher Berggeist
Rabenschnabel: ein Kriegshammer
Rahja: die Göttin der Liebe, des Rausches und der Schönheit
Rakshazar: ein anderer Name für das Riesland
Raschtulswall: ein riesiges Gebirge im Süden des Mittelreiches
Rashdul: eine Stadt in den Tulamidenlanden
Rastullah: der Eingott der Novadis
Raulsches Reich: ein anderer Name für das Mittelreich, benannt nach dem ersten Kaiser Raul
Reichsstraße: eine gute Straße im Mittelreich
Rethon: die Seelenwaage, Diener Borons, entscheidet über Einzug in ein Paradies der Zwölfgötter
Rhÿs von Abilacht: ein Heiliger des Ingerimm, Schutzpatron der Grobschmiede
Riese: ein legendärer Humanoide von um die 10-12 Schritt Größe; es soll in Aventurien nur eine Handvoll Riesen geben
Riesenlindwurm: eine dreiköpfige Drachenart, nicht sehr schlau, aber immens gefährlich
Riesland: ein legendärer Kontinent im Osten von Aventurien, abgetrennt durch das Eherne Schwert, ein riesiges Gebirge
Ritter/in: der Titel eines Niederadligen und Kämpfers
Rogolan: die Sprache der Zwerge
Rohal: Bruder des Borbarad, ein weiser Magier und langjähriger Herrscher des Mittelreiches
Rohalsches Gefäß: Gefäße, in der Rohal Dämonen einsperrte
Rohalsches System: metrisches System
Rondra: die Göttin der Ehre, des Kampfes und des Mutes
Rotze: ein Geschütz, dass Steinkugeln verschießt
Rur und Gror: die Zwillingsgötter Maraskans
Salamandersteine: ein Gebirgszug mit umliegenden Wäldern, die Heimat der Waldelfen
Salasandra: ein elfischer Begriff, der die Seelenverbundenheit und die Gemeinschaft der Elfen betrifft
Sankt-Wedegond: Heiliger des Efferd, Schutzpatron der Fährmänner
Sanya bha, tala: Elfisch für "Ich grüße dich, Mensch."
Satuaria: die Göttin der Hexen, Tochter der Erdmutter Sumu
Schattenlande: ein verlorener Teil des Mittelreiches, wurde von Borbarads Schergen erobert, ein Hort voller Schwarzmagier, Untoter und Dämonenpaktierer
Schwarze Auge: ein machtvolles, magisches Artefakt
Schwarzpelz: Schimpfwort für Ork
Sikram: ein Fluss im Horasreich
Silas: eine Stadt im Horasreich
Steineiche: eine robuste Baumart, vor allem in Andergast zu finden
Sternenfall: ein kosmologisches Ereignis, was vor einigen Jahren eingetreten ist, hat Sternschnuppen, die Veränderung von Sternbildern und weitere mysteriöse Ereignisse zur Folge
Südmeer: Meer im Süden Aventuriens
Sumus Leib: die Erde, benannt nach der Erdgöttin Sumu
Svellttal: ein Siedlerland nördlich des Mittelreiches, Menschen leben hier mit Orks zusammen
Swafnir: der Stammesgott der Thorwaler, hat das Aussehen eines Wals
Tatzelwurm: eine niedere Drachenart mit sechs Beinen, stinkt
Thimorn von Rethis: ein Heiliger des Ingerimm, Schutzpatron der Baumeister
Thronfolgekrieg: auch bekannt als Krieg der Drachen, ein Krieg im Horasreich um die Thronfolge
Tochter Satuarias: Eigenbezeichnung der Hexen
Toschkril: zwergisch für Zwergensilber, extrem gutes Material, um Waffen und Rüstungen herzustellen
Travia: die Göttin der Ehe, der Gastfreundschaft und der Treue
Traviabund: aventurische Bezeichnung für Ehe
Tsa: die Göttin der Jugend, des Lebens und der Wiedergeburt
Tulamide: ein Menschenvolk im Südosten Aventuriens
Uthuria: ein wenig von Aventurien erforschter Kontinent jenseits des Südmeers
Utulu: ein Menschenvolk, dass vor allem in Südaventurien und auf den Waldinseln lebt
Uztrutz: a) eine Baronie in den Hügellanden; b) die Hauptstadt der gleichnamigen Baronie
Valpoding: eine kleine, harmlose Chimäre
Vragiswurzel: eine giftige Pflanze
Wächter Rohals: ein Magierorden von Weißmagiern, die Rohal den Weisen ehren
Währungen: 1 Dukat = 10 Silbertaler = 100 Heller = 1.000 Kreuzer, siehe Seite **13**
Waldelf: ein Angehöriger eines ursprünglichen Elfenvolkes, leben angeschieden in den Salamandersteinen
Waldinseln: eine Inselgruppe im Süden Aventuriens
Waldmensch: ein Menschenvolk, dass vor allem in Südaventurien und auf den Waldinseln lebt
Waldwacht: eine Grafschaft im Fürstentum Kosch
Warunker: eine Pferderasse
Wengenholm: eine Grafschaft im Fürstentum Kosch
Wirselgrund: ein kleines Dorf nahe Burg Blaustein
Wirselkraut: ein bekanntes Heilkraut, in fast ganz Aventurien verbreitet
Yol-Ghurmak: eine finstere Stadt in den Schattenlanden
Zwerg: ein Angehöriger eines humanoiden Volkes, nennen sich Angroschim
Zwergenguss: eine Art zwergischer Beton
Zwölfergang: ein Pilgerweg
Zwölfgötter: ein Götterpantheon aus 12 Göttern, in einem Großteil von Aventurien von den Menschen verehrt, siehe Seite **12**
Zyklopeninseln: Inseln im Westen des Horasreiches, bekannt für Zyklopen und Minotauren

SPIELWERTE

Falls du bereits **Das Schwarze Auge** spielst, haben wir in diesem Teil des Anhangs potenzielle Werte einiger Gegner und Kreaturen für dich gesammelt. Für alle, die **Das Erbe von Blaustein** nur als Inspirationsquelle für ihre Klemmbaustein-Szenerie verwenden wollen, spielen diese Daten keine Rolle.

Baumdrache

Diese mit einer Flügelspannweite von ungefähr drei Schritt recht kleine Drachenart hat mit ihren uralten und furchteinflößenden Verwandten nicht mehr als das grundlegende Erscheinungsbild und die eine oder andere Eigenart gemein. Neben der borkigen Haut, deren grünlich braune Färbung ihnen eine vorzügliche Tarnung in allerlei Blattwerk verleiht, und einem reißzahnbewehrten Maul, verfügen sie über ledrige Schwingen, die sie zu ebenso geschickten wie waghalsigen Flugkünstlern macht – auch wenn der Baumdrache seine Schwingen ausschließlich zum Gleiten benutzt.

Baumdrache
MU 13 **KL** 12 (t) **IN** 13 **CH** 11
FF 10 **GE** 14 **KO** 15 **KK** 14
LeP 25 **AsP** – **KaP** – **INI** 16+1W6
VW 7 **SK** 2 **ZK** 2 **GS** 6/20 (an Land / in der Luft)
Biss: **AT** 12 **TP** 1W6+4 **RW** kurz
Klauen: **AT** 15 **TP** 1W6+3 **RW** kurz
Feuerodem*: **FK** 18 **LZ** 1 **TP** 1W6 **RW** 3/5/7 Schritt
RS/BE: 1/0
Aktionen: 1
Sonderfertigkeiten: Anspringen (Klauen), Flugangriff (Klauen), Wuchtschlag I (Biss, Klauen)
Talente: Einschüchtern 7, Fliegen 10, Klettern 10, Körperbeherrschung 10, Kraftakt 8, Schwimmen 0, Selbstbeherrschung 4, Sinnesschärfe 10, Verbergen 7, Willenskraft 2
Anzahl: 1 oder 1W6+1 (Schwarmverband)
Größenkategorie: mittel
Typus: Drache, nicht humanoid
Beute: 35 Rationen (Fleisch, ungenießbar), diverse blinkende Objekte wie Münzen, Besteck oder Ringe im Drachennest (Wert: 1W6x1W6 Silbertaler), Drachenschuppen (35 Silbertaler), Trophäen (Zähne, 12 Silbertaler; Drachentränen, 2 Silbertaler; Drachenspeichel, 1 Silbertaler; Drachenblut, 2 Silbertaler; Karfunkel, 100 Silbertaler)
Kampfverhalten: Baumdrachen lassen Menschen in Ruhe, es sei denn, sie bedrohen ihr Nest oder haben sichtbar funkelnde Gegenstände dabei. Dann greifen sie im Flug an und versuchen ihre Gegner anzuspringen, bis sie den Gegenstand haben oder ihr Gegner tot ist.
Flucht: Verlust von 50 % der LeP
Schmerz +1 bei: 19 LeP, 13 LeP, 6 LeP, 5 LeP oder weniger
Tierkunde (Ungeheuer):

- **QS 1:** Baumdrachen reagieren aggressiv, wenn man ihre Nester bedroht. Sie mögen blinkende Gegenstände.
- **QS 2:** Mit funkelnden Dingen kann man sie anlocken. Ihren Feuerodem können sie täglich fünfmal einsetzen.
- **QS 3+:** Dem Feuerodem kann man durch bestimmte Bewegungsabläufe leichter entgehen.

Sonderregeln:
*) *Feuerodem:* Der Baumdrache kann seinen Feuerodem insgesamt fünfmal am Tag einsetzen. Leicht entflammbare Ziele können durch den Odem in Brand geraten. Entflammbare Ziele werden bei 1 auf 1W6 entzündet. Gleiche Bewegungsabläufe: Wer die Bewegungsabläufe des Baumdrachen kennt (siehe Probe auf *Tierkunde* QS 3), der erhält einen Bonus von 2 auf Ausweichen gegen den Feuerodem des Baumdrachen.
Blitzende Gegenstände: Sollte sich ein Held in Sichtweite eines Baumdrachen befinden und auffällige blinkende Gegenstände bei sich tragen, muss der Baumdrache eine Probe auf *Willenskraft* ablegen. Bei Misslingen der Probe macht sich der Baumdrache auf, um den Gegenstand zu stehlen.
Gleiche Bewegungsabläufe: Wer die Bewegungsabläufe des Baumdrachen kennt (siehe Probe auf *Tierkunde* QS 3), der erhält einen Bonus von 2 auf Ausweichen gegen den Feuerodem des Baumdrachen.

Esel

Eseln wird nicht zu Unrecht nachgesagt, stur und dickköpfig zu sein. Dass sie aber auch geduldig, ausdauernd und sehr belastbar sind, macht sie vor allem in tulamidischen Regionen zu beliebten Nutztieren. Sie ziehen Karren, tragen Kinder und Erwachsene und schleppen schwere Lasten, die teilweise größer sind als sie selbst. Esel sind in weiten Teilen von Mittel- und Nordaventurien verbreitet, die meisten dieser Tiere gibt es jedoch an Mhanadi und Yaquir, in Aranien, Thalusien und den Gebirgen Mittelaventuriens. Üblicherweise sind sie Haustiere, doch abseits der Siedlungen lassen sich auch immer wieder kleine Herden wilder Tiere antreffen.

Esel
MU 12 **KL** 12 (t) **IN** 14 **CH** 12
FF 10 **GE** 13 **KO** 15 **KK** 15
LeP 40 **AsP** – **KaP** – **INI** 13+1W6
VW 7 **SK** –1 **ZK** 1 **GS** 11
Biss: **AT** 10 **TP** 1W6 **RW** kurz
Tritt: **AT** 8 **TP** 1W6+3 **RW** kurz
RS/BE: 0/0
Aktionen: 1
Sonderfertigkeiten: Wuchtschlag I (Tritt), Zu Fall bringen (Tritt)
Talente: Einschüchtern 4, Klettern 5, Körperbeherrschung 4, Kraftakt 10, Schwimmen 3, Selbstbeherrschung 12, Sinnesschärfe 6, Verbergen 3, Willenskraft 12
Größenkategorie: mittel
Typus: Tier, nicht humanoid
Beute: 180 Rationen Fleisch, Fell (3 Silbertaler)
Kampfverhalten: Esel sind grundsätzlich friedlich, aber wenn sie einen schlechten Tag haben und sich provoziert fühlen, können sie auch beißen und treten. Allerdings werden sie keinen Gegner länger als 3 KR verfolgen.
Flucht: Verlust von 50 % der LeP; doch wenn der Nachwuchs bedroht ist, kämpfen sie bis zum Tod.
Schmerz +1 bei: 30 LeP, 20 LeP, 10 LeP, 5 LeP oder weniger
Jagd: 0
Sonderregeln:
Packesel: Esel können ein Gewicht von bis zu 100 Stein tragen.

Goblin

Goblins sind vielleicht das am meisten missverstandene Kulturvolk Aventuriens. Durchschnittlich sind sie etwas größer als Zwerge und von eher drahtiger als kräftiger Statur. Die mit den Orks verwandten Goblins sind am ganzen leicht gebeugten Körper von einem dichten struppigen Fell bedeckt, das meist von rostroter bis brauner Farbe ist. Entsprechend werden sie oftmals auch Rotpelze genannt. Zwar mangelt es ihnen an der schieren Körperkraft der Schwarzpelze, doch sind sie ausgesprochen geschickt und wendig.

Goblin

MU 10 **KL** 10 **IN** 13 **CH** 13
FF 14 **GE** 15 **KO** 12 **KK** 11
LeP 24 **AsP** – **KaP** – **INI** 13+1W6
AW 8 **SK** –1 **ZK** 0 **GS** 8
Waffenlos: **AT** 11 **PA** 6 **TP** 1W6+1 **RW** kurz
Dolch: **AT** 12 **PA** 8 **TP** 1W6+2 **RW** kurz
Säbel: **AT** 10 **PA** 7 **TP** 1W6+3 **RW** mittel
Holzspeer: **AT** 10 **PA** 7 **TP** 1W6+2 **RW** lang
Knüppel: **AT** 9 **PA** 3 **TP** 1W6+2 **RW** mittel
Kurzbogen: **FK** 9 **LZ** 1 **TP** 1W6+4 **RW** 10/50/80
RS/BE: 0/0
Aktionen: 1
Vorteile/Nachteile: Dunkelsicht I, Herausragender Sinn (Gehör), Kälteresistenz / Schlechte Eigenschaft (Aberglaube, Neugier)
Sonderfertigkeiten: Finte I
Talente: Einschüchtern 4, Klettern 5, Körperbeherrschung 4, Kraftakt 4, Menschenkenntnis 4, Schwimmen 3, Selbstbeherrschung 4, Sinnesschärfe 7, Überreden 3, Verbergen 7, Willenskraft 1
Anzahl: 1 oder 2W6+2 (Goblinbande) oder 3W20+20 (Goblinsippe)
Größenkategorie: mittel
Typus: Kulturschaffender, humanoid
Kampfverhalten: Abseits ihrer Heimat sind Goblins oft Wegelagerer und Räuber. Sie versuchen, Kämpfe zu vermeiden und ihr Gegenüber durch Drohungen einzuschüchtern. Müssen sie dennoch zu Gewalt greifen, bevorzugen sie Bögen oder Speere.
Flucht: individuell (meist nach Verlust von 50 % der LeP oder Tod bzw. Flucht des Anführers)
Schmerz +1 bei: 18 LeP, 12 LeP, 6 LeP, 5 LeP oder weniger

Grimwolf

In Aventurien gibt es verschiedene Wolfsarten: Die Rauwölfe jagen im Norden, während die Waldwölfe in den mittelaventurischen Wäldern leben. Die Sandwölfe hingegen findet man in den Tulamidenlanden, und dem seltenen Silberwolf kann man nur im Rorwhed-Gebirge und der Grünen Ebene begegnen. Der weitverbreitete Grim- oder Grauwolf ist in Andergast, Garetien und Tobrien heimisch, und vereinzelt durchstreifen Rudel auch außerhalb dieser Gebiete Aventurien.

Grimwolf

MU 14 **KL** 14(t) **IN** 13 **CH** 12
FF 14 **GE** 13 **KO** 13 **KK** 13
LeP 22 **AsP** – **KaP** – **INI** 14+1W6
VW 7 **SK** –2 **ZK** 0 **GS** 12
Biss: **AT** 14 **TP** 1W6+3(+Krankheit)* **RW** kurz
RS/BE: 0/0
Aktionen: 1
Vorteile/Nachteile: Dunkelsicht I, Herausragender Sinn (Geruch)
Sonderfertigkeiten: Verbeißen (Biss)
Talente: Einschüchtern 7, Klettern 0, Körperbeherrschung 7, Kraftakt 5, Schwimmen 7, Selbstbeherrschung 4, Sinnesschärfe 7, Verbergen 7, Willenskraft 4
Größenkategorie: klein
Typus: Tier, nicht humanoid
Beute: 15 Rationen Fleisch (zäh), Fell (5 Silbertaler)
Kampfverhalten: Grimmwölfe sind nicht besonders mutig und greifen üblicherweise nur an, wenn sie der Hunger treibt oder sie sich in ihrem Revier bedroht fühlen. Sie meiden Feuer. Um sich einem Fackelträger oder einem Lagerfeuer zu nähern und anzugreifen, muss der Wolf eine Probe auf *Selbstbeherrschung* bestehen. Bei Misslingen flieht er oder kommt zumindest nicht näher. Sollte das Alphatier getötet werden, flieht der Rest des Rudels. Wenn man über das Wissen verfügt, dass es ein Alphatier gibt, kann man dieses mit einer Probe auf *Sinnesschärfe (Wahrnehmen)* unter den anderen Wölfen ausmachen.
Flucht: Verlust von 50 % der LeP; oder bei Tod des Alpha- Wolfes
Schmerz +1 bei: 18 LeP, 11 LeP, 6 LeP, 5 LeP oder weniger
Jagd: –2
Sonderregeln:
*) *Krankheitsüberträger:* Grimwölfe können Krankheiten übertragen. Für je volle 10 SP wird mit 1W20 gewürfelt: 1-16 (keine Krankheit), 16-20 (Tollwut). Ist der Held infiziert, muss er eine Krankheitsprobe ablegen (siehe **Regelwerk** Seite **343**). Zur Tollwut siehe Seite **295**.

Grubenwurm

Der Grubenwurm ist ein Verwandter des Drachen – auch wenn er alles andere als majestätisch wirkt. Er ist vornehmlich ein Aasfresser, der in Sümpfen und Mooren lebt und dort in Gruben und Sumpflöchern auch auf Beute lauert. Von echten Drachen unterscheidet ihn beispielsweise, dass er keinen Hort anlegt und auch nicht über einen Feuerodem verfügt. Er ist nicht sonderlich intelligent und kann auch keine Magie wirken. Von ihm geht ein übler Gestank aus, der einem Menschen nicht nur den Atem raubt, sondern auch lange Zeit anhaftet.

Grubenwurm

MU 13 **KL** 9 (t) **IN** 13 **CH** 8

FF 10 **GE** 12 **KO** 16 **KK** 17

LeP 70 **AsP** – **KaP** – **INI** 13+1W6

VW 6 **SK** 1 **ZK** 5 **GS** 5

Biss: AT 12 **TP** 2W6+2 **RW** kurz

Klauen: AT 13 **TP** 1W6+5 **RW** mittel

Schwanz: AT 10 **TP** 1W6+4 **RW** lang

RS/BE: 3/0

Aktionen: 2 (max. 1 x Biss)

Vorteile/Nachteile: Lichtempfindlich

Sonderfertigkeiten: Schildspalter (Klauen, Schwanz), Verbeißen (Biss), Wuchtschlag I (Biss, Klauen, Schwanz)

Talente: Einschüchtern 7, Klettern 3, Körperbeherrschung 4, Kraftakt 10, Schwimmen 7, Selbstbeherrschung 5, Sinnesschärfe, Verbergen 8, Willenskraft 9

Anzahl: 1 oder 2 (bei der Paarung)

Größenkategorie: groß

Typus: Drache, nicht humanoid

Beute: 100 Rationen Fleisch (ungenießbar), Trophäe (Karfunkel, 300 Silbertaler)

Kampfverhalten: Der Grubenwurm greift einen zufällig ausgewählten Helden an, danach immer jenen Helden, der ihn am schwersten seit der letzten Kampfrunde verletzt hat, vorausgesetzt, er kann den Helden erreichen. Ansonsten greift er wieder jemanden zufällig an.

Flucht: Verlust von 75 % der LeP

Schmerz +1 bei: 53 LeP, 35 LeP, 18 LeP, 5 LeP oder weniger

Tierkunde (Ungeheuer):

- **QS 1:** Grubenwürmer stinken erbärmlich.
- **QS 2:** Grubenwürmer leben in Sümpfen, Mooren und Tümpeln und greifen gelegentlich Menschen an.
- **QS 3+:** Obwohl sie Verwandte der Drachen sind, können sie kein Feuer speien und legen keinen Hort an.

Sonderregeln:

Übler Geruch: Sobald ein Held in der Nahkampfreichweite *mittel* oder *kurz* mit dem Grubenwurm kämpft, muss er sofort eine Probe auf *Selbstbeherrschung (Handlungsfähigkeit bewahren)* ablegen. Bei Misslingen erhält der Held 1 Stufe *Verwirrung*. Diese Probe ist nur einmal pro Kampf mit einem Grubenwurm notwendig. Nach dem Kampf haftet der Gestank immer noch dem Helden an und er erhält den Status *Übler Geruch* für 1W3+1 Wochen.

Höhlenbär

Aufgrund ihrer lichtempfindlichen Augen verbringen Höhlenbären den Tag in Höhlen, Tunneln und Kavernen, die sie nur in der Dämmerung verlassen. Sie nutzen hin und wieder auch eine verlassene Scheune als ihr Tagesversteck, obwohl sie natürliche Höhlen in der Nähe fischreicher Gewässer bevorzugen. Es heißt sogar, dass manche Höhlenbären die bewohnten Kavernen gar nicht mehr verlassen, sollte es unter Tage ausreichend Nahrung geben. Wahrscheinlich handelt es sich dabei um Tavernengeschichten, doch diese Lebensweise wäre sogar möglich, da die Augen des Höhlenbären zwar lichtempfindlich sind, sie aber in der Dämmerung besser sehen können als andere Bären. Das Fell des bis zu drei Schritt großen Bären ist graubraun und schützt vor Kälte und Feuchtigkeit, weswegen es eine wertvolle Beute darstellt. Um ihn für die gefährliche Jagd aus dem Versteck zu treiben, eignen sich Fackeln und andere Lichtquellen besonders gut.

Höhlenbären sind in ganz Nord- und Mittelaventurien dort anzutreffen, wo es entsprechende Höhlen gibt.

Höhlenbär

MU 14 **KL** 12 (t) **IN** 12 **CH** 12

FF 11 **GE** 11 **KO** 20 **KK** 23

LeP 80 **AsP** – **KaP** – **INI** 13+1W6

VW 6 **SK** 0 **ZK** 6 **GS** 10

Tatze: **AT** 12 **TP** 1W6+6 **RW** mittel

Biss: **AT** 10 **TP** 2W6+3 **RW** kurz

RS/BE: 1/0

Aktionen: 2 (max. 1 x Biss)

Vorteile/Nachteile: Dunkelsicht II, Herausragender Sinn (Geruch) / Lichtempfindlich, Schlechte Eigenschaften (Neugier)

Sonderfertigkeiten: Wuchtschlag I (Biss, Tatze), Zu Fall bringen (Tatze)

Talente: Einschüchtern 11, Klettern 7, Körperbeherrschung 4, Kraftakt 13, Schwimmen 7, Selbstbeherrschung 13, Sinnesschärfe 8, Verbergen 2, Willenskraft 5

Größenkategorie: groß

Typus: Tier, nicht humanoid

Beute: 250 Rationen Fleisch, Fell (25 Silbertaler), Trophäe (Zähne und Klauen, 15 Silbertaler)

Kampfverhalten: Wird der Höhlenbär provoziert oder angegriffen, stellt er sich auf die Hinterbeine, greift mit Hieben seiner Tatzen an und versucht, seinen Gegner zu beißen.

Flucht: Verlust von 50 % der Lebenspunkte; Ist er in Raserei, dann kämpft er bis zum Tod.

Schmerz +1 bei: 60 LeP, 40 LeP, 20 LeP, 5 LeP oder weniger

Jagd: –5

Sonderregeln:

Berserker: Jedes Mal, wenn ein Bär eine Stufe des Zustands Schmerz erhält oder seine Jungtiere in Gefahr sind, muss zu Beginn der KR eine Probe auf *Willenskraft* gewürfelt werden. Bei Misslingen verfällt er in Raserei und erhält den Status *Blutrausch*. Der Status endet nach dem Tod des Gegners oder spätestens nach 1 Stunde.

Höhlenspinne

Der sieben bis acht Spann lange Körper der Höhlenspinne ist schon ohne die acht mächtigen und borstig behaarten Beine imposant genug, um den meisten Menschen einen gehörigen Schauer über den Rücken laufen zu lassen. Doch die von Geifer triefenden Beißwerkzeuge und das schwarze Fell der Männchen oder das braune der Weibchen, in dem gelegentlich eine rotbraune, kreuzförmige Rückenzeichnung erkennbar ist, komplettieren das Bild einer Bestie aus fiebrigen Angsträumen. Über die Herkunft dieser riesenhaften Spinnentiere ist wenig bekannt.

Höhlenspinne
MU 11 **KL** 9 (t) **IN** 14 **CH** 8
FF 12 **GE** 15 **KO** 12 **KK** 14
LeP 22 **AsP** – **KaP** – **INI** 13+2W6
VW 5 **SK** 2 **ZK** 0 **GS** 7
Biss: AT 14 **TP** 1W6+2(+Gift)* **RW** kurz
RS/BE: 2/0
Aktionen: 1
Vorteile/Nachteile: Dunkelsicht I, Herausragender Sinn (Tastsinn)
Sonderfertigkeiten: keine
Talente: Einschüchtern 7, Klettern 14, Körperbeherrschung 12, Kraftakt 7, Schwimmen 2, Selbstbeherrschung 10, Sinnesschärfe 12, Verbergen 14, Willenskraft 5
Anzahl: 1 oder 1W3+2 (Spinnennest)
Größenkategorie: mittel
Typus: Tier, nicht humanoid
Beute: 25 Rationen Innereien (ungenießbar), Gift (75 Silbertaler)
Kampfverhalten: Höhlenspinnen warten, bis etwas ihr Netz berührt, dann greifen sie ihr Opfer an und verfolgen es auch, bis es sich zu weit von ihrem Nest entfernt hat (etwa 50 Schritt). Gelegentlich gehen Höhlenspinnen außerhalb ihres Reviers auf Beutejagd. Wesen bis zur Größe eines Menschen werden als Beute betrachtet.
Flucht: Verlust von 50 % der LeP
Schmerz +1 bei: 17 LeP, 11 LeP, 6 LeP, 5 LeP oder weniger

Tierkunde (Ungeheuer oder Wildtiere):
- **QS 1:** Wissen über das Gift der Höhlenspinne.
- **QS 2:** Wissen über die Größe des Reviers (50 Schritt).
- **QS 3+:** Egelschreck mag die Höhlenspinne nicht. Sie erleidet einen Abzug von 2 Punkten auf AT, wenn sie es mit einem Gegner zu tun hat, der sich mit Egelschrecksalbe beschmiert hat.

Sonderregeln:
Netz: Helden können sich im Netz der Spinne verfangen. Um das Netz zu entdecken, ist eine Probe auf *Sinnesschärfe (Wahrnehmen)* erschwert um –1 erforderlich. Bei Gelingen wird das Netz rechtzeitig entdeckt. Bei Misslingen verfängt sich der Held darin. Er erhält den Status *Fixiert*. Um sich aus dem Netz zu befreien, muss eine Sammelprobe auf *Körperbeherrschung (Entwinden)* gelingen (es müssen 10 QS angesammelt werden, Zeitintervall 1 Kampfrunde, 7 erlaubte Proben, danach ist der Held entweder frei oder schafft es nicht mehr aus eigener Kraft).
*) *Höhlenspinnengift:* Die Höhlenspinne kann das Gift mehrfach einsetzen. Die Wirkung ist kumulativ.
Stufe: 4
Art: Waffengift, tierisch (komplex)
Widerstand: Zähigkeit
Wirkung: eine Stufe *Paralyse* / keine Auswirkungen
Beginn: 3 KR
Dauer: 24 Stunden / –
Kosten (Kauf/Verkauf): 300 Silbertaler / 75 Silbertaler

Huhn

Das Huhn ist vermutlich das verbreitetste Nutztier überhaupt, das auf kaum einem Bauernhof fehlen darf. An sich ist das Huhn ein eher harmloses Tier, das seinen Schnabel vor allem gegen Würmer, Käfer und ähnliches Getier einsetzt und sich vor Fressfeinden lieber im Gebüsch versteckt oder auf einen Baum flattert. In der Not verteidigen Hennen jedoch mit Schnabelbissen ihre Küken und Hähne ihre Hennenschar gegen Konkurrenten und Feinde.

Die goldbraunen Garether, deren Hähne grüne Schwanzfedern haben, sind im Mittelreich die bekannteste Unterart des Huhns, während sich im Horasreich das schwarz-weiß gemusterte Sprenkelhuhn großer Beliebtheit erfreut. In den Tulamidenlanden sind die schlanken, zumeist braunen Sandkräher und das helle Haubenhuhn, in Nordaventurien das Bunte Huhn verbreitet. Hühner sind neugierige Tiere, die sich sogar für kleine Kunststücke dressieren lassen.

Wissenswertes über Hühner

- Hühner werden bis zu 50 Götterläufe alt und mögen es oft, gekrault zu werden.
- In einigen Dörfern im Kosch und den Nordmarken finden Krähwettbewerbe statt, bei denen Länge und Qualität des Hahnenkrähens bewertet werden.
- Hühner sind gut darin, sich Gesichter zu merken.

Huhn

MU 10 **KL** 9 (t) **IN** 12 **CH** 13
FF 12 **GE** 13 **KO** 10 **KK** 8
LeP 5 **AsP** – **KaP** – **INI** 12+1W6
VW 8 **SK** –2 **ZK** –2 **GS** 10
Schnabel und Krallen: **AT** 9 **TP** 1W3–1 **RW** kurz
RS/BE: 0/0
Aktionen: 1
Vorteile/Nachteile: keine
Sonderfertigkeiten: keine
Talente: Einschüchtern 0, Fliegen 2, Klettern 2, Körperbeherrschung 4, Kraftakt 1, Schwimmen 0, Selbstbeherrschung 0, Sinnesschärfe 6, Verbergen 6, Willenskraft 0
Größenkategorie: winzig
Typus: Tier, nicht humanoid
Beute: 2 Rationen Fleisch, Federn (2 Kreuzer)
Kampfverhalten: Hühner sind nicht bekannt dafür, sich zu einem Kampf zu stellen. Hähne verteidigen sich jedoch und versuchen, ihre Hennen zu schützen, wenn sie sich bedroht fühlen. Gegen ein menschengroßes Wesen werden sie bis zu 1W3 KR lang kämpfen und den „Eindringling" attackieren.
Flucht: beim ersten Anzeichen von Ärger; Ein Hahn verteidigt seine Hennen und flieht erst nach dem Verlust von 25 % der Lebenspunkte.
Schmerz +1 bei: 4 LeP, 3 LeP, 2 LeP, 1 LeP oder weniger
Jagd: +1

Kaiserdrache

Die Kaiserdrachen gehören mit ihren 20 Schritt Körperlänge zu den größten Vertretern ihrer Art. Ihre Schuppen glänzen im Licht wie Gold und sind dabei so widerstandsfähig, dass kaum eine Waffe der zweibeinigen Völker sie zu durchdringen vermag. Der mächtige Schädel ist zusätzlich noch von dicken Hornplatten geschützt, die rötlichen Augen vermögen auch in tiefer Dunkelheit zu sehen wie am Tag.

Drakantor, der Kaiserdrache, der sich in Drakfold aufhält, ist jedoch nur ein heranwachsender Drache und noch nicht so gefährlich, wie seine großen Verwandten.

Kaiserdrache

MU 17 **KL** 15 **IN** 12 **CH** 15
FF 10 **GE** 12 **KO** 35 **KK** 36
LeP 800 **AsP** 120 **KaP** – **INI** 14+1W6
VW 6 **SK** 10 **ZK** 12 **GS** 9/12 (am Boden / in der Luft)
Biss: **AT** 14 **TP** 2W6+14 **RW** kurz
Pranke: **AT** 14 **TP** 2W6+13 **RW** mittel
Schwanz: **AT** 13 **TP** 2W6+9 **RW** lang
Trampeln: **AT** 8 **TP** 3W6+14 **RW** kurz
Überrennen: **AT** 10 **TP** 2W6+6 **RW** lang
Feuerstrahl*: **FK** 15 **LZ** 1 **TP** 2W6+16 **RW** 15/30/50
RS/BE: 8/0

Aktionen: 3 (max. 1 x Biss, max. 1 x Trampeln, max. 1 x Überrennen)

Vorteile/Nachteile: Dunkelsicht II, Herausragender Sinn (Geruch) / Schlechte Eigenschaft (Goldgier)

Sonderfertigkeiten: Finte I (Biss, Pranke, Schwanz), Hammerschlag (Biss, Pranke, Schwanz), Mächtiger Schlag (Biss, Pranke, Schwanz), Schildspalter (Biss, Pranke, Schwanz), Schwanzschwung (Schwanz), Trampeln (Trampeln), Überrennen (Überrennen), Wuchtschlag I-III (Biss, Pranke, Schwanz)

Talente: Einschüchtern 16, Fliegen 13, Klettern 11, Körperbeherrschung 11, Kraftakt 16, Magiekunde 13, Menschenkenntnis 8, Schwimmen 5, Selbstbeherrschung 15 Sinnesschärfe 10, Verbergen 4, Willenskraft 13

Zauber: Ablativum 12, Angst auslösen 14, Armatrutz 14, Aura der Erschöpfung 10, Blick in die Gedanken 14, Gardianum 14, Horriphobus 14, Invercano 10, Motoricus 12, Odem Arcanum 12, Unberührt von Satinav 14, Windhose 10, Zunge betäuben 10 und weitere mit dem Merkmal Einfluss, Hellsicht, Objekt und Telekinese (jeweils in der Tradition der Drachen)

Anzahl: 1 oder 2 (bei Paarung)

Größenkategorie: riesig

Typus: (Wahrer) Drache, nicht humanoid

Beute: 4.000 Rationen Fleisch (ungenießbar), Drachenschuppen (1.500 Silbertaler), Trophäe (Zähne, 1.500 Silbertaler; Drachentränen, 150 Silbertaler; Drachenspeichel 250 Silbertaler; Drachenblut, 1.500 Silbertaler; Karfunkel, 5.000 Silbertaler), Schatzhort (10W20+50 Dukaten in verschiedenen Wertgegenständen)

Kampfverhalten: Kaiserdrachen setzen in einem Kampf auf ihre massive Überlegenheit, nutzen ihren Flammenstrahl, ihre Flugfähigkeit, Magie und unterschiedliche Angriffsarten.

Flucht: Verlust von 75 % der LeP

Schmerz +1 bei: 600 LeP, 400 LeP, 200 LeP, 5 LeP oder weniger

Sonderregeln:

*) *Feuerstrahl:* Der Kaiserdrache kann seinen Feuerstrahl insgesamt 20x am Tag einsetzen. Bei einer 1 bis 2 erleidet der Held den Status *Brennend* auf großer Fläche. Der Feuerodem richtet sich gegen maximal 3 Ziele pro Anwendung, die maximal 3 Schritt voneinander entfernt stehen. Man kann den Angriff nur mit einem Schild parieren oder ausweichen.

Empfindliche Stelle: An einigen Stellen hat der Kaiserdrache weniger RS, dafür ist aber die AT erschwert, um ihn dort zu treffen: Am Halsansatz RS 5 (AT –6); am Hals RS 7 (AT –2); am Bauch RS 6 (AT –4).

Empfindlichkeit gegenüber Eis: Schaden durch Eis wird verdoppelt.

Immunität gegen Feuer: Kaiserdrachen sind gegen Hitze und Flammen immun. In einem Lavasee würden auch sie vergehen, aber z. B. richtet ein IGNIFAXIUS bei ihnen keinen Schaden an.

Oger

Oger sind die natürlichen Feinde des Menschen, denn sie gieren vor allem nach seinem schmackhaften Fleisch. Der unstillbare Hunger der Menschenfresser ist sprichwörtlich und so mancher Wanderer und Pilzsammler ist schon einer der muskulösen Kreaturen zum Opfer gefallen. Die Menschenfresser sind mehr als zweieinhalb Schritt groß und neigen zur Fettleibigkeit. Ihre bleiche Haut ist unbehaart und glänzt vor ranzig stinkendem Fett, mit dem sie sich einzureiben pflegen. Es ist wohl auch diesem Gestank zu verdanken, dass man ihnen mit etwas Glück aus dem Weg gehen kann, bevor man ihrer ansichtig wird.

Oger
MU 16 **KL** 6 **IN** 10 **CH** 8
FF 10 **GE** 12 **KO** 20 **KK** 22
LeP 60 **AsP** – **KaP** – **INI** 13+1W6
AW 6 **SK** –1 **ZK** 5 **GS** 8
Waffenlos: **AT** 10 **PA** 8 **TP** 1W6+8 **RW** mittel
Oger-Keule: **AT** 9 **PA** 7 **TP** 2W6+7 **RW** lang
Großer Stein: **FK** 10 **LZ** 3 **TP** 2W6 **RW** 4/20/32
RS/BE: 2/0
Aktionen: 1
Vorteile/Nachteile: Schlechte Eigenschaften (Aberglaube)
Sonderfertigkeiten: Mächtiger Schlag (Oger-Keule), Schildspalter (Waffenlos, Oger-Keule), Wuchtschlag I (Waffenlos, Oger-Keule)
Talente: Einschüchtern 7, Klettern 3, Körperbeherrschung 4, Kraftakt, Menschenkenntnis 0, Schwimmen 3, Selbstbeherrschung 5, Sinnesschärfe 7, Überreden 0, Verbergen 2, Willenskraft 1
Anzahl: 1 oder 2W3 (Ogerfamilie)
Größenkategorie: groß
Typus: Kulturschaffender, humanoid
Kampfverhalten: Oger fressen gerne Menschen und andere Zweibeiner. Sie sind fast immer hungrig und auf der Suche nach Beute. Meist schleichen sie sich an ihr Opfer heran, treiben es in die Enge und versuchen es mit Keulenhieben zu erledigen. Wenn sie mit einem mächtigen Schlag einen Gegner auf den Boden befördert haben, nutzen sie in der Regel Wuchtschläge, um ihr Opfer zu erledigen, auch wenn dies ihre Trefferwahrscheinlichkeit senkt.
Flucht: Oger fliehen nicht. Sie sind zu dumm dafür. Schlaue Exemplare fliehen beim Verlust von 75 % ihrer LeP.
Schmerz +1 bei: 45 LeP, 30 LeP, 15 LeP, 5 LeP oder weniger

Sonderregeln:
Fressgier: Sollte der Oger Hunger haben, so muss er beim Anblick eines fressbaren Zweibeiners (etwa einem Menschen) eine Probe auf *Willenskraft* erschwert um –5 bestehen, um nicht sofort seinen Fressgelüsten nachzugehen.

Ork

Kaum etwas mag im nördlichen Mittelreich mehr Angst und Schrecken verbreiten als der Ausruf „Orks!“. Umgeben von ungastlichen Höhenzügen, sind die weiten Steppen des Orklandes Heimat der Schwarzpelze, wie sie von den Menschen auch genannt werden. Ihre Raub- und Heerzüge sind gefürchtet, und ihre fremdartige Kultur steht ihrem Drang nach Kampf und Beute in Barbarentum kaum nach. Orks sind etwas kleiner als Menschen, jedoch erheblich kräftiger gebaut und ihre Arme sind im Vergleich zu Menschen deutlich länger. Orks gelten als ausgesprochen kälteunempfindlich und ihre verhornten Fußsohlen trotzen selbst den steinigen Pässen der Gebirge

Ork
MU 15 **KL** 10 **IN** 11 **CH** 10
FF 13 **GE** 12 **KO** 14 **KK** 13
LeP 36 **AsP** – **KaP** – **INI** 14+1W6
AW 6 **SK** –1 **ZK** 2 **GS** 8
Waffenlos: **AT** 12 **PA** 6 **TP** 1W6 **RW** kurz
Säbel: **AT** 12 **PA** 6 **TP** 1W6+3 **RW** mittel
Speer: **AT** 12 **PA** 6 **TP** 1W6+4 **RW** lang
Streitaxt: **AT** 12 **PA** 5 **TP** 1W6+4 **RW** mittel
Kurzbogen: **FK** 12 **LZ** 1 **TP** 1W6+4 **RW** 10/50/80
RS/BE: 0/0
Aktionen: 1
Vorteile/Nachteile: Dunkelsicht I, Kälteresistenz, Zäher Hund / Schlechte Eigenschaft (Aberglaube, Jähzorn)
Sonderfertigkeiten: Wuchtschlag I (Waffenlos, Streitaxt)
Talente: Einschüchtern 5, Klettern 5, Körperbeherrschung 4, Kraftakt 4, Menschenkenntnis 3, Schwimmen 3, Selbstbeherrschung 5, Sinnesschärfe 4, Überreden 3, Verbergen 7, Willenskraft 4
Anzahl: 1 oder 1W6+1 (Orkbande) oder 2W20+10 (Orksippe)
Größenkategorie: mittel
Typus: Kulturschaffender, humanoid
Kampfverhalten: Orks versuchen zunächst, ihre Gegner einzuschüchtern, oder lauern ihnen auf. Sie versuchen sich mit den stärksten Gegnern zu messen, da ein Sieg über diese den meisten Ruhm einbringt. Dennoch haben Orks ein anderes Ehrverständnis als Menschen, sodass sie auch zu hinterhältigen Tricks greifen, um den Sieg zu erringen. Auch am Boden liegende Gegner werden angegriffen, vor allem mit Wuchtschlägen. Der Einsatz von Fernkampfwaffen ist für Orks in jeder Situation legitim.
Flucht: individuell (meist nach Verlust von 50 % der LeP)
Schmerz +1 bei: 27 LeP, 18 LeP, 9 LeP, 5 LeP oder weniger

Rabe

Diese schwarzgefiederten Aasfresser sind die heiligen Tiere des Boron und gelten vielerorts als seine Boten. Im Zwölfgötterglauben ist es zudem die Aufgabe Golgaris, eines rabengestaltigen Alveraniars des Totengottes, die Seelen der Verstorbenen einzusammeln und zu ihrem Platz in den Hallen Borons zu bringen. Obwohl der große *Boronsrabe* in dieser Hinsicht besonders hervorsticht, gelten auch seine kleineren Verwandten, die *Krähen*, als Borons Gesandte.

Rind

Das Rind ist an sich ein friedliches Tier, wird es jedoch gereizt oder bedroht, attackiert es mit gesenkten Hörnern und trampelt auf dem umgestoßenen Feind herum. Es gibt eine Vielzahl verschiedener Rinderarten, die meistens nach der Herkunftsregion benannt werden. In Nord- und Mittelaventurien ist die gescheckte *Bornländer Bunte* weitverbreitet und teilt sich in eine Vielzahl lokaler Unterarten, wie beispielsweise das *Abilachter Fleckvieh*

Rabe
MU 12 **KL** 16 (t) **IN** 12 **CH** 11
FF 12 **GE** 10 **KO** 6 **KK** 9 (k)
LeP 5 **AsP** – **KaP** – **INI** 11+1W6
VW 5 **SK** -1 **ZK** -2 **GS** 2/16 (an Boden / in der Luft)
Schnabel: **AT** 14 **TP** 1W3–1 **RW** kurz
RS/BE: 0/0
Aktionen: 1
Vorteile/Nachteile: Herausragender Sinn (Sicht)
Sonderfertigkeiten: keine
Talente: Einschüchtern 2, Fliegen 7, Körperbeherrschung 4, Kraftakt 2, Schwimmen 0, Selbstbeherrschung 4, Sinnesschärfe 12, Verbergen 2, Willenskraft 2
Größenkategorie: winzig
Typus: Tier, nicht humanoid
Beute: 1 Ration Fleisch (zäh), Trophäe (Federkleid, 5 Heller)
Kampfverhalten: Raben fliegen üblicherweise vor Angreifern davon. Sind sie zum Kampf gezwungen, hacken sie im Flug nach Feinden.
Flucht: siehe Kampfverhalten
Schmerz +1 bei: 4 LeP, 3 LeP, 2 LeP, 1 LeP
Jagd: –1

Rind
MU 12 **KL** 9 (t) **IN** 12 **CH** 12
FF 10 **GE** 12 **KO** 18 **KK** 23
LeP 70 **AsP** – **KaP** – **INI** 12+1W6
VW 6 **SK** –4 **ZK** 4 **GS** 9
Hörnerstoß: **AT** 9 **TP** 1W6+6 **RW** kurz
Überrennen: **AT** 8 **TP** 2W6+5 **RW** kurz
RS/BE: 0/0
Aktionen: 1
Vorteile/Nachteile: keine
Sonderfertigkeiten: Überrennen (Überrennen), Zu Fall bringen (Hörnerstoß)
Talente: Einschüchtern 8, Klettern 1, Körperbeherrschung 4, Kraftakt 12, Schwimmen 6, Selbstbeherrschung 6, Sinnesschärfe 6, Verbergen 2, Willenskraft 10
Größenkategorie: groß
Typus: Tier, nicht humanoid
Beute: 450 Rationen Fleisch, Fell (2 Silbertaler), Trophäe (Hörner, 2 Silbertaler)
Kampfverhalten: Rinder sind nicht sonderlich aggressiv, aber wenn sie sich bedroht fühlen, laufen sie einfach auf ihre Gegner zu und versuchen, sie zu überrennen.
Flucht: Verlust von 50 % der Lebenspunkte
Schmerz +1 bei: 53 LeP, 35 LeP, 18 LeP, 5 LeP oder weniger
Jagd: 0
Sonderregeln:
Packesel: Rinder können ein Gewicht von bis zu 150 Stein tragen.

Rotfuchs

Den Fuchs kann man in Mittel- und Nordaventurien antreffen, wobei er jedoch südlich der nördlichen Steppen bleibt, denn er bevorzugt eine waldige Umgebung. Vor Menschen scheut er zurück, was ihn jedoch nicht daran hindert, immer wieder nachts in Hühnerställe einzubrechen und Geflügel zu rauben. Nur wenn ein Fuchs von der Krankheit Tollwut befallen ist, greift er wahllos alles an, was ihm begegnet, ganz egal wie groß es ist. Mittlerweile weniger weit verbreitet ist der Gelbfuchs. Besonders selten ist der Silberfuchs des Nordens mit seinem schönen glitzernden Fell.

Rotfuchs

MU 12 **KL** 13 (t) **IN** 15 **CH** 14
FF 12 **GE** 15 **KO** 9 **KK** 10
LeP 15 **AsP** – **KaP** – **INI** 14+1W6
VW 10 **SK** –3 **ZK** –1 **GS** 15
Biss: **AT** 12 **TP** 1W6+1(+Krankheit)* **RW** kurz
RS/BE: 0/0
Aktionen: 1
Sonderfertigkeiten: Finte I (Biss), Verbeißen (Biss)
Talente: Einschüchtern 4, Klettern 1, Körperbeherrschung 10, Kraftakt 4, Schwimmen 4, Selbstbeherrschung 7, Sinnesschärfe 10, Verbergen 12, Willenskraft 7
Größenkategorie: klein
Typus: Tier, nicht humanoid
Beute: 5 Rationen Fleisch (zäh), Pelz (9 Silbertaler), Trophäe (Fuchspfote, 4 Silbertaler; Fuchsschwanz, 7 Silbertaler)
Kampfverhalten: Füchse greifen in der Regel menschengroße Wesen nur an, wenn diese sich ihrem Bau nähern (unter 8 Schritt). Ansonsten scheuen Füchse jeden Kampf. Ausnahme bilden jene Tiere, die an Tollwut leiden und auch Menschen anfallen. Sie gehen einer Begegnung mit Zweibeinern nicht aus dem Weg und verhalten sich ausgesprochen aggressiv. Sie setzen dafür keine Finten ein, gesunde Füchse durchaus.
Flucht: Verlust von 25 % der LeP; tollwütige Füchse kämpfen bis zum Tod.
Schmerz +1 bei: 11 LeP, 8 LeP, 4 LeP, 3 LeP oder weniger
Jagd: –2
Sonderregeln:
*) *Krankheitsüberträger:* Füchse können Tollwut übertragen. Für je volle 10 SP durch sie muss mit 1W20 gewürfelt werden: 1-18 (keine Krankheit), 19-20 (Tollwut). Ist der Held infiziert, muss eine Krankheitsprobe abgelegt werden (siehe **Regelwerk** Seite **343**). Zu Tollwut, siehe Seite **Aventurischer Almanach 295**.
Weißfuchs: Wenn ein Aventurier einem Weißfuchs über den Weg läuft oder ihn erblickt, so erhält er für einen Tag den Status *Pechmagnet*. Der Weißfuchs kann diesen Fluch einmal pro Tag auf maximal 1W6 Zweibeiner übertragen. Der Fluch ist nur durch karmale Analyse zu sehen, nicht durch magische Zauberei. Der Weißfuchs besitzt selbst kein Karma, aber er ist dennoch der Überbringer dieses namenlosen Fluches.

Schwein

Das Hausschwein ist ein harmloses Tier, das von Wurzeln, Eicheln, Kastanien und Speiseresten aller Art lebt. Bei Gefahr wird es nur in seltenen Fällen zum Angriff übergehen und zubeißen, sondern eher davonlaufen.

Schweine sind als Haus- und Hoftiere in ganz Nord- und Mittelaventurien verbreitet. Besonders häufig ist dort das *Bunte Hausschwein*, das seinen Namen den braunen oder schwarzen Flecken auf der hellen Haut verdankt. Die etwas kleinere, braune Unterart mit einem flachen Rüssel wird *Wühlschwein* genannt. Das grau-braune *Selemferkel* oder *Pekari* lebt als einzige Schweineart in Südaventurien, wo es sich einer ähnlichen Beliebtheit erfreut wie seine Verwandten im Norden.

Schweine – sowohl domestizierte Tiere wie auch ihre wilden Verwandten – sind klug und lassen sich gut dressieren. Aufgrund ihrer feinen Nase sind sie alle, insbesondere aber das Wühlschwein, für die Suche nach Trüffeln, Alraunen und anderen seltenen Pflanzen bestens geeignet.

Wissenswertes über Schweine

- Das Bunte Hausschwein teilt sich in eine Vielzahl lokaler Unterarten auf, wie etwa die braunen Andrasäue, die schwarzgescheckten Culminger Schweine, die stämmigen Festenländer Grunzer und die Hartsteener Sattelschweine.
- Da Schweine Allesfresser sind und zumindest theoretisch auch menschliche Leichen anfressen würden, kommt es immer wieder zu Gerüchten, unliebsame Nachbarn oder andere finstere Zeitgenossen würden ihre Feinde an Schweine verfüttern. Mitunter sind solche Unterstellungen sogar wahr.
- Da Hausschweine im Andergaster Wald und am Rand des Reichsforstes unter Aufsicht eines Hirten auf Futtersuche gehen, kommt es immer wieder vor, dass sie sich mit Wildschweinen paaren.

Schwein

MU 10 **KL** 13 (t) **IN** 13 **CH** 11
FF 11 **GE** 12 **KO** 13 **KK** 11
LeP 25 **AsP** – **KaP** – **INI** 11+1W6
VW 6 **SK** –1 **ZK** 0 **GS** 10
Biss: AT 9 **TP** 1W6 **RW** kurz
RS/BE: 0/0
Aktionen: 1
Vorteile/Nachteile: keine
Sonderfertigkeiten: keine
Talente: Einschüchtern 4, Klettern 3, Körperbeherrschung 4, Kraftakt 4, Schwimmen 6, Selbstbeherrschung 4, Sinnesschärfe 8, Verbergen 5, Willenskraft 5
Größenkategorie: klein
Typus: Tier, nicht humanoid
Beute: 120 Rationen Fleisch, Leder (1 Silbertaler)
Kampfverhalten: Schweine versuchen meistens, Ärger aus dem Weg zu gehen.
Flucht: Verlust von 25 % der Lebenspunkte
Schmerz +1 bei: 19 LeP, 13 LeP, 6 LeP, 5 LeP oder weniger
Jagd: +1

Tatzelwurm

Drachen gibt es in Aventurien in unterschiedlichen Größen. Der Überflug eines Kaiserdrachen kann die Bevölkerung ganzer Landstriche in Angst und Schrecken versetzen. Der Tatzelwurm hingegen ist wahrlich nicht der stattlichste Vertreter des Drachengeschlechts. Die bis zu vier Schritt lange, flügellose Echse bewegt sich auf drei Beinpaaren fort.

Tatzelwurm
MU 15 **KL** 9 (t) **IN** 13 **CH** 8
FF – **GE** 12 **KO** 22 **KK** 28
LeP 200 **AsP** – **KaP** – **INI** 14+1W6
VW 6 **SK** 1 **ZK** 7 **GS** 5
Biss: **AT** 15 **TP** 2W6+8 **RW** kurz
Klauen: **AT** 15 **TP** 1W6+6 **RW** mittel
Schwanz: **AT** 13 **TP** 1W6+4 **RW** lang
RS/BE: 4/0
Aktionen: 2 (max.1 x Biss und 1 x Schwanz)
Vorteile/Nachteile: Dunkelsicht I
Sonderfertigkeiten: Mächtiger Schlag (Klauen, Schwanz), Wuchtschlag I (Biss, Klauen, Schwanz), Zu Fall bringen (Klauen, Schwanz)
Talente: Einschüchtern 10, Klettern 1, Körperbeherrschung 4, Kraftakt 14, Schwimmen 1, Selbstbeherrschung 7, Sinnesschärfe 7, Verbergen 1, Willenskraft 12
Anzahl: 1 oder 2 (Paar, zur Paarung zusammengekommen; oder Mutter mit Jungtier)
Größenkategorie: groß
Typus: (Niederer) Drache, nicht humanoid
Beute: 250 Rationen (Fleisch, ungenießbar), Trophäe (Tatzelwurm-Karfunkel, 1 Silbertaler), Tatzelwurmhort (Wert: 2W20 x 2W20 Silbertaler)
Kampfverhalten: Ein Tatzelwurm greift Eindringlinge in seinem Revier häufig aus dem Hinterhalt an. Er versucht zunächst, durch Schwanzschläge und Klauenhiebe seine Opfer zu Fall zu bringen, und beißt dann zu.
Flucht: Verlust von 75 % der LeP
Schmerz +1 bei: 150 LeP, 100 LeP, 50 LeP, 5 LeP oder weniger
Sonderregeln:
Übler Geruch: Sobald ein Held in der Nahkampfreichweite *mittel* oder *kurz* mit dem Tatzelwurm kämpft, muss er sofort eine Probe auf *Selbstbeherrschung (Handlungsfähigkeit bewahren)* ablegen. Bei Misslingen erhält der Held 1 Stufe *Verwirrung.* Dabei ist es unerheblich, ob der Tatzelwurm den Helden in Nahkampfreichweite *mittel* oder *kurz* angreift, oder der Held den Tatzelwurm auf dieser Distanz attackiert. Die Zustandsstufen sind nicht kumulativ, der Held kann nicht mehrfach Verwirrung durch den Gestank erleiden. Nach dem Kampf haftet der Gestank dem Helden noch immer an und er erhält den Status *Übler Geruch.* Proben auf Gesellschaftstalente (außer *Einschüchtern*, *Menschenkenntnis* und *Willenskraft*) sind für 1W3+1 Wochen um zusätzlich –1 erschwert. Der Geruch lässt sich nicht abwaschen, nur durch andere starke Gerüche wie Parfüm für eine Stunde überdecken.

Valpoding

Valpodinger werden noch immer von vielen Menschen ins Reich der Märchen einsortiert, denn kaum jemandem ist es bisher gelungen, ein echtes Valpoding zu Gesicht zu bekommen, oder aber noch wichtiger, den Beweis für ihre Existenz zu erbringen. Dass Kaiser Valpo selbst sie mehrfach erblickt haben wollte und sich dafür gar mit seinem Siegel verbürgte, lässt die Zweifler auch nicht verstummen, sondern eher mit spitzer Zunge auf die Vorliebe des Kaisers für Alkohol hinweisen. Doch immerhin erhielten sie so ihren Namen.

Valpoding
MU 10 **KL** 10-14 (t) **IN** 12 **CH** 14
FF 12 **GE** 14 **KO** 10 **KK** 8-10 (k)
LeP 5-10 **AsP** – **KaP** – **INI** 13+1W6
VW 8 **SK** 1 **ZK** –2 **GS** 10
Biss: AT 12 **TP** 1W3 **RW** kurz
RS/BE: 0/0
Aktionen: 1
Vorteile/Nachteile: Fuchssinn
Sonderfertigkeiten: Verbessertes Ausweichen I
Talente: Einschüchtern 1, Körperbeherrschung 12, Kraftakt 1, Selbstbeherrschung 6, Sinnesschärfe 12, Verbergen 14, Willenskraft 4
Anzahl: 1
Größenkategorie: winzig
Typus: Chimäre, nicht humanoid
Beute: 1 Ration Fleisch, Trophäe (ausgestopft 100 Silber, lebendig 250 Silber)
Kampfverhalten: Valpodinger kämpfen nur, wenn sie absolut keinen anderen Ausweg sehen; ansonsten versuchen sie zu fliehen.
Schmerz +1 bei: 4-8 LeP, 3-6 LeP, 2-4 LeP, 1-2 LeP oder weniger
Flucht: Valpodinger suchen ihr Heil zuallererst in der Flucht.
Magiekunde (Magische Wesen):

- **QS 1:** Valpodinger sind äußerst scheue Chimären.
- **QS 2:** Valpodinger gelten als magisch.
- **QS 3+:** Obwohl sie einst als Chimären gezüchtet wurden, können sich Valpodinger fortpflanzen.

Sonderregeln:
Putzig: Valpodinger sind putzige Wesen. Um sie ohne Grund anzugreifen, muss dem Helden eine Probe auf *Willenskraft* erschwert um –1 gelingen.

Wildschwein

Aventurische Wildschweine sind bei den Bauern und Jägern vieler Regionen gefürchtet. Sie verhalten sich Zweibeinern gegenüber oft aggressiv und noch dazu vermehren sie sich unglaublich schnell, sodass sie zu einer regelrechten Plage werden können. Viele Wildschweine fühlen sich schon durch das bloße Eindringen in ihr Revier gestört. Sie versuchen ihren Gegner durch Rammangriffe zu Boden zu werfen und ihn anschließend mit weiteren Stößen und Bissen zu vertreiben.

Wildschwein

MU 15 **KL** 13 (t) **IN** 12 **CH** 10

FF 11 **GE** 10 **KO** 15 **KK** 15

LeP 35 **AsP** – **KaP** – **INI** 11+1W6

VW 5 **SK** –2 **ZK** 2 **GS** 10

Biss und Stoß: **AT** 15 **TP** 1W6+4 **RW** kurz

Rammen: **AT** 13 **TP** 1W6+3 **RW** kurz

RS/BE: 0/0

Aktionen: 1

Vorteile/Nachteile: Herausragender Sinn (Geruch)

Sonderfertigkeiten: Zu Fall bringen (Rammen)

Talente: Einschüchtern 1, Klettern 0, Körperbeherrschung 4, Kraftakt 7, Schwimmen 4, Selbstbeherrschung 4, Sinnesschärfe 4, Verbergen 4, Willenskraft 4

Anzahl: 1 oder 1W3+3 (Rotte)

Größenkategorie: mittel

Beute: 100 Rationen Fleisch, Fell (10 Silbertaler), Trophäe (Hauer, 5 Silbertaler)

Kampfverhalten: Wildschweine reagieren schnell aggressiv. Wer sich ihnen bis auf 10 Schritt nähert, wird angegriffen. Dabei attackiert das Wildschwein mit seinen Hauern und seinem gesamten Körper und führt Rammangriffe aus. Erst danach geht es zum Beißen und Stoßen über. Wildschweine kämpfen solange, bis ihr Gegner tot ist (1-2 auf W6), brechen den Kampf nach 1W6 KR ab (3-4 auf W6) oder kämpfen, bis sie 50 % ihrer Lebenspunkte verloren haben (5-6 auf W6).

Flucht: Verlust von 50 % der LeP; bzw. siehe Kampfverhalten

Schmerz +1 bei: 28 LeP, 18 LeP, 9 LeP 5 LeP oder weniger

Tierkunde (Wildtiere):

- **QS 1:** Wildschweine reagieren aggressiv, wenn man ihnen zu nahe kommt und sie gerade Nachwuchs haben. Besonders ausgehungert oder in der Brunftzeit können sie gefährlich werden.
- **QS 2:** Sie sind unberechenbar. Manchmal fliehen sie einfach während eines Kampfes, manchmal verhalten sie sich wie Berserker und greifen ohne Unterlass an.
- **QS 3+:** Man darf Wildschweine nicht unterschätzen. Sie sind ausgesprochen zäh und halten selbst mit starken Verletzungen eine lange Zeit durch.

Jagd: –1

Sonderregel:

Riesenwildschwein: Gelegentlich kommen weit größere Exemplare vor. Das Riesenwildschwein entspricht seiner kleineren Version, mit folgenden Modifikatoren: +3 KO, + 3 KK, +15 LeP, + 2 ZK, +2 TP, +1 RS, Größenkategorie groß, Kraftakt 10, Beute 200 Rationen Fleisch, Trophäe (Hauer, 30 Silbertaler); Die Größe und das Gewicht erhöhen sich um 10 bis 20%.

Zwergenskelett

Nicht nur menschliche Skelette werden von Totenbeschwörern erhoben, auch die Toten der Angroschim werden gelegentlich mit Unleben erfüllt. Ein zwergisches Skelett bietet einem Nekromanten einige Vorteile und deshalb sind sie als untote Diener sehr beliebt.

Die Knochen eines Zwergs sind schwer, sein Knochenbau ist deutlich robuster als der eines Menschen. Dies äußert sich nicht nur darin, dass ein Zwergenskelett stärker als ein Menschenskelett ist, sondern dass man ihm auch nicht so gut mit schweren Hiebwaffen beikommt. Anders als bei anderen Skeletten kann man die Knochen eines Angroschim nur mit großer Kraftanstrengung brechen.

Zwergenskelett

MU 20 **KL** 10 (t) **IN** 10 **CH** 9
FF 8 **GE** 9 **KO** 13 **KK** 15
LeP 17 **AsP** – **KaP** – **INI** 7+1W6
AW 5 **SK** 0 **ZK** 1 **GS** 4
Waffenlos: **AT** 10 **PA** 4 **TP** 1W6+1 **RW** kurz
Drachenzahn: **AT** 10 **PA** 5 **TP** 1W6+2 **RW** kurz
Felsspalter (2H): **AT** 10 **PA** 4 **TP** 2W6+4 **RW** mittel
Streitaxt: **AT** 10 **PA** 5 **TP** 1W6+5 **RW** mittel
Streitaxt mit Holzschild: **AT** 10 **PA** 6 **TP** 1W6+5 **RW** mittel
Zwergenschlägel (2H): **AT** 10 **PA** 5 **TP** 1W6+8 **RW** mittel
Leichte Armbrust: **FK** 10 **LZ** 8 **TP** 1W6+6 **RW** 10/50/80
RS/BE: 1/0 oder je nach Rüstung
Aktionen: 1
Vorteile/Nachteile: Lichtempfindlich (wirkt, obwohl Skelette als Untote ansonsten nicht den Zustand *Schmerz* erleiden können)
Sonderfertigkeiten: keine
Talente: Einschüchtern 6, Klettern 4, Körperbeherrschung 5, Kraftakt 4, Schwimmen (keine Probe erlaubt; Skelette können nicht schwimmen), Selbstbeherrschung – (gelingt automatisch), Sinnesschärfe 4, Verbergen 4, Willenskraft – (gelingt automatisch)
Anzahl: 1 oder 1W6+1 (Skeletthorde)
Größenkategorie: mittel
Typus: Untoter (Hirnloser), humanoid
Erschaffungsschwierigkeit: –1
Erschaffungskomplexität: primitiv
Beute: Knochen, gegebenenfalls Waffen, Schild und Rüstung
Kampfverhalten: Zwergenskelette gehorchen den Befehlen ihres Beschwörers und werden häufig als hirnlose Arbeitssklaven oder Wachen eingesetzt. Sind sie freie Untote, folgen sie ihrem Hass auf alles Lebendige und greifen ein wahrgenommenes Lebewesen meist sofort an.
Flucht: Zwergenskelette fliehen nicht. Sie kämpfen ohne Rücksicht auf Verluste bis zum Ende.
Schmerz +1 bei: immun gegen *Schmerz*

Sonderregeln:
Extrem lichtempfindlich: Ist das Skelett direktem Sonnenlicht ausgesetzt, erleidet es 1 SP pro KR.
Geschwister: Untote Geschwister gleichzeitig zu erheben, erschwert die Probe nicht.
Meute: Zwergenskelette, die gemeinsam einen Gegner angreifen, erhalten pro Skelett in der Überzahl +1 AT (bis zu einem Maximum von +2 AT).
Unempfindlich gegen Dolche, Fechtwaffen und Fernkampfwaffen: Dolche, Fechtwaffen und Fernkampfwaffen (außer Wurfkeulen und -speere) richten bei Zwergenskeletten nur halbe TP an. Totengöttern geweihte Waffen richten in diesem Fall normalen Schaden an (also keinen doppelten).
Untoten-Regeln: Für Skelette gelten die allgemeinen Untoten-Regeln.